LA RAGAZZA DRAGO

LICIA TROISI

LA RAGAZZA DRAGO

V - L'ULTIMA BATTAGLIA

MONDADORI

Illustrazioni interne di Paolo Barbieri

www.ragazzi.mondadori.it

Prima edizione maggio 2012
Stampato presso Mondadori Printing S.p.A.
Stabilimento N.S.M., Cles (TN)
Printed in Italy
ISBN 978-88-04-61669-6

Prologo

Tutto era buio e silenzio. Una notte nera era scesa sul lago di Albano, e sotto la sua superficie gelida non filtrava la luce della luna. La creatura avrebbe rabbrividito, se il suo corpo metallico fosse stato in grado di provare freddo. Ma non c'era carne a rivestire i suoi meccanismi, non c'erano nervi intorno alle sue ossa d'acciaio.

«Sono stanco di questo buio. Fai luce» disse.

L'uomo, dietro di lui, schioccò le dita. Una fiaccola fluttuante comparve tra le sue mani e accese una luce opaca sulla distesa che li circondava. Era una piana brulla e dilavata, arsa dal fuoco di un'antica catastrofe. In alto, sulle loro teste, il guscio d'acqua che li racchiudeva rifletteva quel fioco bagliore. Erano immersi nelle profondità del lago, eppure potevano respirare.

La creatura avanzò per prima, con passo lento e trascinato. Uno stridio di meccanismi imperfetti, il gemito del metallo che tagliava il silenzio. Ormai abitava quel corpo meccanico da settimane, ma ancora non si era abituato. I suoi movimenti erano lenti e scattosi.

«Volete che vi aiuti?» si offrì l'uomo, tendendo una mano. La creatura lo respinse con un gesto sprezzante. Odiava sentirsi debole. L'uomo abbassò gli occhi e si ritrasse.

Avanzarono piano, finché non giunsero sull'orlo di un profondo avvallamento. Laggiù, nel punto più basso, si ergeva una costruzione appena distinguibile nella penombra. Una fila di colonne sgretolate dal tempo sorreggeva una cupola fatiscente: un tempio in rovina.

«Non ricordo questo posto» disse l'uomo.

«Non puoi» gracchiò la creatura. «Eravate tutti già morti quando venne costruito da Lung, il primo dei Draconiani.»

L'uomo fece una smorfia di disgusto, quindi sputò a terra.

«Io ero già sepolto nelle viscere della terra, allora» continuò la creatura «ma dall'oscurità della mia prigione li sentivo muoversi, ripopolare la superficie e invaderla con le loro orribili costruzioni... Stirpe maledetta, traditori! Loro erano miei, miei!»

«Lo saranno di nuovo» disse l'uomo.

Scese per primo lungo il dirupo, e questa volta l'essere non rifiutò il suo aiuto. Gli sarebbe stato impossibile percorrere una discesa tanto ripida con quell'umiliante caricatura di corpo che era costretto ad abitare.

Giunti sul fondo, entrarono nel tempio.

L'oscurità oltre la soglia era rischiarata da una luce pulsante. L'uomo rabbrividì. La creatura non poteva dargli torto: il potere che promanava da quel luogo era così intenso e puro che faceva persino scricchiolare le giunture del suo misero corpo. Lo assaporò fino in fondo.

«Vai» sussurrò.

L'uomo avanzò. Al centro del piccolo tempio si ergeva una lastra di pietra larga una decina di centimetri, lucida e calda. Dalla sua superficie trasudava un sangue nero, violaceo, la fonte di quella tetra luminosità. Lento e viscoso, scorreva a rivoli per il pavimento, scoppiando di tanto in tanto in pigre bolle. L'uomo evitò accuratamente di calpestarlo e, giunto vicino alla pietra, si accovacciò. Indossò un paio di guanti di pelle, poi estrasse qualcosa da una sacca di velluto: era un globo luminoso, che brillava di una guizzante luce verde.

«Aspetta!»

L'uomo si fermò.

L'essere ripercorse in un istante tutto quel che era accaduto dal momento in cui era stato imprigionato nel sigillo. I secoli, i millenni consumati al buio e al freddo, il rancore come unico compagno e il desiderio di vendetta così urgente da farlo impazzire. Ma adesso tutto stava per finire. Erano gli ultimi istanti di schiavitù.

«Il tuo sacrificio non è servito a nulla, Thuban» sibilò con

disprezzo. «E nemmeno la tua progenie ti è stata d'aiuto... È stato così facile sopraffarla! I tuoi sforzi sono stati inutili.»

Guardò l'uomo, quindi annuì. Quello sollevò il globo e lo sbatté con violenza contro la pietra nera. La sfera si ruppe in tre pezzi, e per un istante la sua luce si diffuse tutt'intorno. Ma fu soltanto un attimo. La pietra iniziò a creparsi, prima quasi impercettibilmente, poi sempre più a fondo. Il sangue eruppe violento, un terremoto squassò il tempio fino alle fondamenta. Infine la pietra venne divelta del tutto dalla sua sede, e sopra il frastuono si alzò una risata raggelante. Il tempio si sgretolò, la piana fu invasa da un'accecante luce violacea. L'uomo fu costretto a coprirsi il volto, mentre gli occhi cominciavano a lacrimargli.

Una sagoma immensa emerse dal pavimento. Il profilo di un corpo lungo e sinuoso come quello di un serpente distese le sue spire oltre lo squarcio nella cupola, ali mastodontiche e membranose si spalancarono di scatto, sferzando la superficie in un unico, possente battito. Il rosso di un ghigno irto di zanne baluginò nel buio, e due occhi accesi di una malvagità senza pari scintillarono feroci.

L'uomo si prostrò fronte a terra.

«Mio Signore, mio Signore, mio Signore!» urlò.

La viverna si erse in tutta la sua vertiginosa altezza: il capo, sul collo coperto di spine, sfiorava il tetto d'acqua. Mosse ancora le ali, quindi ruggì al cielo. Da ultimo, guardò il corpo metallico, abbandonato in un canto come un involucro vuoto. Lo incenerì con un'unica, densa fiammata. Quando ebbe finito, rimase solo una pozza di metallo fuso.

«Mio Signore!» urlò ancora l'uomo.

La viverna lo guardò con alterigia. «Sì, sono il tuo Signore, di nuovo nel pieno del suo vigore, proprio come un tempo.» Mosse gli artigli piano, quasi a saggiarne la forza. «È come se non fosse passato neppure un istante da quando ancora regnavo su questo mondo, da quando questo corpo era un perfetto strumento di morte» tuonò.

L'uomo sorrise, commosso.

«E per te, che non mi hai mai tradito, che mi hai atteso per tutti questi anni, il più prezioso dei doni.»

Allungò un artiglio e incise a fondo il petto dell'uomo, che urlò di dolore. Il suo sangue si mescolò a quello della viverna, e dalla ferita eruppe una sostanza scura e metallica, simile a mercurio. Un istante, e guizzò fino a coagularsi in un'armatura nera come la notte, che avvolse completamente il suo corpo.

«Nessun uomo ha mai ottenuto in dono il mio sangue» disse la viverna. «Solo a te spetta questo privilegio, Ofnir, solo al mio leale servo.»

Ofnir chinò il capo. «Non vi deluderò.»

«No» mormorò la viverna, e la sua voce fece tremare la terra. «Non lo farai.»

«E ora, mio Signore?»

Le fauci della viverna si aprirono in un ghigno malizioso. «E ora ci riprenderemo ciò che ci appartiene.»

Ruggì al cielo, e l'acqua che li sovrastava ribollì, trasformandosi in un'immensa nube di vapore nero. Poi tracimò dalla caldera del lago, ne percorse rapida le pendici e si diffuse su tutta Roma, e giù ancora, oltre la città, oltre il mare e i suoi confini, inarrestabile.

La viverna rise, e rise ancora, di una risata folle e selvaggia. Poi batté le ali, pronta per il grande balzo. «È tempo di tornare a casa.»

Un'esplosione d'acqua ruppe la superficie del lago, e la viverna fu fuori, all'aria aperta. Si innalzò nel cielo con un urlo lacerante e si diresse verso la sua antica dimora.

Era tornato. Nidhoggr era tornato.

1
Un amaro risveglio

Sofia si svegliò di soprassalto. Una sensazione di terrore la prese alla gola non appena aprì gli occhi.

"Un incubo. Devo aver fatto un altro incubo."

Si tirò su piano, scrutò il buio. Era nella sua stanza, al sicuro, in una notte come le altre. Ma un senso di inquietudine le stringeva il petto.

Forse aveva sognato un'altra volta il frutto, non riusciva a ricordare. Nelle ultime settimane era stata tormentata dalle visioni. Ogni volta che sembrava delinearsi un luogo preciso, un'altra immagine ne mostrava uno diverso, confondendola. Se continuava così, rischiava di impazzire.

Appena appoggiò i piedi nudi a terra avvertì un fremito, come un lungo brivido che saliva dal pavimento.

"Forse quelle visioni mi stanno dando alla testa" si

disse. Andò alla finestra, aprì i vetri e le imposte. Un'aria gelida invase la stanza. Sofia alzò gli occhi e trasalì: il cielo era di un nero compatto, innaturale. Non era semplicemente nuvoloso: era come se qualcuno avesse steso una pennellata di vernice sulle stelle e sulla luna. Non era buio: semplicemente la luce non esisteva più. Eppure il bosco intorno al lago di Albano era illuminato da un bagliore spettrale. Sembrava di essere in un film horror di serie B.

"È successo qualcosa... qualcosa di orribile" pensò.

Scattò verso la porta, ma non fece in tempo a raggiungerla, perché quella si aprì di colpo e sulla soglia comparve il professor Schlafen.

«Prof, cos'è successo?» chiese d'un fiato Sofia, indicando la finestra spalancata. C'era un freddo che ghiacciava le ossa.

Lui non rispose. Per qualche istante rimase immobile davanti alla porta, il capo chino e le braccia abbandonate lungo i fianchi.

«Prof... va tutto bene?»

Il professore alzò lentamente la testa. Era pallido come un cencio, gli occhi chiusi. Quando li aprì, Sofia sentì braccia e gambe pietrificarsi dalla paura. Erano rossi, e scintillavano come braci nel buio della stanza.

Schlafen aprì la bocca in un ringhio sibilante, e sulle

spalle gli esplosero due enormi ali metalliche, nere come la pece e lucenti come lame.

Sofia non credeva ai propri occhi. Quei segni portavano un solo, inconfondibile marchio: Nidhoggr. Ma non aveva tempo per porsi domande. Il neo sulla sua fronte brillò fulgido e le mani si trasformarono negli artigli di Thuban. Sulle spalle comparvero due maestose ali di drago, e il suo corpo fu pronto alla battaglia.

Ma prima che Sofia potesse reagire, il professore si avventò su di lei. Il metallo delle ali ora aveva ricoperto anche le braccia, formando due guanti dotati di rostri affilatissimi. Sofia li scansò per un pelo.

«Prof, svegliati!» urlò, ma era come parlare al vento. Il professor Schlafen si gettò ancora su di lei, e i rostri si allungarono fino a sfiorarle la carne della spalla.

Sofia percepì l'agghiacciante sensazione del metallo che graffiava la pelle.

«Professore!» urlò ancora, ritratta in un angolo, ma lui insisteva ad attaccarla, il volto deformato in una smorfia di furore cieco. Sofia si limitava a schivare i colpi, senza tuttavia osare aggredirlo. Era il prof, non poteva fargli del male!

Un istante, e un artiglio sciabolò a un nulla dal suo viso, recidendole una ciocca di capelli. Sofia si acquattò a terra, rotolò di lato e si precipitò giù per le scale. Dietro di sé, sentiva il sibilo delle lame che fendevano l'aria, sempre più vicine. Quando giunse all'ultimo gradino, si voltò e vide che i rostri avevano scavato lunghi solchi bianchi nel tronco del grande albero che troneggiava al centro della villa, nella casa che ormai da quasi due anni condivideva con il professore e Lidja.

"Lui non farebbe mai del male alla quercia della villa" si disse, ma la creatura che incombeva su di lei non aveva più nulla di Georg Schlafen.

«Lidja!» gridò a squarciagola. «Dove sei finita?»

Non ricevette risposta. L'unico rumore che sentiva era lo stridio degli artigli ormai vicini.

Si distrasse un istante, sufficiente a far sì che il professore le balzasse addosso, stringendole il collo in una presa ferrea e inchiodandola a terra. I suoi occhi fiammeggianti incrociarono lo sguardo sperduto di Sofia per lunghi secondi. In fondo a quelle pupille non si scorgeva che rabbia e follia.

Alzò un pugno e glielo portò davanti agli occhi, pronto a sferrare il colpo mortale. Sofia strinse i denti e si risolse a fare l'unica cosa possibile. Abbracciò il professore con tutte le forze che aveva, e dalle mani le eruppero lunghe liane di un verde acceso che lo avvolsero completamente, bloccandone i movimenti. Si concentrò, quindi mosse le liane in modo da esplorare la zona del collo, dove in genere si annidava l'impianto che permetteva l'assoggettamento. Doveva capire in che modo Nidhoggr fosse riuscito a ridurlo in quello stato, ma non trovò nulla. Di nuovo rimase incerta per una frazione di secondo, e di nuovo il professore ne approfittò. Spezzò le liane con uno strattone, si sciolse dall'abbraccio e spalancò le ali, riguadagnando distanza. Sofia si trovò chiusa all'angolo, ansimante.

Scosse la testa e cercò di riportare la mente alla realtà: ora il professore era un nemico, e se voleva salvarlo doveva combatterlo esattamente come avrebbe fatto con qualsiasi creatura di Nidhoggr. Si fece forza e gli lanciò contro un secondo fascio di liane, ma lui si muoveva da un lato all'altro della stanza rapido come una freccia, tranciandole di netto. Sofia tese allora l'altro braccio e scagliò contro le sue ali nere un viluppo di liane. Finalmente il professore cadde a terra, dibattendosi come un pazzo, ringhiando e graffiando il pavimento. Lei lo strinse ancora più forte e volò intorno all'albero. Una decina di giri, e Schlafen venne ridotto all'immobilità. Sofia si concentrò un'ultima volta e trasformò le liane in saldi rami di legno.

Non fece in tempo a tirare un sospiro di sollievo che un urlo giunse dal piano di sopra. Lidja. Sofia spiegò le ali di Thuban e volò in direzione del rumore, gettandosi nella stanza dell'amica. La scena che le si presentò aveva dell'incredibile: Lidja, le ali di Rastaban spiegate, tendeva gli artigli verso un uomo, all'altro capo della stanza, mezzo sepolto da una catasta di mobili.

Era Thomas, eppure non era lui. Urlava, il volto deformato, gli occhi rosso sangue. Sulla sua schiena erano esplose ali metalliche identiche a quelle del professore, come identici erano gli artigli che puntava contro Lidja.

«Sof, non ce la faccio, dammi una mano!»

Sofia si riscosse all'istante. «Fai volare il lenzuolo!» gridò.

Lidja non se lo fece ripetere, e con i suoi poteri telecinetici gonfiò la stoffa fino a farla veleggiare sopra la testa di Thomas. Sofia la intercettò con una liana, quindi la strinse più forte che poteva intorno al corpo del maggiordomo. Poi, come aveva fatto con il professore, trasformò la liana in legno.

Si piegò in due, esausta, le mani sulle ginocchia, il fiato corto.

«Stai bene?» chiese Lidja appoggiandole una mano sulla schiena.

Sofia annuì, rossa in viso. «Il prof... anche lui... è stato assoggettato» riuscì a dire tra gli ansiti.

Lidja la guardò incredula e rimase in silenzio qualche istante.

«Non è possibile... Sof... cosa sta succedendo?»
«Non lo so, Lidja. Non lo so.»

Trascinarono Thomas giù per le scale e assicurarono anche lui al tronco dell'albero. Lidja corse nello studio a prendere la pozione che il professore aveva usato per addormentare Effi, la madre adottiva di Karl, a Monaco, quando le avevano estratto dal corpo l'embrione di viverna che l'aveva posseduta.

Costringerli a berla fu un'impresa. Pur avendo gambe e braccia immobilizzate, muovevano la testa come furie e mordevano l'aria, tentando di affondare i denti nelle mani di Lidja e Sofia. Ma bastò far scivolare loro una sorsata tra le labbra, ed entrambi persero subito conoscenza.

Sofia rimase immobile a osservarli, incapace di credere a ciò che aveva appena fatto. Volse lo sguardo alla casa. Per tanto tempo era stata un rifugio, un luogo sicuro in cui proteggersi da Nidhoggr. Ma adesso era stata violata e portava i segni di una terribile battaglia. Profondi tagli avevano messo a nudo il legno chiaro sul tronco dell'albero intorno al quale si sviluppavano i muri. Alcuni gradini della scala che conduceva al piano di sopra erano sfondati, e la carta da parati che rivestiva le pareti era lacerata in più punti. Parte della mobilia era andata distrutta, e una credenza antica cui il professore era molto affezionato giaceva a terra, con le ante sventrate.

«Non capisco» disse Lidja riportando Sofia alla realtà. «Non hanno l'innesto degli Assoggettati.»

«Lo so, l'ho già cercato. Sembra che abbiano creato un nuovo sistema di assoggettamento.»

Ispezionarono i corpi con più attenzione, ma non trovarono alcuna traccia del ragno metallico tipico degli Assoggettati, che affondava le zampe nel collo per insinuarsi dentro la colonna vertebrale. Le ali, cui erano connessi gli artigli, si innestavano sulle scapole e il metallo penetrava direttamente nella carne.

«Forse l'innesto ha cambiato forma» disse Sofia.

«Tu pensi che gli abbiano messo le ali così, sulle spalle? E come abbiamo fatto a non accorgercene prima?» obiettò Lidja, poco convinta.

«Questo varrebbe anche nel caso dell'innesto a forma di ragno. Ieri sera il prof e Thomas erano tranquilli, non avevano nessun segno di assoggettamento. È successo stanotte.»

«Impossibile. Siamo protetti dalla barriera della Gemma.»

«Forse la sua efficacia è diminuita. Ti ricordi? È già successo in passato, quando Karl era morto.»

Lidja la guardò intensamente. «Io sono stata nel dungeon ieri sera, ed era tutto a posto. E comunque non avrebbe senso. Se le viverne sono entrate qui dentro, perché hanno perso tempo ad assoggettare il professore e Thomas? Avrebbero potuto ucciderci nel sonno.»

Sofia si morse il labbro, nervosa. Lidja aveva ragione. Che diavolo stava succedendo? Quella terribile sensazione di paura continuava a stringerle le tempie, inesorabile. Quanto avrebbe voluto che Fabio fosse lì con lei. Scacciò subito con rabbia quel pensiero. Fabio era l'unica cosa a cui non doveva pensare in quel momento. Da quando si erano lasciati, a Edimburgo, il loro rapporto era diventato ancora più difficile, e ogni volta che lo vedeva le mancava la terra sotto i piedi. Senza contare che scompariva per giorni e rispuntava solo quando ne aveva voglia. Almeno, da quando lei aveva iniziato ad avere quelle strane visioni, si era degnato di farsi vivo e ora si trovava con Karl a Isola Farnese, un piccolo borgo nei dintorni di Roma, alla ricerca del frutto.

Ewan e Chloe invece erano rimasti a casa loro. Avevano trovato un piccolo appartamento a Castel Gandolfo. e si erano stabiliti lì con Gillian.

«Karl si è portato via tutta l'attrezzatura, stasera?» chiese Sofia.

«Non lo so... È uscito con un bel po' di roba» rispose

Lidja. «D'altra parte era il minimo che potesse fare, visto che non saresti andata con loro a cercare il frutto.»

Negli ultimi giorni Sofia aveva spremuto tutte le energie nel tentativo di sintonizzarsi con il frutto di Thuban, l'ultimo e il più importante dei cinque frutti che avrebbero fatto risplendere di nuova vita l'Albero del Mondo. Ma un'energia di segno opposto sembrava corrompere le sue visioni, e ogni volta che partiva alla ricerca tornava esausta e senza aver trovato nulla. L'ultima sera, mentre cercava nei dintorni di Roma, era svenuta.

«Un altro giorno e sarei morta» sospirò. «Mi sento completamente prosciugata. Karl non ha portato con sé il draconoscopio, giusto?»

«No, penso di no. Che hai in mente?»

«Voglio andare in fondo a questa faccenda.»

Trovare il draconoscopio non fu facile. Karl si era ritagliato un angolo nel dungeon sotto la villa: aveva preso possesso di una stanzetta e l'aveva riempita di tutte le sue cianfrusaglie. La confusione regnava sovrana. Quel posto era uno strano miscuglio di antico e moderno: c'erano computer – da quelli vecchi, dei primi anni Ottanta, a un MacBook Air nuovissimo – ma anche alambicchi e strumenti in ottone, e poi tubi di gomma, cavi di ogni diametro e lunghezza, un paio di televisori e un oscilloscopio che sembrava aver fatto la guerra. Dovettero frugare un bel po' prima di riuscire a trovare lo strumento capace di rilevare l'essenza dei Draconiani. Del resto, dopo il viaggio a Edimburgo non avevano più avuto occasione di usarlo.

Lo tirarono fuori, faticarono un po' a rintracciare il paio di spessi occhiali e il computer che vi dovevano collegare e portarono tutto al piano di sopra. Thomas e il professore dormivano ancora.

«Tu sai come funziona? Io non ne ho idea» ammise Sofia.

«Diciamo che ho guardato con attenzione Karl quando lo usava» rispose Lidja inforcando gli occhialoni da aviatore. «E spero che basti.»

Accese lo strumento, e Sofia appoggiò sul petto del professore e di Thomas una serie di piccole ventose. Sullo schermo si accese un tracciato che mostrava un intrico di linee verdi, simili a vene.

Sofia rimase interdetta. «Queste non si dovrebbero vedere... Solo i Draconiani hanno un simile potere.»

Lidja tacque a lungo, regolando una serie di manopole. Di riflesso, le linee sullo schermo si ispessivano o diventavano più sottili. Poi toccò un interruttore e le linee divennero viola, così brillanti da riempire quasi tutto lo schermo.

«Cos'hai fatto?»

Lidja non rispose. Si sfilò gli occhiali e guardò Sofia. Aveva un'espressione sgomenta.

«Ho cambiato lo spettro. Se ho capito quel che mi ha spiegato una volta Karl, ho sintonizzato il draconoscopio su emissioni simili a quelle dell'embrione di viverna che abbiamo trovato dentro Effi.»

«Il potere di Nidhoggr...»

Lidja annuì grave, e Sofia sentì una morsa di terrore stringerle il petto.

«Vuoi dire che...»

«È nel loro sangue, Sof, ovunque. Sono infettati dal sangue di Nidhoggr.»

2
Il mondo impazzisce

«Un altro buco nell'acqua» disse Fabio.

Karl sbuffò e si sfilò il casco. Era un incrocio tra un elmetto tedesco della Prima guerra mondiale e un copricapo per l'elettroencefalogramma: sulla struttura in ottone si innestava una manciata di tubi e fili, alcuni collegati al petto di Karl tramite ventose, altri a un rudimentale palmare.

«Perché devi essere sempre così disfattista?»

«Sono solo realista.» Fabio tirò un calcio a un sasso, che andò a sbattere contro il muro in pietra di un pozzo, al centro della piazzetta. Il piccolo borgo di Isola Farnese, qualche chilometro a nord di Roma, si ergeva su una rocca in mezzo a un parco naturale, ed emanava un fascino antico, misterioso. Appena arrivati, Fabio aveva percepito una strana atmosfera. Le visioni di Sofia, seppure disturbate, si erano concentrate in quella zona le ultime notti, e mentre lei era a casa a riposare, lui e Karl avevano deciso di non perdere tempo e continuare le ricerche.

Karl utilizzava quel rilevatore di emissioni energetiche che aveva costruito quando erano ancora a Edimburgo, mentre Fabio faceva affidamento solo sui propri sensi di Draconiano. I trabiccoli di Karl gli sembravano aggeggi inutili che il ragazzino costruiva per propria soddisfazione, più che attrezzi utili alla riuscita della missione. Ma con quell'affare o senza, la ricerca non aveva portato risultati.

"Se solo Sofia fosse in grado di aiutarci..." Fabio soffocò all'istante quel pensiero. Sofia era ancora argomento *off limits*. La sua mente finiva sempre per tornare a Edimburgo, quando lei lo aveva difeso contro gli attacchi di Nida. Rivedeva il suo volto pallido mentre la teneva tra le braccia. Non la voleva ricordare così, non voleva ricordare come si era sentito.

«Potremmo perlustrare di nuovo la chiesa» disse Karl interrompendo il flusso dei suoi pensieri.

«L'ho battuta io, palmo a palmo, sagrestia compresa. E non c'è niente» rispose Fabio sbrigativo.

«Ti detesto quando fai così.»

«Ho solo detto la verità.»

«E allora che vorresti fare? Rinunciare? Ma perché non te ne torni da dove sei venuto? Non fai che smontare sempre tutto e tutti!»

Fabio gli si fece sotto. «Non mi sembra che tu, con i tuoi stupidi trabiccoli, sia stato più utile.» Era pronto per partire con un pugno, quando qualcosa lo bloccò a metà del movimento. Una vibrazione nell'aria, un tremito nella terra, qualcosa di oscuro gli gelò all'istante le mani.

«Be', cos'è? Hai paura di picchiare uno con gli occhiali?» disse Karl. Poi anche lui sentì.

Entrambi alzarono gli occhi. D'improvviso, le poche stelle sopra le loro teste si oscurarono, mentre ogni cosa intorno si accendeva di riflessi viola fosforescente. Era come se una nebbia innaturale si fosse diffusa ovunque, simile a fumo in una stanza che andava a fuoco.

«Cos'è questa roba?» chiese Karl.

Fabio scosse la testa, in preda al terrore. «Non lo so... Ma credo sia meglio rientrare.»

«Sono completamente d'accordo» disse Karl cercando di controllare il tremito nella voce.

Si avviarono rapidi verso la piazzetta, ma non appena furono sotto l'ombra dell'arco, tutte le porte e le finestre delle case intorno si aprirono di colpo, con un unico, fragoroso schianto, vomitando fuori uomini e donne di ogni età. Tutti avevano il volto trasfigurato da una furia demoniaca, e gli occhi dardeggiavano nell'inconfondibile rosso degli Assoggettati. Una frazione di secondo, e sulle loro spalle comparvero grandi ali metalliche.

Si gettarono su Karl e Fabio, circondandoli, gli artigli sguainati, le bocche che cercavano di azzannare e dilaniare. Era più spaventoso del peggiore degli incubi, più mostruoso di qualsiasi cosa potessero immaginare. Era l'inferno in terra.

Una donna affondò i denti nel collo di Fabio, e fu il dolore a riportarlo a se stesso. L'Occhio della Mente sfavillò fulgido sulla sua fronte, e le sue membra si trasfigurarono all'istante nel corpo possente di Eltanin. Aprì le ali, ruggì al cielo, e quel movimento bastò a liberarlo dall'orda di creature. Si rimise in piedi, quindi sferzò l'aria con un unico colpo d'artiglio e anche Karl fu libero. In pochi istanti al posto del paffuto ragazzino biondo apparve uno splendido drago color del ghiaccio: Aldibah, in tutta la sua magnifica potenza.

I due draghi si affiancarono, pronti all'attacco.

I nemici in breve tempo si erano trasformati in vere e proprie viverne di metallo, dalla testa ai piedi, e digrignavano le zanne assediandoli in un circolo perfetto.

I loro corpi adesso erano completamente avvolti dagli innesti metallici; tra squama e squama era ancora possibile intravedere il pallore della pelle, ma quel che risaltava di più rimaneva il rosso terribile degli occhi.

Karl e Fabio si slanciarono verso l'alto, ma le viverne furono rapide a seguirli.

Fabio cominciò a scagliare lingue di fuoco contro le ali dei nemici mentre Karl cercava di congelarli, però entrambi trattenevano in qualche modo la propria forza. Non dimenticavano che sotto quelle armature c'erano persone che non avevano nessuna colpa. I loro nemici, invece, colpivano per uccidere.

Un paio di viverne precipitarono verso il basso, le ali fuse dal fuoco di Fabio, ma Karl creò uno scivolo di ghiaccio e intercettò la loro caduta. Le viverne rotolarono a terra e iniziarono a dibattersi scompostamente.

Fabio decise di non usare le fiamme: era troppo rischioso per l'incolumità di quelle creature, quindi prese a colpire con gli artigli e le zanne. Lacerò le ali di tre nemici e Karl, come prima, fu pronto a intervenire per evitare che si sfracellassero al suolo.

Riuscirono a liberarsi dal nugolo di viverne senza troppe difficoltà, ma non ebbero il tempo di riprendere fiato: anche se si erano allontanati da Isola Farnese e sorvolavano ormai la periferia di Roma, diretti verso Castel Gandolfo, dalle case si affacciavano altri occhi rossi, a frotte.

«Sono dappertutto» disse Fabio atterrito.

Dalle case, dai portici, dai giardini pubblici, da ogni

angolo della città sbucavano viverne, come se percepissero la presenza dei Draconiani.

«Vola più in alto che puoi» urlò Karl, e Fabio obbedì.

Forzarono le ali al massimo, salirono fin dove l'aria era rarefatta, difficile da respirare. Solo allora le viverne rinunciarono all'inseguimento.

«Non ho mai visto una cosa del genere» mormorò Karl.

«Nemmeno io. Tutta la città è invasa» disse Fabio.

«Chissà se è solo Roma... Forse le viverne sono arrivate più lontano.»

«Ho paura di saperlo. Dobbiamo correre dagli altri, potrebbero essere in pericolo!»

Volavano veloci come proiettili, dritti verso Castel Gandolfo.

«Comunque» disse Karl «ce l'abbiamo fatta a difenderci da quelle creature... Non sei poi così inutile, in fondo!»

«Lo so. Ma ora smettila di sprecare fiato, cervellone, e vedi di darti una mossa!» E sorrise tra sé e sé.

Sorvolarono rapidi la città. L'aria era immobile anche lassù, dove in genere i venti erano forti. Non c'era traccia di luna né di stelle, eppure il cielo non sembrava nuvoloso. Tutto era immerso in un nero profondo. Il panorama, sotto di loro, risplendeva di luci violacee.

Fabio cabrò lateralmente, e in meno di un minuto furono in vista di Castel Gandolfo. Le vie brulicavano di Assoggettati. Si calpestavano l'un l'altro, procedendo disordinatamente in direzione del centro storico, e la casa di Chloe e Ewan era quasi completamente ricoperta di viverne metalliche. Gli Assoggettati erano assiepati sotto le sue mura e cercavano di arrampicarsi fino al sottotetto, mentre alcuni volavano imperterriti davanti alle finestre. A intervalli regolari, da una di esse uscivano potenti soffi di vento.

Fabio e Karl si misero a volare in circolo.

«E adesso?» disse Karl.

«Non possiamo bruciarli» disse Fabio. «Sono esseri umani. E non hanno colpa.»

«Ho un'idea» fece Karl dopo un istante. «Quando te lo dico, lancia la fiamma verso il cielo, okay?»

Fabio annuì.

Karl scagliò in aria un lungo getto di ghiaccio. «Ora!» urlò.

Fabio evocò una fiamma enorme, che investì in pieno il ghiaccio sciogliendolo in un potente scroscio, e l'acqua si abbatté sulle viverne come un'onda. Karl continuò a produrre ghiaccio e Fabio a scioglierlo con la sua fiamma, fino a quando il vicolo davanti alla casa di Ewan e Chloe non si trasformò in un fiume in piena.

Gli Assoggettati finirono spazzati dalla corrente verso la piazza. Karl ne approfittò all'istante. Eresse una spessa barriera di ghiaccio tutt'intorno alla casa, alta fin oltre il tetto. Fabio si infilò dentro la finestra, tornando all'istante nella sua forma umana.

Chloe e Ewan erano parzialmente trasfigurati; avevano un artiglio e un'ala di drago ciascuno, ed erano molto pallidi. Dietro di loro, accucciata in un angolo, c'era Gillian con un pigiama dei Griffin e un paio di pantofole giganti. Appena lo vide, balzò in piedi e gli saltò al collo.

«*Thankyouthankyouthankyouthankyou*!» gli urlò.

«Va... va tutto bene...» provò a rassicurarla Fabio, mentre cercava di staccarsela di dosso.

Anche Karl era entrato, ed era accorso a vedere come stavano i gemelli. «Dobbiamo andarcene, la barriera non terrà a lungo.»

«*What the hell is going on?*» urlò Chloe. Aveva imparato l'italiano, come suo fratello del resto, ma quando era agitata tornava alla sua lingua madre.

«*I have no idea*» la assecondò Karl. «Ma non abbiamo il tempo di capirlo. Dobbiamo scappare.»

«La porti tu?» chiese Ewan a Fabio. Lui annuì. Aveva ancora Gillian attaccata al collo.

Ewan e Chloe si abbracciarono, quindi i nei sfavillarono sulle loro fronti. Si gettarono dalla finestra, e un istante dopo si videro due draghi viola solcare il cielo. Karl e Fabio li seguirono immediatamente.

Stavolta non c'era modo di volare alti. I Draconiani potevano sopportare il volo in quota, ma Gillian di sicuro non ce l'avrebbe fatta, per cui cercarono di essere più rapidi possibile. Due Assoggettati si misero loro dietro, ma ci pensarono Ewan e Chloe a spazzarli via con un tornado.

Il viaggio fu breve. Pochi battiti d'ali e si ritrovarono a volare sopra il lago. Giunsero rapidamente in vista della villa del professore, ma le brutte sorprese non sembravano finite. Davanti al cancello era assiepata una ventina di Assoggettati. A turno si gettavano contro il muretto che delimitava la casa, solo per finire sbalzati via da un'esplosione di scintille verdi. Almeno la barriera era ancora attiva.

I Draconiani atterrarono appena oltre il cancello, tra le grida di rabbia degli Assoggettati. Fabio ritornò subito alle sue sembianze umane e corse dentro spalancando la porta.

«Sofia!»

Lei era lì, ancora in pigiama, con Lidja al suo fianco, entrambe sedute davanti al professore e a Thomas, incoscienti e legati all'albero. Era avvilita e spaventata, ma stava bene. Fabio avvertì un'ondata di sollievo sciogliere la tensione dei muscoli. Si sentiva stanchissimo.

«Sei ferito» disse Sofia, e allungò la mano, ma lui si ritrasse impercettibilmente. Non si erano più toccati da quella mattina, quando si erano detti definitivamente addio. Era una specie di tacito accordo, però Sofia non poté impedirsi di restarci male.

«È solo un graffio» minimizzò lui.

Gli altri entrarono alla spicciolata.

«State tutti bene?» chiese Lidja, e ognuno raccontò la propria avventura: Karl l'attacco a Isola Farnese, Gillian la paura che aveva avuto quando le prime viverne avevano preso a colpire porte e imposte, Sofia la possessione del professore e di Thomas.

Alla fine di quei racconti concitati, fu Fabio a riportare l'ordine e a esprimere il pensiero di tutti: «Temo che Nidhoggr abbia cominciato a invadere il mondo... O forse l'ha già fatto.»

3
Una vecchia alleanza

Chloe guardò fuori dalla finestra. Gli Assoggettati continuavano a cercare di forzare il blocco, i volti mostruosi rischiarati dai lampi della barriera che proteggeva la villa. Si scagliavano contro di essa come se fossero disposti a morire pur di abbatterla, ma venivano puntualmente rimbalzati indietro.

Il professore e Thomas erano ancora legati all'albero in stato di incoscienza, quando quell'orda di creature aveva circondato la casa. Sofia e Lidja avevano dovuto cavarsela da sole.

«E se riuscissero a passare?» chiese Gillian con il suo tipico accento inglese. «Gli insetti meccanici che ci hanno aggrediti poco tempo fa sapevano erodere la barriera con le loro mandibole. Che orrore... mi vengono i brividi se ci ripenso!»

Karl scosse la testa. «Non lo so. Non ho mai visto creature simili. Ma suppongo che, se sapessero come attraversare la barriera, avrebbero già cominciato a farlo. Probabilmente quegli insetti erano stati in grado di infrangerla, a Edimburgo, perché era molto più sottile di quella che protegge la villa. La mia impressione è che questi si scaglino contro la barriera per puro istinto, come se fossero mossi soltanto da una furia cieca.»

«È vero» disse Fabio. «Sembrano creature senza volontà, zombie…»

«Continueranno in eterno, potrebbero morire nel tentativo di attaccarci» disse Karl.

Chloe inorridì. «Ma sono esseri umani innocenti… Cosa ne sarà di loro?»

«Purtroppo non abbiamo tempo per chiedercelo» intervenne Lidja. «Sembra che il mondo sia sprofondato nel caos, e dobbiamo comprenderne al più presto la ragione.»

Erano tutti radunati nel soggiorno della villa.

Una delle numerose pendole addossate alla parete segnava le sei, eppure non c'era traccia di sole. Nel cielo del mattino persisteva quel nero compatto e impenetrabile, e le uniche luci erano i riflessi violacei che soffondevano la terra.

«Non abbiamo ancora capito perché lei non sia diventata un'Assoggettata» disse Fabio indicando Gillian. «Sembra che tutto il resto del mondo, a parte noi Draconiani, sia sotto l'influsso di Nidhoggr.»

Sofia guardò la madre di Ewan e Chloe. «Sei sicura di stare bene?» La donna, ancora pallida per lo spavento, annuì. «Non hai sentito niente quando è scesa la nebbia, come un formicolio, una sensazione spiacevole?»

«Ho solo avuto tanta paura» rispose lei cercando di sorridere «ma sono sempre rimasta lucida.»

«Evidentemente chi ha un legame di sangue con i Draconiani è protetto da questo maleficio» osservò Fabio.

«Infatti il prof e Thomas ne sono stati colpiti» disse Lidja. «Tra un po' torneranno in sé, dovremo occuparci anche di loro.»

Sofia cominciò a tormentarsi le mani. Il silenzio sceso dopo quelle parole la metteva a disagio. Tutti aspettavano il suo parere. Ovvio, il capo era lei, per quanto il ruolo le pesasse e per quanto poco le calzasse.

«Dobbiamo cercare di curarli» disse infine. «Scenderemo tutti insieme nel dungeon, intorno alla Gemma. Vedremo se il suo potere benefico basterà per farli tornare alla normalità. Abbiamo bisogno del prof, ora più che mai.»

Nessuno fece commenti. In silenzio, i Draconiani circondarono Thomas e il professore e li slegarono dall'albero al centro della casa, quindi scesero nei sotterranei.

La sala era rischiarata dalla luce calda e rassicurante della Gemma, sospesa a mezz'aria in una bolla. Incastonata in una nicchia alla parete, la statua di Lung, il primo dei Draconiani che aveva accolto in sé lo spirito di Thuban, sembrava vegliarla.

La bolla era ora racchiusa tra due strutture metalliche, simili a mani, collegate a quattro rudimentali sedili in bronzo disposti tutt'intorno. Tra la bolla e i sedili erano stati incastonati quattro grossi cristalli, che servivano a convogliare e amplificare le emanazioni della Gemma. Era stato il professore a costruire quel marchingegno, con l'aiuto di Karl, per sfruttare al meglio il potere della Gemma e infonderlo ai Draconiani. Bastava sedersi e godere dei suoi influssi benefici se si voleva essere curati, o concentrarsi per sfruttarne i poteri. Sofia aveva passato intere notti insonni seduta su uno di quei sedili, cercando il frutto di Thuban, senza però ottenere alcun risultato.

A contatto con la Gemma, i Draconiani potevano percepirne l'energia, benefica e protettiva, e per un istante Sofia si illuse che non fosse accaduto niente, che quanto era successo quella notte non fosse altro che un incubo.

Ma tornò rapidamente in sé: se c'era una cosa che aveva imparato in tutto quel tempo, era che non bisognava mai abbassare la guardia. Si concentrò su Thomas e il professore, ancora assopiti.

«Quanto dura l'effetto della pozione che gli abbiamo somministrato?» chiese.

«Dipende dalla quantità. È comunque potente, come abbiamo constatato quando l'abbiamo data a Effi» rispose Karl. Gli occhi gli si velarono un istante non appena pronunciò il nome della madre adottiva, e per scacciare quel momento di fragilità si rifugiò nella freddezza delle nozioni scientifiche. «È un composto di linfa e tintura di piante che...»

«Era una fiala» lo interruppe Lidja. «Una fiala divisa in due.»

«E allora dovrebbero dormire ancora per qualche ora.»

«Non abbiamo tutto questo tempo» osservò Sofia. «Dobbiamo trovare un modo per svegliarli e capire se accanto alla Gemma torneranno in sé» aggiunse rivolta a Karl. «Non abbiamo qualcosa che possa anticipare il risveglio?»

Il ragazzino rifletté. «Forse sì» disse infine. «Dammi solo un istante» e scomparve, diretto al suo studiolo.

Nel frattempo, Sofia si avvicinò a Fabio. «Vieni, siediti anche tu qui. Hai una brutta ferita, devi curarti.»

Lui provò a protestare. «Basta la medicazione che mi ha fatto Ewan.»

Sofia gli si avvicinò di più, fino ad arrivargli a un soffio dal naso. Lo vide impallidire, e lei stessa dovette stringere i denti; il cuore le batteva a mille. «Ho bisogno di te. Sano e salvo.»

Fabio distolse lo sguardo, ancora riluttante. Poi si rassegnò a obbedire e si mise su uno dei sedili, accanto a Thomas e al professore.

Karl rientrò con le braccia piene di ampolle di vari colori e le dispose a terra. «Ho preso qualcosa che potrebbe servirci. Queste» e indicò alcune boccette rosse «fanno rinvenire all'istante, mentre queste fanno addormentare, e sono un po' più efficaci di quelle che avete usato voi. Queste altre potrebbero tornare utili nel caso la Gemma non facesse tornare in sé il professore e...»

«Ma dove tenevi tutta quella roba?» lo interruppe Lidja.

«Sono filtri che stavo studiando insieme al prof per spezzare l'assoggettamento più rapidamente... Però li stavamo ancora mettendo a punto. Spero funzionino.»

«È un rischio che dobbiamo correre» affermò Sofia, tesa. Quindi si concentrò, fece confluire l'energia di Thuban lungo le dita ed evocò un fascio di liane. Le strinse saldamente intorno ai sedili, in modo da assicurare Thomas e Schlafen, mentre Karl versava il liquido di una delle ampolle in un bicchiere.

«Da chi comincio?» chiese.

«Dal prof» rispose sicura Sofia. Poi guardò Ewan e Chloe. «Voi state pronti: credo che le mie liane terranno, ma questi Assoggettati sono imprevedibili, e molto tenaci.»

I due gemelli si disposero ai lati del sedile occupato dal professore. Lidja si sistemò alle loro spalle.

Karl avanzò piano, la mano che gli tremava. Appoggiò il bicchiere alle labbra del professore e versò lentamente il contenuto. Quando ebbe finito, si allontanò e si dispose inconsciamente in posizione d'attacco. La tensione era al massimo.

Per qualche secondo non accadde nulla. Schlafen teneva la testa china sul petto, abbandonata. Poi, lentamente, cominciò ad alzarla. Tutti fecero un passo indietro, le braccia immediatamente trasfigurate negli artigli dei draghi, mentre il professore apriva gli occhi. Per un attimo da sotto le palpebre balenò il rosso terribile degli Assoggettati, poi le pupille si spensero e stinsero nel nero.

Schlafen scosse piano la testa e guardò tutti a uno a uno. «Ragazzi... cos'è successo?»

L'operazione non funzionò altrettanto bene con Thomas. Appena sveglio, riprese immediatamente a urlare, cercando in tutti i modi di liberarsi, gli occhi rossi come brace. Karl fu costretto a farlo riaddormentare, rimediando un'abbondante dose di graffi.

Il professore, nel frattempo, aveva osservato allibito la scena. I ragazzi, a turno, gli spiegarono tutto e, man mano che procedevano nei loro racconti, lui diventava sempre più pallido.

«Hai qualche idea, prof?» chiese Sofia.

«Posso solo fare delle ipotesi» rispose.

I ragazzi si disposero all'ascolto.

«La mia è soltanto una congettura, ma...» Sembrava avere difficoltà a trovare le parole.

La paura si fece palpabile tra i Draconiani.

«Credo che Nidhoggr si sia incarnato di nuovo» disse infine. «E che abbia usato i suoi poteri per assoggettare gli umani. Durante l'ultima battaglia fra Thuban e Nidhoggr, quest'ultimo fece ricorso alla sua arma più potente. Aveva sempre goduto dell'appoggio di alcuni uomini, che spontaneamente avevano deciso di servirlo; ma ce n'erano molti altri che combattevano al fianco dei draghi e altri ancora che, o perché non potevano combattere o non volevano schierarsi, erano neutrali, e assistevano allo scontro. Nidhoggr aveva perso molte delle sue viverne e, anche se i Custodi erano ormai quasi tutti morti, la situazione gli era ancora sfavorevole. Per questo evocò un incantesimo, grazie al quale assoggettò buona parte dell'umanità.»

Un silenzio di tomba seguì quelle parole.

«Prof... ma se Nidhoggr è ancora vincolato dal sigillo, come ha fatto a compiere un incantesimo così potente?» obiettò Sofia.

«E poi, come ha fatto a reincarnarsi di nuovo?» chiese Karl. «L'ultima volta è stato costretto a prendersi il corpo di Chloe... Se era a un passo dal liberarsi, perché fare una mossa del genere?»

Il professore scosse la testa. «Non ne ho idea. Il sigillo imposto da Thuban non sarebbe durato in eterno, questo lo sapevamo, ma speravo che ci restasse almeno il tempo necessario a recuperare l'ultimo frutto.» Guardò Sofia.

«Non lo sento» mormorò lei. «Le visioni continuano a indicarmi luoghi sbagliati... E quando mi sembra di avvertirlo, è come se qualcosa annebbiasse la percezione.»

Un'idea terribile si fece strada nella sua testa.

«Prof... perché non sento il frutto?» disse con voce tremante. «Pensi che l'abbia preso Nidhoggr?»

«Non saltiamo a conclusioni affrettate» replicò cauto Ewan. «Anche in passato avete avuto problemi a sentirlo, no?»

Sofia non staccava gli occhi dal professore. Nel suo sguardo c'era una disperata preghiera.

"Non è così, vero? Non *può* essere così..."

«E poi non può nemmeno toccarlo!» considerò Lidja.

Il professore fece un lungo sospiro. «È vero, Nidhoggr non tollera il potere dei frutti, dunque per lui sono intoccabili, impossibili da maneggiare. Ma abbiamo visto che Ratatoskr e Nidafjoll ci sono riusciti. Questa potrebbe dunque non essere più una limitazione. E un umano avrebbe potuto aiutarlo.»

«Ma il frutto potrebbe avere il potere di liberarlo dal sigillo?» chiese Fabio.

Schlafen rimase in silenzio a lungo, spostando gli occhi dall'uno all'altro.

«Sì» capitolò «potrebbe. Il sigillo è stato imposto da Thuban, e i frutti, come sapete, sono strettamente connessi ai Draghi della Guardia. Se c'è qualcosa al mondo che potrebbe spezzare il sigillo, è lo stesso strumento che l'ha creato: il frutto di Thuban. È il principio del funzionamento di una chiave.»

Sofia sentì l'aria mancarle. Era successo il peggio, quello che fino a quel momento si erano rifiutati persino di immaginare. Peggio della volta in cui Karl era morto ed erano tornati indietro nel tempo per salvarlo. Guardò i suoi compagni, e sui loro volti vide solo smarrimento.

«Non sappiamo se le cose siano andate davvero

così...» concluse il professore. «Sto solo facendo delle ipotesi in base a quanto accaduto in passato.»

«Dobbiamo considerare lo scenario peggiore» disse Sofia. «Se quel che dici è vero, cosa possiamo fare? Ad esempio, per farti tornare in te è bastato semplicemente portarti qui, ma con Thomas non funziona. Gillian invece sta bene.»

«Per quel che riguarda me, possiamo dedurre che il fatto che io sia un Custode mi rende, se non immune, almeno curabile. E Gillian...» la guardò dubbioso «... forse il fatto che sia la madre di due Draconiani l'ha salvata.»

Sofia si sforzò di non sembrare scoraggiata. Quello di cui avevano bisogno ora era un po' di fiducia, e se gli altri non riuscivano a provarla, doveva essere lei a infonderla nel gruppo.

«Va bene. Forse Nidhoggr ha rotto il sigillo, e non sappiamo come comportarci con i nuovi Assoggettati. Questo è un punto che può studiare Karl. Poi dobbiamo capire dov'è il frutto di Thuban. Se davvero l'ha preso Nidhoggr... se davvero ce l'ha lui...» scosse la testa. «È già successo, non lo dimentichiamo.» Passò in rassegna i suoi compagni con sguardo deciso e si appuntò su Lidja. «Nida aveva quello di Rastaban.» L'amica annuì. «E anche il frutto di Aldibah è stato in mano di Ratatoskr» concluse guardando Karl.

«Ce lo riprenderemo, come abbiamo fatto allora.»

«Ma tu non lo percepisci...» disse Chloe.

«Mi impegnerò di più» ribatté Sofia. «Ci impegneremo tutti di più. La situazione è grave, ma lo è stata tante volte anche in passato, e ce l'abbiamo sempre fatta, no?»

Tutti fecero timidi cenni di assenso, e il professore soffocò un sorriso.

Una mano si alzò. Sofia si voltò, e il suo cuore ebbe un sussulto. Fabio chiedeva parola.

«Dimmi» disse brusca, cercando di controllare il tremito della voce. Non sapeva che aspettarsi. Fabio era sempre stato il più pessimista tra loro, e in passato non aveva esitato a metterla in imbarazzo davanti a tutti. Adesso che erano ai ferri corti, chissà cosa si sarebbe inventato.

«Cercare il frutto è prioritario» esordì «ma bisogna anche capire cosa è successo. Dobbiamo sapere con certezza se è in possesso di Nidhoggr, perché questo cambia tutto.»

«E come possiamo saperlo?» chiese Sofia.

«Nida.»

Tutti insorsero.

«Ti rinfresco la memoria: l'ultima volta che l'hai vista, ha cercato di ammazzarti!» sbottò Lidja.

«Non mi fido di quella donna e non la voglio più

vedere!» gemette Chloe, mentre il fratello le stringeva una mano.

«Non possiamo fare affidamento su di lei» disse Sofia. Ricordava ancora Fabio sovrastato dalla furia di Nida. «Ci ha già traditi una volta.»

«*Mi* ha tradito, a dire il vero» replicò Fabio. «E non era un tradimento. Era vendetta.»

«Ha cercato di ucciderti, non mi sembra un dettaglio trascurabile.»

«Questo lascialo decidere a me» replicò lui.

«No!» Sofia scattò in piedi. «Per quanto ti piaccia pensarla diversamente, sei uno di noi, e un attacco a te è un attacco a tutto il gruppo. Nida è un nemico.»

Fabio sostenne il suo sguardo. «Calmati» disse pacato. «E siediti.»

Sofia arrossì violentemente, ma obbedì.

«Se c'è qualcuno che può sapere davvero cosa sta succedendo, quella è Nida. È molto più che sua figlia, in un certo senso è un pezzo di Nidhoggr. Lei può dare una risposta alle nostre domande.»

«Non credo sia più in contatto con lui. L'ha rinnegato» obiettò Lidja.

«Forse non è necessario. Sono carne della stessa carne. E per il resto, è vero, ha cercato di uccidermi, ma ha fatto esattamente quello che ci aveva promesso. Ci ha portato da lui. Lei odia davvero Nidhoggr, e lo vuole morto tanto quanto noi. Senza contare che, se davvero Nidhoggr è tornato, ora Nida avrà i suoi problemi a nascondersi.»

Tutti tacquero. Sofia cercava di ragionare, ma quando si trattava di Fabio le risultava difficile essere lucida.

«Quella donna è... *treacherous*» disse Chloe arricciando il naso.

«Infida» tradusse Ewan.

«Vi prego... io non penso che sia una buona idea» insistette Chloe.

Gillian corse ad abbracciarla.

Fabio appuntò lo sguardo su Sofia. «Sta a te» disse.

Sofia sentì il cuore in gola. Guardò i compagni, indugiando un istante di più su Lidja.

Lei intuì al volo. «Lo sai che io e Fabio abbiamo avuto... divergenze, in passato» disse con un mezzo sorriso. «Ma, anche se mi costa ammetterlo, stavolta sono d'accordo con lui. La decisione ultima spetta a te.»

Sofia si tormentò il labbro con i denti. Quanto detestava dover fare il capo...

«D'accordo. La chiameremo.»

A Chloe sfuggì un gemito.

«Ci vado io» disse prontamente Fabio.

«Non mi sembra affatto una buona idea» insorse Sofia. «Lei ti odia.»

«So come trattarla.»

«Intanto la chiamiamo, poi decideremo chi la incontra e dove» stabilì Sofia.

Aprì il cassetto di una credenza e ne tirò fuori una bambolina vecchia e impolverata. L'avevano conservata dopo che Nida l'aveva data loro come mezzo per comunicare, quando si erano incontrati a Edimburgo.

Fu Fabio a premere il bottoncino che aveva sulla schiena, sotto il corpetto del vestito di pizzo. Gli occhi della bambola si illuminarono di rosso, emettendo un breve suono. «Fatto!» esclamò. «Non ci resta che aspettare.»

L'attesa non fu lunga, perché gli occhi della bambolina si accesero immediatamente. Brillavano a intermittenza di un rosso morente, a intervalli a volte brevissimi, a volte più lunghi. I ragazzi fecero capannello.

«Che vuol dire? Non so cosa significhi» disse Fabio.

«Era mai successo qualcosa del genere, prima?» chiese Chloe.

Sofia scosse la testa. Gli occhi della bambolina brillavano impazziti.

«Aspettate un po'...» disse Karl piano, e strappò la bambolina dalle mani di Fabio. Si mise a fissarla con gli occhi a fessura, concentrato. «È Morse! È il codice Morse!» esultò infine, quindi scattò di nuovo fuori dalla stanza, per rientrarci poco dopo con un foglio di carta e una matita.

Si mise a scrivere freneticamente.

«A... i... u... t... o» scandì piano. Poi guardò gli altri ragazzi.

«È una trappola» sentenziò Chloe.

«È quello che vi dicevo, invece: Nida è sola, e braccata da Nidhoggr. Se davvero è tornato, lei è la prima sulla lista nera. È il momento giusto per approfittarne.»

Sofia rimase interdetta. Non riusciva ancora ad abituarsi a certe uscite crudeli di Fabio.

«Q... u... i... v... i... c... i... n... o... b... o... s... c... o.»

Karl non fece neppure in tempo a finire di segnalare il luogo in cui Nida si trovava che Fabio era già volato fuori dalla stanza.

«Fabio!» urlò Sofia.

4
Senza speranza

Nida inciampò e cadde faccia in avanti. La terra odorava di *lui*, tutto aveva il suo maledetto odore.

Si tirò su a fatica, e la caviglia le inflisse una stilettata di dolore. Fu costretta a sedersi di nuovo. Non sembrava ferita, ma al tatto faceva male da impazzire.

Quella creatura l'aveva attaccata all'improvviso, e lei era riuscita a fuggire per miracolo. Non aveva fatto nemmeno in tempo a capire cosa fosse. L'aveva colpita alle spalle, per poi sparire con un battito d'ali nel nero della notte.

Frugò nella tasca del giubbino, guardò ancora una volta la bambolina con cui aveva comunicato con i Draconiani, a Edimburgo. Non pensava l'avrebbero ancora chiamata, dopo il modo in cui si era comportata. Ma non era certo il momento di andare per il sottile. Sperò che si sbrigassero ad arrivare. Si lasciò sfuggire un'imprecazione sibilante, pensando alla sua misera condizione. Era da tempo che non parlava più nella sua lingua madre, quella che lui le aveva insegnato. Da quando aveva ricevuto – o meglio, si era presa – l'ampolla con la linfa dell'Albero del Mondo che i Draconiani avevano preparato, le era venuto naturale comportarsi come un'umana qualsiasi. Era incredibile con quale facilità ci si potesse adattare a quella vita scialba, banale. Eppure l'aveva condotta per qualche mese. Ma ora...

Strinse le dita intorno all'ampolla che aveva appesa al collo. Fino al giorno prima le poche gocce di linfa brillavano di una luce verde, calda e benefica. Quando la toccava, sentiva quella spiacevole corrente che le ricordava la sua vera natura: come ogni creatura di Nidhoggr, soffriva la vicinanza di qualunque cosa avesse un legame con l'Albero del Mondo. Quell'ampolla conteneva una quantità di linfa minima, sufficiente a nasconderla al suo Signore, ma tale da non nuocerle troppo. Ora però la sua luce era meno intensa. Era successo quando si era alzato il vento, e la nebbia nera aveva inghiottito tutto.

"Maledetto... come ha fatto..." disse tra sé e sé. Anche per una come lei, vedere il mondo colpito da un maleficio di quella portata era impressionante.

Non pensava che quei ragazzini l'avrebbero chiamata

ancora, dopo quello che aveva fatto. Aveva rispettato i patti, certo, ma la vendetta sull'umano che aveva ucciso Ratatoskr era una clausola non prevista. Ora che Nidhoggr era tornato, però, era sicura che l'avrebbe cercata e non avrebbe faticato a trovarla. Aveva bisogno di aiuto.

Si tirò su e riprese a correre, zoppicando sulla caviglia ferita.

"Sbrigatevi ad arrivare... Sbrigatevi" pensò guardando ancora una volta la bambolina con cui aveva comunicato ai Draconiani il luogo in cui si trovava. Era sulle sponde del lago di Albano, nella parte già coperta da un fitto bosco. La villa dei Draconiani non doveva essere molto lontana.

Poi udì di nuovo quel rumore, il battito lugubre e lento di ali membranose, ali di viverna. Era tornata, la creatura era tornata. Lo spostamento d'aria la fece cadere di nuovo. Alzò gli occhi. Le stava davanti.

Era un uomo, un semplice, maledetto uomo. I capelli neri, mossi, gli occhi grigi, il fisico asciutto, abituato alla battaglia. Per alcuni versi avrebbe potuto ricordarle l'aspetto che Ratatoskr assumeva tra gli umani. Ma qualcosa nello sguardo tradiva le sue origini. Sulle ampie spalle si aprivano un paio di ali nere, ali di Nidhoggr. L'uomo le scoccò un'occhiata truce, e le sue labbra si piegarono in un sorriso di scherno. «Dove pensavi di scappare?»

Nida contenne la rabbia mentre si rimetteva in piedi con la caviglia che la reggeva a stento.

L'uomo non si fece intimorire dal suo sguardo di fuoco. «Davvero credevi di poterla fare franca? Davvero pensavi che quando il mio Signore fosse tornato avresti potuto nasconderti ancora?»

«Non è il tuo Signore, sei solo un patetico essere umano.»

L'uomo rise beffardo. «Forse lo sono stato, ma adesso non più.»

Scoprì il petto, mettendo a nudo tre lunghe cicatrici nerastre che lo attraversavano parallele, da un capo all'altro. Intorno, un reticolo di vene nere in rilievo pulsavano affannose, come se un cuore rabbioso vi pompasse sangue con foga. Ecco perché aveva le ali. Nidhoggr gli aveva dato il suo sangue. Nida non poté soffocare un moto di rabbia. Un uomo. Aveva dato il suo sangue a un uomo, e aveva lasciato morire la carne della sua carne senza la minima reazione. Aveva considerato lei e Ratatoskr nulla più che stupidi servi, e aveva concesso un tale privilegio a un vile essere umano.

L'uomo sollevò un dito, e un lampo viola si abbatté al suolo, contro Nida. Nonostante la ferita, lei riuscì a scostarsi prima di essere colpita. L'uomo non demorse e prese a lanciare lampi a raffica, che lei schivò ancora rotolando agilmente dietro un albero. L'uomo lo abbatté con un solo colpo. Era forte, dannazione, molto forte.

«Non puoi competere con me!» urlò. «C'è stato un tempo in cui eravate voi gli eletti, i servi del mio Signore, ma quel tempo è finito. Adesso ha me, e io non fallirò come Ratatoskr, io non lo deluderò!»

«Taci!» gridò Nida da dietro una roccia, lanciando a sua volta lampi viola dalle mani. All'uomo bastò alzare un braccio, e i colpi si infransero su un'invisibile barriera. Nida urlò ancora più forte, e in un istante si trasfigurò: immense ali le spuntarono sulle spalle; la testa si trasformò in un muso allungato, da serpe, irto di zanne affilate; il corpo divenne lungo e sinuoso, con zampe possenti dotate di artigli. Non indossava più quei panni da quando aveva combattuto contro Fabio, a Edimburgo, e all'improvviso si sentì quasi un'estranea in quel corpo. Avvertì un moto di repulsione: possibile che si fosse abituata così tanto a vivere da umana?

Respinse quei pensieri e si gettò sull'uomo con tutto il proprio peso. Lo trascinò a terra, e poi giù per la scarpata che conduceva al lago. Mentre rotolavano via, lei cercò di mordere, graffiare e lacerare. Ma ogni volta che le sue zanne toccavano la pelle dell'uomo, si alzavano scintille nere. Caddero sulla minuscola sponda del lago, a un nulla dall'acqua, e si separarono.

L'uomo fu il primo a rialzarsi. «Ho il sangue del mio Signore in corpo, non l'hai capito?» disse battendosi il petto. «Ho la sua forza, la sua resistenza, il suo potere!»

Nida si tirò su ansimando. «E io sono carne della sua carne» sibilò.

«Non più!» urlò l'uomo. «L'hai tradito, credevi fosse un gesto senza conseguenze? La vita degli umani ti ha corrotta, ti ha indebolita: sei come loro, adesso.»

«Io non sono come loro.»

«Oh, sì che lo sei.»

«*Tu* sei un umano, dannazione!» urlò Nida.

«Io ho rigettato quel sangue, ho rifiutato la mia natura, e il mio Signore mi ha ripagato rendendomi simile a lui. Per secoli, per millenni, i miei discendenti hanno tramandato il suo culto, di generazione in generazione. Ho atteso con ansia questo giorno, e ora che il suo regno è tornato, io sono risorto a nuova vita.»

Proruppe in una risata folle ed estese le braccia fino a trasformarle in serpi, che si avvolsero fulminee intorno al corpo di Nida e cominciarono a morderla senza pietà. Lei urlò di dolore. Non erano soltanto le ferite a tormentarla, quanto il veleno di cui erano intrise quelle zanne. Le spire di una delle serpi lentamente la stava stritolando. Sentì le ossa del collo gemere. Perse la sua forma di viverna, a poco a poco tornò umana. Distante, le giunse il suono di una risata, ma tutto iniziava a confondersi.

Poi, di colpo, la pressione delle zanne si annullò, le spire allentarono la presa e le serpi caddero a terra. Nida scivolò al suolo, la schiena appoggiata a un albero. Davanti a lei si ergeva un enorme drago dalle squame dorate.

Fabio le gettò appena uno sguardo. «Mettiti al riparo» le disse.

«Non puoi farcela contro di lui» protestò Nida.

«Lo vedremo.»

Fabio squadrò l'uomo. A parte le ali da viverna, sembrava un semplicissimo umano, un trentenne atletico dal fisico muscoloso, nulla più. Emanava però un'aura strana, malefica, che dava i brividi. Non era un Assoggettato, non era un nemico qualsiasi.

L'uomo sorrise. «Ed ecco arrivare uno dei tuoi amichetti. Peccato non sia quello giusto» disse.

Fabio scattò in avanti senza indugi. Mirò con gli artigli alle ali, ma il colpo si infranse contro la barriera invisibile.

«Non sono più quello di un tempo» mormorò l'uomo. «E adesso uno come te non mi fa certo paura.»

Tese di nuovo le braccia, e le serpi si lanciarono contro il corpo di Fabio. Lui scattò in alto, schivò i colpi, tranciò con gli artigli due teste sibilanti e lanciò una fiammata, incenerendo i tronconi. Poi si posò a terra con un sorriso di vittoria, ma durò poco. Dai tronconi bruciati proruppero nuovi serpenti, in numero doppio rispetto a prima.

Fabio si rialzò in volo, cercando di schivare i morsi e recidere le teste, ma ne spuntavano in continuazione.

Scese a terra, lanciò le fiamme più possenti che riuscì a evocare, e una palla di fuoco avvolse l'uomo.

«Spostati» disse una voce dietro di lui. Si girò. Nida.

Portò una mano al collo, staccò la collanina con l'ampolla contenente la linfa e la gettò tra le fiamme. Un'enorme vampata verdastra investì in pieno l'uomo. Finalmente Fabio lo sentì urlare di dolore.

«Via, andiamo via!» strillò Nida.

Volarono il più velocemente possibile e dopo poco arrivarono in vista della villa di Schlafen.

«La barriera...» mormorò Nida in affanno. «Io non la posso superare.»

Fabio rimase sospeso a mezz'aria. Non poteva scendere a terra, perché lì era ancora pieno di Assoggettati. Sentì dietro di sé il rumore di grosse ali membranose che solcavano il cielo. A quanto sembrava, l'uomo si era già ripreso. Ragionò rapidamente.

«Tieniti stretta a me» disse. Nida obbedì. Fabio evocò

una palla di fuoco e ci si avvolse dentro. Le fiamme erano a un nulla dalla carne di Nida, che già iniziava a sfrigolare, ma non la toccavano, e al tempo stesso la circondavano proteggendola. Fu così che varcarono la barriera e atterrarono al di là, al sicuro nel giardino della villa. Fabio fece appena in tempo a scorgere l'uomo, immobile davanti alla casa, che gettava i suoi serpenti contro la barriera. Inutilmente. Le teste esplodevano al contatto con lo strato di energia che li proteggeva dalle minacce esterne, emanando lampi verdi. L'ultima cosa che Fabio vide, prima di chiudere la porta, fu il suo sguardo di sfida.

Sofia accorse all'ingresso, trafelata. Nida giaceva incosciente sul pavimento, la testa reclinata di lato.

«È solo svenuta per l'impatto con la barriera» disse Fabio.

«Ma che diavolo è successo?» chiese Sofia.

«Questo dovrà spiegarcelo lei» rispose Fabio tirandosi su. «Insieme alla verità sul ritorno di Nidhoggr e a un bel po' di altre cose. Chiama Karl, forse saprà come rimetterla in sesto.»

Nida venne trasportata in cucina e distesa sul tavolo affinché Karl potesse esaminare da vicino le sue ferite.

«Credi di poterla curare?» domandò Sofia.

Gli altri Draconiani si erano raccolti intorno a lei, fatta eccezione per Chloe, che non voleva più vedere Nida neppure da lontano ed era rimasta in soggiorno.

Karl si passò la mano sulla bocca, pensieroso. «Io e il prof abbiamo preparato filtri che possono curare i Draconiani, ma non un'emanazione di Nidhoggr...»

«A meno che non usiamo l'embrione di viverna che abbiamo estratto dal corpo di Effi, o quello che ne è rimasto» propose Fabio.

«Ottima idea!» esclamò Karl. «Potrebbe avere proprietà curative per Nida. Sai che quando non ti impegni a fare il cinico disfattista sai anche essere intelligente?»

«Ha parlato quattrocchi» rispose Fabio con una smorfia di scherno. Mente scherzava, gettò uno sguardo a Sofia e le rivolse un sorriso accennato. Era la prima volta che lo faceva da quando si erano lasciati. A Sofia fece l'effetto di un buon tè, che riscalda tutto mentre scende giù per la gola. Un dolce tepore le si diffuse nel petto, ma durò solo un istante. Fabio recuperò subito il suo atteggiamento distaccato e si mise a girare intorno al tavolo, studiando il corpo disteso.

Karl risalì dal suo studio dopo una decina di minuti, reggendo in mano un barattolo pieno di una sostanza densa e giallastra. Dentro galleggiava un bozzolo scuro, coperto di grumi marrone. Aprì il barattolo con cura, quindi vi infilò una siringa e punse il bozzolo. Ne estrasse un liquido vischioso e nero con cui riempì un flacone.

La siringa tra le mani, guardò i suoi compagni. «E adesso?»

«Be', sei tu l'esperto» osservò Lidja.

«Perché non proviamo a stendere quella roba sulle sue ferite?» propose Ewan.

Karl guardò Sofia.

«Hai qualche altra idea?» disse lei.

Il ragazzino sospirò, quindi prese una pezzuola di garza e ci mise sopra una goccia di quel liquido. Non era soltanto disgustoso, ma vibrava anche di un potere inquietante, che causava a tutti loro una strana sensazione di disagio.

Iniziò a tamponare le ferite con la pezzuola. Dapprima fu molto cauto, ma apparve subito evidente che Nida ne traeva beneficio. Non appena la sostanza entrò in contatto con le ferite, cominciò a respirare meglio e la sua fronte si spianò. Karl, incoraggiato, continuò.

Quando ebbe finito, considerò la caviglia. «Questa è solo slogata» disse.

«Me ne occupo io» intervenne Lidja.

Alla spicciolata i Draconiani uscirono, tranne Fabio. Rimase a contemplare i gesti sicuri di Lidja, lo sguardo perso.

«Hai imparato al circo?» le chiese.

Lei annuì. «Credo di essermi lussata praticamente tutte le ossa, quando lavoravo lì» disse con un mezzo sorriso. «Le ferite sono brutte, non credo si riavrà tanto presto.»

«Non fa niente. Tanto, siamo tutti in attesa, no?» rispose Fabio scrollando le spalle.

«Ratatoskr era un nemico. Non devi sentirti in colpa, soprattutto dopo che lei ha tentato di ucciderti.»

«Cos'è, una moda? Tutti a cercare di psicanalizzarmi.»

Lidja fece l'ultimo nodo al bendaggio. «È che con te è facile. Ce l'hai scritto in faccia.»

Fabio la sfidò con lo sguardo. «Io non mi sento in colpa.»

«Come vuoi» disse Lidja pulendosi le mani. Il sangue di Nida era denso come melassa, e dovette faticare per lavarlo via. Quando ebbe finito, fece per uscire, ma si fermò accanto a lui. «Già che ci siamo, un'altra cosa: non riuscirai a evitare Sofia per sempre. Arrenditi: le vuoi ancora bene, e continuerai a volergliene.»

Fabio si girò di scatto, e fece per risponderle con una battuta sarcastica. Ma Lidja se n'era già andata.

Nida rinvenne nel pomeriggio. Fabio era di fianco a lei, seduto.

«Be'? C'è qualcosa da mangiare?» gli chiese come se niente fosse. «Sto morendo di fame!»

Quando gli altri Draconiani entrarono, la scena era surreale. Nida, le gambe incrociate, era seduta sul tavolo della cucina, le mani affondate in un sacchetto di patatine e le guance gonfie di cibo.

«Aveva fame...» si schermì Fabio.

Sofia fece un passo avanti e prese in mano la situazione. «Bene, dal momento che ti sei ristabilita, immagino potrai dirci chi era il tipo che ti stava dando la caccia.»

Nida smise per un istante di sgranocchiare le patatine. «Vedo che ti è spuntato un po' di coraggio, dall'ultima volta che ci siamo viste» disse con sarcasmo.

«Falla breve e rispondimi.»

Nida affondò di nuovo le mani nel sacchetto. «Dovreste ricordarvi di lui... Vi ha dato del filo da torcere, millenni fa, e a lui in particolare» disse indicando col mento Ewan. Il ragazzo la fissò interrogativo. «È stato lui a uccidere Kuma. A farlo a pezzi, per la precisione» aggiunse con un sorriso truce.

Tutti guardarono Ewan, ma lui scosse la testa. «Non ho alcun ricordo, al riguardo.»

«Non ci hai detto chi è» la incalzò Sofia

Nida alzò lo sguardo su di lei: adesso era seria. «È il più potente degli uomini che si schierarono con Nidhoggr durante la grande battaglia in cui perdeste la vita. Era lui a guidare gli Assoggettati, lui a coordinare gli umani che avevano deciso di combattere al nostro fianco. Si chiama Ofnir, ed era grande amico di Lung.»

A udire quel nome, Sofia sentì una stretta allo stomaco. «Fabio ha detto che non sembrava un umano qualsiasi.»

Il volto di Nida si atteggiò a una smorfia di odio. «Certo, perché Nidhoggr gli ha dato il suo sangue. È un nemico temibile: non solo è dotato di una grande forza, è anche molto intelligente. E, pur se mi secca dirlo, è più potente di me e di qualsiasi altro servo di Nidhoggr con cui vi siete confrontati finora. Adesso che lui è tornato, chiunque gli sia legato è incredibilmente più forte di quanto fosse prima. Esclusa me. Io l'ho tradito.»

Sofia fece un passo avanti, tremante. «Nidhoggr… è tornato?»

Un lampo maligno attraversò gli occhi di Nida. «Certo. Non ditemi che non l'avevate capito. Basta guardarvi intorno.»

«Quindi tutto il mondo ha subito questa trasformazione…» disse Ewan.

«Temo di sì» rispose Nida sgranocchiando un'altra patatina.

«E sai qualcosa del frutto di Thuban?» intervenne Lidja.

«Potrei anche dirvelo… ma a che pro? Forse sarebbe meglio che andassi a consegnarmi e a implorare pietà… In fin dei conti sono sempre sua figlia.»

«Dal modo in cui Ofnir ti dava la caccia, non credo che Nidhoggr sia molto incline al perdono» ribatté Fabio.

Nida gli scoccò un'occhiataccia. «In ogni caso, voi avete bisogno delle mie informazioni, informazioni che non sono intenzionata a darvi gratis.»

«L'ultima volta non hai rispettato i patti» disse Sofia.

«Vi ho portato Nidhoggr. Era l'unico patto che dovevo rispettare.»

«E cosa vorresti, sentiamo» proseguì Sofia.

«Protezione.»

«Te l'abbiamo già data in passato.»

«Il vostro amico dovrebbe avervi raccontato che l'ampolla non ha fatto una bella fine, e comunque era inutile. Il potere di Nidhoggr ora è sconfinato, non bastano certo due gocce di linfa a salvarmi. Questo è l'unico posto nel quale lui non può raggiungermi, almeno per ora, e voglio la vostra parola che mi nasconderete.»

«Che intendi dire con "per ora"?» chiese Ewan.

Nida lo guardò gelida. «La vostra parola.» Quindi spostò lo sguardo su Sofia, in attesa.

Lei sospirò. «Lo sai perfettamente che non ti avremmo buttata fuori in ogni caso.»

«A giudicare dai modi di quello lì» e indicò Fabio «non ne sarei così sicura.»

«Hai la mia parola» dichiarò Sofia.

Nida annuì soddisfatta, quindi sgranocchiò l'ultima manciata di patatine, appallottolando la confezione vuota. «Nidhoggr ha rotto il sigillo, e l'ha fatto usando il frutto di Thuban.»

Un mormorio costernato percorse l'uditorio, ma Sofia strinse i pugni. «Com'è possibile? E dove l'ha trovato?»

Nida sorrise con ferocia. «Non ne ho la più pallida idea. Non sono certo una sua intima confidente, in questi ultimi tempi. Dev'essere stato l'umano a trovarlo. La sua è una delle generazioni più potenti e longeve tra i servitori di Nidhoggr: hanno dedicato millenni alla ricerca dei frutti.»

«E il frutto adesso dov'è?»

Nida si prese una lunga pausa prima di rispondere.

«Il sigillo è stato infranto, quindi c'è solo una possibilità: è andato distrutto.»

I volti dei ragazzi erano sconvolti, e Nida ne parve quasi divertita.

Sofia riportò l'ordine. «E tu come lo sai? Non lo vedi dai tempi di Edimburgo.»

«Non c'era certo bisogno di stare con lui per capire cos'è successo. Sapevamo a cosa servivano i frutti fin dal primo momento, fin da quando abbiamo iniziato a cercarli. Nidhoggr li voleva per due motivi: impedirvi di evocare Draconia e liberarsi dal sigillo. Sia io sia Ratatoskr conoscevamo il rito per infrangere il sigillo: occorre un frutto, e ovviamente che i tempi siano maturi e la magia imposta da Thuban opportunamente indebolita. Che i tempi sono maturi lo sapete anche voi: il sigillo ha iniziato a dare segni di cedimento molti anni fa, ma è da un paio d'anni che Nidhoggr ha potuto iniziare ad agire in questo mondo. È stato allora che siamo nati io e Ratatoskr, e che ci siamo messi sulle tracce dei frutti.»

«Sì, ma come fai a sapere che è andato distrutto?»

«Perché il frutto deve rompersi per sprigionare il suo potere. Va infranto sopra il sigillo. In questo modo la parte dei poteri di Thuban che vi sono racchiusi si libera e il sigillo viene spezzato. Il frutto, a questo punto, è inservibile.»

«Ma il sigillo potrebbe non essere stato rotto, come possiamo averne la certezza?» tentò Lidja.

«Mi stai prendendo in giro?» la gelò Nida. «Io lo *sento*, capisci? Sono carne della sua carne, sangue del suo sangue. Un istante dopo la sua liberazione, ho sentito il suo potere fluire attraverso di me. Ho sentito la sua rabbia, cieca e devastante. Era lui in tutta la sua potenza, in tutta la sua forza, lui com'era trentamila anni fa. E se non vi fidate delle mie percezioni, be', avete gli occhi per guardare: tutti gli umani sono diventati Assoggettati, con un incantesimo che Nidhoggr non sarebbe mai stato in grado di evocare se il sigillo fosse ancora intatto. E Ofnir non si sarebbe mai risvegliato se il suo padrone non fosse tornato. E poi, siete riusciti a localizzare il frutto? Lo percepite come sentivate gli altri?»

Un silenzio attonito seguì quelle parole.

Nida sorrise. «Mi spiace per voi, ma questa volta... ha vinto lui.»

5
Sangue

La sala della Gemma era immersa nel chiacchiericcio concitato dei Draconiani, ancora sconvolti dalle rivelazioni di Nida. Sofia aveva smesso presto di parlare e pian piano si era isolata dagli altri. Non riusciva a staccare gli occhi dalla Gemma. Quel piccolo germoglio era tutto ciò che restava dell'Albero del Mondo? Il suo destino era quello di avvizzire lentamente al crescere dei poteri di Nidhoggr? Davvero era *finita*?

Eppure, nonostante Nidhoggr fosse tornato più forte di prima, la Gemma continuava a splendere magnifica, intoccabile e distante, quasi indifferente alla tragedia che aveva travolto il mondo. In passato, quando Karl era morto, la sua luce si era affievolita. Invece questa volta non aveva accennato a indebolirsi.

Sofia strinse i pugni con forza, finché non sentì le

unghie inciderle le palme, e si girò di scatto. «Silenzio, un attimo di silenzio!»

Tutti tacquero e la guardarono.

Alzò un braccio e indicò la Gemma dietro di sé. «La vedete? Brilla, come sempre. Non è finita.»

«È solo un'illusione, una stupida speranza che non ci porterà da nessuna parte» protestò Karl. Era la prima volta che Sofia lo sentiva parlare con tanta amarezza.

«Non è vero. Abbiamo sempre fatto affidamento sulla Gemma. Ci ha aiutati quando eravamo feriti, quando ogni speranza sembrava tramontata, ci ha avvisati dei pericoli, protetti dai nemici. E adesso continua a splendere.»

«Il frutto è stato distrutto, Sof...» disse Lidja.

«Il frutto di Kuma era spezzato in due, eppure non aveva perso le sue proprietà.»

«Sì, ma questo non riusciamo neppure a percepirlo» obiettò Ewan.

«Ha infranto il sigillo che teneva imprigionato Nidhoggr, probabilmente è stato contaminato in profondità dalla sua essenza. Viviamo nel *suo* mondo, ora. E che ci piaccia o meno, Nidhoggr ha trasformato la Terra a sua immagine e somiglianza. Non è vero, prof?» disse Sofia voltandosi verso Schlafen.

Lui parve in imbarazzo, ma annuì.

«Sentite» proseguì Sofia «abbiamo rischiato la vita fianco a fianco, non ci siamo mai, *mai* arresi, e io non voglio credere che sia stato tutto inutile. Siamo arrivati alla stretta finale, alla battaglia decisiva: e se pure il frutto è perduto, troveremo un modo per richiamare Draconia, combatteremo con quello che ci rimane. Siamo ancora Draconiani, o no?»

Un lungo silenzio seguì quelle parole.

Poi, piano, Chloe si schiarì la gola. «Io... io penso che lei abbia ragione. Anche quando Nidhoggr era dentro di me sembrava tutto perduto, però avete insistito, e se adesso sono qui è solo perché voi... voi avete tenuto duro.»

Quindi fu la volta di Fabio. «So che detto da me può sembrare strano, ma... Sofia ha ragione.»

Il cuore di Sofia, che fino a quel momento le era rimasto bloccato in gola, fece un balzo. «Lidja... tu cosa ne pensi?» mormorò.

«Penso che sia una follia» rispose lei, ma si alzò e le andò accanto. Ewan la seguì a ruota, e l'ultimo fu Karl, che annuì con un sorriso stentato.

Sofia prese un lungo sospiro di sollievo e guardò i compagni. Aveva avuto paura, ma si era dimostrata davvero un capo. I suoi amici erano lì, intorno a lei, e se prima i loro volti erano tesi e contratti, ora accennavano deboli sorrisi. In un angolo, Gillian tratteneva a stento le lacrime. Infine Sofia incrociò lo sguardo del professore. Sorrideva soddisfatto, paterno, e i suoi occhi le diedero la spinta finale.

«Prof» disse decisa «un frutto, anche se è spezzato, può ancora funzionare?»

«Non posso dirlo con certezza ma, come hai ricordato tu, il frutto di Kuma ha mantenuto intatto il suo potere anche se era rotto in due metà. Non penso che il numero di frammenti faccia differenza, quindi sì, è possibile che il potere del frutto non sia andato perduto.»

Sofia si sentì immensamente rincuorata da quelle parole. «Il problema ora è scoprire dov'è, e come fare a ritrovarne i pezzi» concluse.

«Non è un problema da poco» osservò Fabio. «Ma abbiamo i nostri informatori...»

Trovarono Nida al piano di sopra, in mezzo ai resti di quel che c'era in frigorifero. Non aveva fatto differenza tra dolce e salato, e aveva spazzolato di tutto: sul tavolo c'era la confezione appallottolata di un pezzo di formaggio, due vasetti di yogurt, un foglietto di stagnola che doveva aver contenuto della cioccolata, e poi foglie di insalata, una lattina vuota di aranciata e bucce di mela.

«Guarda che qui ci dovremo vivere in nove, te compresa» osservò Lidja pungente.

«Fuori è pieno di cibo» disse Nida con noncuranza.

«Sì, pieno di Assoggettati che non vedono l'ora di saltarci al collo...»

«Sono sicura che avete una ricca dispensa, là sotto, dove non volete farmi entrare.»

«Smettila di prenderci in giro. Abbiamo cose molto serie di cui parlare» si intromise Sofia.

«Basta che mi teniate nascosta, e potete chiedermi quello che volete.»

«Bene: c'è un modo grazie al quale anche un Draconiano può percepire la presenza di una viverna?»

«È la domanda più stupida che tu potessi farmi» disse Nida sprezzante. Sofia arrossì fino alla radice dei capelli. «Ognuno di voi sente Nidhoggr, o sbaglio?»

«Saremo più precisi» intervenne Fabio. «Pensiamo che i frammenti del frutto siano intrisi dell'essenza di Nidhoggr, e che per questo non siamo capaci di percepirli: hai qualche idea di come aggirare il problema?»

Nida tacque un istante, poi sorrise ironica a Sofia. «Sicura che Thuban non si sia trasferito dal tuo amico, qui? Mi sembra molto più furbo di te.»

Lei divenne viola dall'imbarazzo.

«Piantala e rispondi» tagliò corto Fabio.

«Te l'ho già detto» disse Nida. «Il frutto è andato distrutto.»

«E se il suo potere fosse ancora in parte contenuto nei frammenti?»

«Il suo potere è stato usato per rompere il sigillo.»

«Tutto, fino all'ultima goccia?»

Nida stavolta non rispose.

«Vogliamo percepire il potere sopito dei frammenti sotto le tracce che ha lasciato Nidhoggr» riprese Sofia. «È possibile?»

Nida li guardò tutti, dubbiosa.

«Dimmi, qual è esattamente il tuo piano, adesso che il tuo padrone è tornato?» le chiese Fabio all'improvviso. Nida parve presa in contropiede. «Nasconderti qui in eterno? E se, come dici tu, lui avesse davvero vinto? Avrà tutta l'eternità per cercarti, e del resto neppure noi potremo nasconderci per sempre. La tua unica speranza è che quei frammenti esistano davvero, e che possano essere usati. Solo se vinciamo noi, vinci anche tu.»

Nida contrasse la mascella, nervosa, poi alzò le mani. «Va bene, non ho scelta» capitolò. «Sì, quel che dite è possibile. Di certo l'aura di Nidhoggr ha lasciato traccia su quel che resta del frutto, e se i frammenti hanno ancora un debole potere, forse non riuscite a captarli proprio perché sopra c'è la... firma, chiamiamola così, del mio ex padrone. Se foste in grado di sentire Nidhoggr come lo sento io, dovreste riuscire anche a percepire il potere residuo dei frammenti del frutto.»

Allungò un braccio, mostrando un graffio. Stillava ancora un po' del suo sangue nero e denso. Nida si passò un dito sopra la ferita, poi lo alzò e lo mostrò a tutti.

«Il segreto è qui» disse. «È il dono che ha ricevuto Ofnir, il sangue della viverna. Grazie a questo sangue, si partecipa della natura di noi viverne, e dunque si riesce a percepire tutto ciò che è intriso del nostro potere, esattamente come finora avete fatto con i frutti.»

«Stai dicendo che se ci inoculassimo il tuo sangue potremmo localizzare i frammenti?» chiese Karl, improvvisamente interessato.

«*Se* esistono e *se* hanno ancora potere» puntualizzò Nida.

«Suppongo non avrai problemi a darci un po' del tuo sangue» intervenne Sofia.

L'espressione di Nida, ora, era di feroce scherno. «Se giurate di tenermi qui al sicuro...»

«Perfetto. Karl, credi di essere in grado di gestire la cosa?» chiese Sofia.

«La fate troppo facile!» esclamò Nida con una risata. I ragazzi si girarono verso di lei.

«Sputa il rospo» disse Fabio.

«Il mio sangue per voi è veleno. Una goccia può farvi star male, ma troppo potrebbe persino uccidervi.»

Il silenzio scese sul gruppo come una pietra tombale.

«Mi spiace dirlo» continuò Nida assaporando l'effetto delle sue parole «ma ce ne vuole un bel po' perché siate in grado di sentire qualcosa di piccolo e sperduto come i frammenti di un frutto disintegrato in chissà quanti pezzi.»

Sofia si terse un velo di sudore dalla fronte. «Quanto?»

Nida alzò gli occhi, come se facesse complicati calcoli a mente. «Abbastanza per provare un dolore indicibile... forse anche per morire, dipende dalla vostra tempra.»

Per un istante nessuno riuscì più nemmeno a respirare.

Sofia prese fiato, quindi guardò Karl. «Sei la nostra unica speranza» gli disse. «Credi di poter capire quanto sangue ci vorrebbe?»

Karl aveva un'espressione spaesata, ma cercò di mostrarsi sicuro. «Ci proverò.»

Nida parve divertita. «Potete girarci intorno quanto volete... tanto uno di voi ci rimetterà le penne!»

«Lo vedremo» disse Sofia con uno sguardo di sfida.

L'attesa fu lunga e snervante. I ragazzi abbandonarono la cucina e si rifugiarono nel dungeon. Lì sotto erano più al sicuro, e comunque Lidja e Sofia non avevano cuore di restare nella villa, devastata dallo scontro della notte. Era un luogo violato, in cui non riuscivano più a sentirsi a casa.

Sofia cercò una stanza libera in cui potersi riposare. Nel dungeon ce n'erano molte. La prima volta che era andata lì, aveva pensato che fosse un posto troppo grande per lei, il professore e Thomas. Poi il gruppo si era allargato, e pian piano le stanze abbandonate si erano riempite. Ma ne restavano ancora di vuote, posti in cui Sofia normalmente non sarebbe mai entrata. Si rifugiò in un locale piccolo e poco illuminato, simile a una segreta. A differenza della sala che custodiva la Gemma, aveva pareti di mattoni malamente sbozzati, e il pavimento di legno era velato da uno spesso strato di polvere. Era tempo che nessuno ci entrava. Nella parete si apriva una nicchia che sembrava una specie di letto. Non c'era però un materasso, solo il duro della pietra. Se lo sarebbe fatto bastare. Si sentiva improvvisamente sfinita.

Si stese sulla pietra, portò un braccio sugli occhi e finalmente fu buio. La paura l'assalì come una bestia inferocita. Di colpo l'immensità di quel che era accaduto le fu addosso e la fece tremare. Era sola, sola come non si era mai sentita prima. Non poteva nemmeno più contare come un tempo sull'aiuto del professore, ancora costretto a stare vicino alla Gemma per mantenere la lucidità.

E per il resto... Da quando c'era Ewan, Lidja sembrava tutta concentrata nello sforzo di accalappiare il *tombeur de femmes* del gruppo; Karl era in gamba, ma aveva poca iniziativa e aspettava quasi sempre gli ordini di qualcuno; Ewan e Chloe si erano uniti a loro da troppo poco tempo. E poi c'era Fabio. Ma era come se non ci fosse. Per un istante lo rivide mentre, le mani affondate nelle tasche, le dava ragione. Era un ricordo bello, bello e doloroso. Perché, in fondo, non significava niente.

"Non mi ha voluta, e ormai mi avrà dimenticata. Quando ne saremo fuori, se mai ci riusciremo, non lo vedrò mai più."

E invece aveva un bisogno disperato di lui, perché si sentiva debole, e fragile. Tutto gravava sulle sue spalle, e lei non era fatta per sorreggere un peso del genere. Dannazione, lei era la ragazzina grassoccia, quella che all'orfanotrofio tutti chiamavano Zucca, la bambina con le lentiggini che nessun genitore aveva voluto adottare per tredici, lunghi anni. Come poteva essere proprio lei a salvare il mondo?

Lentamente si mise a piangere, le lacrime che le morivano sul braccio. Singhiozzava come una bimba spaventata dal buio, si sentiva indifesa e incapace.

Poi fu colta da una lieve sensazione di calore, che dal petto andava piano piano diffondendosi al resto del corpo.

Non sei sola. Io sono con te, disse una voce nella sua testa.

Thuban. Lui era ancora con lei, era la sua forza, il suo coraggio, tutto quello che le restava nei momenti bui. E ci sarebbe sempre stato.

Si asciugò le lacrime con le mani, sorridendo. Era stata una stupida. Si girò su un lato e, finalmente, si addormentò.

Fu Lidja a svegliarla. Per qualche istante a Sofia parve di trovarsi ancora nella sua camera, e che l'aria profumasse addirittura dei bretzel caldi col burro che preparava Thomas certe mattine. Poi l'odore di muffa della stanzetta la riportò alla realtà.

«Sof... Karl ha finito. Vuole parlarci.»

Sofia saltò su come una molla e seguì l'amica nella stanza della Gemma.

La scena era la stessa: Thomas, abbandonato su uno dei sedili collegati alla bolla sospesa, era ancora in stato di incoscienza, mentre il professore era legato a un altro sedile, pallido in volto.

«Prof, va meglio?» chiese Sofia con apprensione.

Lui si sforzò di sorridere, la fronte imperlata di sudore.

«Faccio un po' fatica a rimanere sveglio... ma va bene, non ti preoccupare.»

Sofia non ne era troppo convinta, tuttavia non c'era altro che potesse fare per lui in quel momento. Si sentiva del tutto impotente.

Stava per raggiungere gli altri, quando il professore la fermò: «Sofia» mormorò. «Non c'è ragione di aver paura.»

Sofia si portò istintivamente le mani agli occhi. Forse erano ancora rossi di pianto, e lui le sorrise con dolcezza.

«Sei stata bravissima, e sono sicuro che lo sarai sempre di più. Sono davvero orgoglioso di te.»

Sofia sentì un nodo in gola dalla commozione, e per un istante le parve che anche gli occhi del professore fossero velati di pianto. Gli andò vicino, lo abbracciò con forza. «Ho ancora bisogno di te» gli sussurrò.

«E io sono qui. Sempre» le disse lui accarezzandole la testa.

«Sofia, ci sono novità» la chiamò Karl.

Sofia sorrise un'ultima volta al professore e raggiunse i compagni.

Karl era a un capo del circolo, con dei fogli in mano. «Ho avuto poco tempo, e la mia strumentazione non è la più adeguata ad analizzare Nida, comunque...» e iniziò a scartabellare i fogli, fino a trarne un grafico colorato. «Come potete osservare in questo diagramma...»

Fabio gli abbassò la mano che sorreggeva il foglio. «In parole povere?»

Karl gli scoccò uno sguardo gelido. «In parole povere possiamo tentare, ma è pericoloso. Il confine tra una dose di sangue eccessiva e una insufficiente è sottilissimo: un milligrammo di troppo significherebbe morte certa.»

«Ma il... lavoro sporco non potrebbe farlo uno dei tuoi macchinari?» domandò Fabio.

Karl scosse la testa. «Tutti i miei strumenti per trovare i frutti necessitano sempre del potere di un Draconiano: abbiamo caratteristiche che le macchine non possono replicare. No, ci vuole una persona in carne e ossa.»

Il silenzio si fece denso.

«Lo farò io» disse Sofia con decisione.

«Lo farai tu un corno» sbottò Fabio.

«Scusa?» disse lei piccata. «Stiamo cercando il frutto di Thuban, e se c'è qualcuno che ha più possibilità di trovarlo, sono io.»

«Non credo, Sofia. Se permetti» intervenne Karl «il fatto che in questo momento il frutto sia pervaso dall'essenza di Nidhoggr mi porta a pensare che siamo tutti sullo stesso livello rispetto alla capacità di percepirlo. E poi dobbiamo valutare anche la resistenza fisica. Tu sei già stata messa a dura prova negli ultimi giorni, con le visioni.»

«Be', non dimenticate che sono il capo, e devo assumermi la mia quota di rischio.»

«Brava, hai detto bene, sei il capo» disse Fabio. «Ti risulta forse che il presidente degli Stati Uniti si metta a combattere in prima linea? Non siamo mica in *Independence Day.*»

«Che senso ha questo paragone...»

«Ma lo sapete che siete veramente, ma veramente noiosi?» disse Lidja spazientita. «Faremo un'estrazione a sorte. Rapido, indolore ed equo.»

«Mi sembra giusto» convenne Sofia. «Però qualsiasi persona venga estratta, non ci devono essere lamentele.»

Ciascuno scrisse il proprio nome su un biglietto, poi li misero tutti dentro un sacchetto. Ewan lo prese e gli diede una scossa.

«Chi estrae?»

Si fece avanti Fabio, senza aspettare risposta.

Mentre svolgeva con lentezza il biglietto estratto, la tensione si tagliava col coltello. Lesse, e un sorriso gli increspò le labbra. Lidja gli strappò il foglietto di mano.

«Be'?» fece Karl.

Lei si limitò a girare il foglio perché tutti potessero leggerlo. Con una grafia incerta, c'era scritto: *Fabio.*

6

Nei panni del nemico

Era ormai tardi quando decisero di consumare un breve pasto.

Le urla degli Assoggettati, appena oltre il cancello, si facevano sempre più insistenti. Quando Chloe si affacciò alla finestra, vide centinaia di occhi rossi puntati sulla villa.

«Stanno aumentando…» sussurrò.

«Questi Assoggettati non sono in grado di oltrepassare la barriera, vero Nida…? Oppure sì?» chiese Sofia affiancandosi a Chloe. Lo spettacolo di quelle creature che si scagliavano contro la casa schiumanti di rabbia era una delle scene più raccapriccianti che avesse mai visto.

Nida stava mangiando appollaiata su una sedia, in disparte. A quanto sembrava, l'abbuffata di qualche ora prima non le era bastata.

«Non fatemi domande a cui non posso rispondere» disse con sufficienza. «Non ho mai avuto a che fare con quei tizi là fuori... So solo che i poteri di Nidhoggr stanno crescendo. Si è reincarnato, è come se si fosse risvegliato da un lungo sonno. Non ha ancora recuperato del tutto la sua forza, ma lo farà a breve, e allora non so cosa accadrà. Forse questa barriera non basterà più.»

La trasfusione del sangue di Nida si faceva sempre più urgente, dovevano sbrigarsi. Dopo cena Karl sequestrò Fabio e Nida per fare qualche test e preparare l'esperimento per l'indomani. Gli altri si ritirarono nel dungeon, tranne Sofia, che andò in soggiorno. Non aveva sonno, sebbene si sentisse stanchissima, ma soprattutto c'era una cosa che doveva fare prima di dormire.

Karl, Fabio e Nida si erano chiusi in una camera al piano di sopra. Karl faceva su e giù di continuo per portare l'attrezzatura che gli serviva. Nida e Fabio avevano atteso in silenzio, seduti ai due capi della stanza.

«Ironico che tocchi proprio a te prendere il mio sangue, non trovi?» disse Nida. Fabio tacque, cercando di ignorare la provocazione. «Ma del resto, forse sei già uno dei nostri: lo sei stato, e hai anche assaggiato il sangue di Ratatoskr...»

«Ho fatto la mia scelta, adesso.»

«Chi tradisce è traditore per sempre, e tu lo sai.»

Fabio contrasse la mascella, stringendo più forte le ginocchia al petto. «Ti ho detto che ho scelto, e per sempre.»

Nida scrollò le spalle. «Sei solo un povero illuso.»

Fabio rimase a lungo in silenzio. A intervalli regolari, Karl entrava carico di macchinari sempre più strani, pieni di tubi e cavi.

«E comunque, anche se per te non conta niente, non sono fiero di quel che è successo tra me e Ratatoskr» aggiunse d'un tratto.

Nida scoppiò in una risata. «Quel che è successo tra voi, dici? Bel modo per definire un assassinio.»

«Non avrei dovuto ucciderlo, lo so.»

Nida si guardava la punta degli anfibi con un sorriso strafottente. «È questo quel che più mi irrita di tutti voi, e di te in particolare: siete scesi in guerra, ma non volete accettare il prezzo che una guerra esige. Hai fatto bene ad ammazzarlo, era un nemico.»

«Non è così che funziona, per noi.»

Nida sbuffò. «Usi le stesse parole della tua amichetta.»

«Perché sono vere. Quello che sto cercando di dirti è che… mi dispiace» sospirò Fabio. "Mi dispiace": si era lasciato sfuggire così poche volte quella frase in vita sua – e mai, *mai* rivolta a qualcuno con cui si era picchiato, o a cui aveva fatto un torto – che gli sembrò avesse un suono strano, pronunciata dalla sua voce.

Questa volta Nida non rise. «Per me non contano assolutamente niente, le tue parole. Hai fatto quel che dovevi, ma io adesso sono sola, sola per sempre.»

«È tutto pronto» li interruppe Karl, entrando nella stanza con aria soddisfatta. «Potete sistemarvi.»

Sofia attese tutto il tempo in uno stato di tensione insostenibile. Il silenzio era rotto solo dalle urla indemoniate degli Assoggettati.

Di tanto in tanto, udiva le voci di Karl, Nida e Fabio dal piano superiore, ma non riusciva a capire le parole.

"Dovrei esserci io, là dentro" si diceva, e non si dava pace.

Poi sentì i passi di qualcuno lungo le scale. Nida apparve stiracchiandosi, ma si bloccò quando la vide.

«Il capo non dorme mai, eh? In effetti potrebbe essere l'ultima volta che vedi il tuo amico vivo.» E se ne andò in cucina senza aggiungere altro.

L'ultimo a scendere fu Fabio.

«Ti devo parlare» gli disse Sofia, facendosi coraggio.

«È stata una giornata pesante, abbiamo tutti bisogno di una bella dormita.»

Fabio fece per andarsene, ma Sofia balzò in piedi

e gli afferrò un polso. Rimasero entrambi immobili.

«Hai barato» disse Sofia, dritta al punto. «Hai fatto in modo di estrarre il tuo nome.»

«Non è vero.»

«Ti sembra una coincidenza? Prima scatti perché non vuoi che lo faccia io, poi ti proponi per l'estrazione dei nomi e, guarda un po', esce fuori proprio il tuo.»

«Pensala come vuoi, ma io non ho barato. Sto solo agendo perché la missione vada per il meglio. E se ci rifletti bene, capirai che è giusto che sia toccato a me. Sono io che ho tradito, io che ho ucciso Ratatoskr.»

«Ma quante volte devo dirti che tutto questo non ha alcuna importanza? Non ne ha per me, non ne ha per nessuno di noi!»

«Ne ha per me, lo capisci?»

«Allora è vero… hai barato…»

Fabio sorrise con amarezza. «Siamo Draconiani, Sofia, è il nostro destino. Ed è buffo che sia io a doverti spiegare queste cose, quando poco tempo fa eri tu a dire che si può vivere rischiando di perdere le persone che ami da un giorno all'altro.»

Sofia rimase a bocca aperta, incapace di rispondere a quell'obiezione.

Le venne in mente il verso di una canzone tristissima che aveva suonato qualche tempo prima Ewan: in quel momento, desiderava ardentemente non aver mai conosciuto Fabio, e non essersene mai innamorata.

L'amore è una partita persa in partenza. "Io non vinco mai" pensò, e le si strinse un nodo in gola.

«Fa' come ti pare, tanto hai sempre ragione tu, e la stupida sono io.»

Fabio sospirò e la guardò con durezza. «Ti piace fare la vittima, ma non ti fermi mai a chiederti se forse sei tu a non capire, se magari sei tu ad essere troppo compresa nel tuo ruolo da non vedere quello che è evidente. Ma io a questo tuo gioco non ci sto più, e lo faccio per il tuo bene.»

Sofia sentì una rabbia sorda crescerle in petto.

«Non lo capisci, Sofia?» continuò Fabio. «Se mi succedesse qualcosa, tu andresti avanti, lo so, perché sei forte, incredibilmente più forte di quanto credi, più di tutti noi.»

Sofia rimase a bocca aperta ed ebbe la netta sensazione che tutto intorno a lei si dissolvesse: il salotto, le voci degli Assoggettati... C'era spazio solo per il volto di Fabio e i suoi occhi, colmi di una sincerità che non aveva mai visto in lui. La rabbia svaporò, e d'improvviso si sentì nuda, indifesa.

Fabio si ricompose, sbuffando. Non ebbe il coraggio di guardarla quando le bofonchiò «buonanotte». Poi prese la via del dungeon, lasciandola di nuovo sola.

La mattina dopo, Sofia si presentò in cucina con un paio di occhiaie violacee che urlavano "non ho dormito" a un chilometro di distanza. Dopo la discussione con Fabio, le era stato impossibile prendere sonno.

«Non hai chiuso occhio» osservò Gillian non appena la vide. Dalla cucina usciva una deliziosa fragranza di porridge e uova al bacon. Gillian non smetteva mai di stupirla: nonostante il dramma che si stava consumando appena fuori dall'uscio, aveva trovato il tempo e la voglia di mettersi ai fornelli. Sofia si sedette in silenzio. C'era anche un bel bricco di latte caldo, che si versò nella tazza. Gillian le si sedette davanti e le piantò in faccia uno sguardo inequivocabile.

«Ne usciremo, vedrai...» le disse prendendole una mano, e Sofia si sentì rincuorata. «Ma non è questo il problema, vero? È per Fabio.»

Sofia arrossì. «No, non...» provò a dire, ma Gillian già sorrideva, tra l'intenerito e il materno.

«Lui ci tiene a te» continuò, allungandole una ciotolina con il porridge. «È che voi ragazzi non vi capite mai... Oh, *for heaven's sake*, io ero come lui, alla sua età. Fa il duro, capisci? Ma ci tiene a te, e molto.»

Sofia avrebbe davvero voluto che fosse tutto così semplice. «Adesso comunque abbiamo cose più importanti a cui pensare» rispose rimestando il latte con il cucchiaino.

«*Sure*! Ma ricordati, lui *c'è*, anche se non sembra, anche se ti dice il contrario. E non aver paura, andrà tutto bene oggi, perché lui è un tipo davvero tosto!» E Gillian le fece l'occhiolino.

Lidja entrò in cucina stiracchiandosi, e la conversazione finì. Quanto meno, quelle parole le avevano fatto ritrovare l'appetito, pensò Sofia. Forse Gillian la faceva troppo semplice, ma sentirsi dire quelle cose le aveva fatto bene, soprattutto considerato cosa sarebbe successo di lì a poco.

Fecero colazione tutti insieme, tranne il professore e Thomas, sempre confinati nel dungeon accanto alla Gemma. Fabio arrivò per ultimo: anche lui sembrava avere la faccia di chi è decisamente in debito di sonno. Sofia affondò il viso nel porridge e non osò più alzarlo dalla ciotola. Non aveva neppure il coraggio di guardarlo.

Karl mangiò prendendo appunti e consultando una serie di fogli fitti di formule e calcoli.

«Lo faremo qui in cucina» spiegò mentre addentava una forchettata di bacon. «Preleverò il sangue di Nida e lo inietterò a Fabio, poi aspetteremo.»

«Sei sicuro delle dosi e... di tutto, insomma» gli chiese Sofia.

Karl prese tempo per rispondere.

«Abbastanza» disse infine.

«Karl, tu sai meglio di chiunque altro che siamo tutti indispensabili alla missione...» iniziò Sofia, rossa in volto.

Karl la bloccò tirando fuori da sotto il tavolo un'ampolla di liquido verde. «Questa è la nostra salvezza. E quella di Fabio, ovvio» disse.

«Linfa di gemma...» osservò Lidja.

«Monitorerò col draconoscopio lo stato di Fabio e, qualsiasi cosa vada storta, gli inietterò questa. Ho già eseguito un esperimento in vitro: è in grado di neutralizzare completamente l'effetto del sangue di viverna.»

«Di tutto quello che inietterai a Fabio?» insistette Sofia.

Karl parve titubante. «Penso... penso di sì.»

«Non c'è spazio per i dubbi!» sbottò Sofia scattando in piedi. «Dobbiamo essere certi di ogni dettaglio, o è la fine! Siamo andati fino nel passato per salvarti la vita, ma... con lui non potremmo farlo.»

Lidja la prese per un polso. «Calmati» le impose.

«Andrà tutto bene, vedrai» disse Karl. «Non sarà certo piacevole, ma nessuno di noi vuole che a Fabio succeda qualcosa di irreparabile, lo sai.»

«Sì, andrà tutto bene» la rassicurò anche Fabio, quasi controvoglia. «Ho la pelle dura, io.»

Sofia prese un bel respiro. «E allora facciamo quel che va fatto.»

Nida sembrava fresca a riposata. Mangiò una padellata intera di uova al bacon che Gillian fu costretta a prepararle. Era incredibile quanto cibo potesse ingurgitare pur rimanendo magra e in forma.

Sul volto aveva l'ombra del suo solito sorriso ironico, e Fabio notò che continuava a fissarlo. Evidentemente era contenta di quel che a breve avrebbe patito.

Indurì lo sguardo, ma sentì un lungo brivido drizzargli i peli sulla nuca. Riuscì a calmarsi solo al pensiero che se non fosse stato bravo a pescare il suo nome al momento dell'estrazione, sarebbe stata Sofia a dover affrontare quella prova, e questo lui non avrebbe mai potuto tollerarlo. La guardò un istante. Era pallida e tesa.

«Vogliamo procedere?» disse Karl.

Sul tavolo di cucina era stato steso un lenzuolo. C'erano ventose collegate al draconoscopio tramite una serie di tubi, e due cinghie di cuoio che giravano tutto intorno al piano di legno. Fabio si fece forza e si sdraiò. Di lato, su una sedia, la siringa era già pronta: di vetro, con un ago spesso e l'impugnatura metallica, di sicuro proveniva dalla collezione di oggetti antichi del professore. Più minaccioso, però, era il liquido che conteneva. Nero e denso, sembrava un cilindro di nulla condensato. Accanto, c'era una siringa identica, ma con un liquido verde e trasparente. Fabio alzò lo sguardo e vide il soffitto sopra di sé incorniciato dai volti dei Draconiani, preoccupati per la sua sorte.

«Sono proprio necessarie le cinghie?» chiese.

«È meglio. Non vorrei ti facessi male» rispose Karl.

Fabio seguì il resto dei preparativi come se riguardassero qualcun altro. Nella stanza regnava un silenzio spettrale, che metteva i brividi. In un modo misterioso, si sentì addosso lo sguardo di Nida. Si girò e la vide, seduta in un angolo, che lo fissava con aria di sfida. Poi, finalmente Karl smise di armeggiargli intorno. Nel suo campo visivo apparve la siringa e Karl che la stringeva con una mano guantata. Fabio ebbe un flash: era bambino, sua madre era ancora viva, e si trovavano in un ospedale ungherese. Stava male per un motivo che aveva dimenticato, i ricordi erano confusi, ma rivedeva perfettamente l'immagine di una siringa, e riudiva la voce di sua madre, chiara come se gli fosse lì accanto.

Una paura irrazionale lo assalì.

«Sei pronto?» gli chiese Karl.

Fabio si limitò ad annuire. La voce gli sarebbe uscita strozzata, e non voleva mostrare agli altri la sua paura.

Karl non doveva essere granché allenato a fare iniezioni, perché la puntura gli fece male. Per qualche secondo, il pizzicore dell'ago fu tutto quello che sentì. Poi, il sollievo della pressione nell'incavo del braccio: Karl aveva finito.

«Stai bene?» chiese.

Fabio esitò prima di rispondere. «Sei sicuro di avermi iniettato il liquido giusto?»

«Mi prendi in giro? Certo!»

«No, perché non sento n...» Le parole gli morirono in gola. Fu come se una gigantesca mano gli stringesse d'improvviso il collo fino a chiudergli la trachea. Dal braccio una sensazione di bruciore devastante si diffuse alla spalla, al petto, a tutto il corpo. Era un dolore per il quale non esistevano parole, una sofferenza senza nome che la mente si rifiutava di registrare. Era cominciata.

Gli altri videro il suo corpo contrarsi all'istante, e le cinghie tendersi sul suo petto. Gli occhi gli si rovesciarono e prese a tremare.

«Fabio!» scattò Sofia, ma Lidja la trattenne.

«Non c'è bisogno che guardi!» disse cercando inutilmente di trascinarla via.

Sofia continuava a urlare il suo nome, senza retrocedere di un solo passo. «Fabio! Fabio!»

«Sta bene! Sta bene!» urlava Karl, lo sguardo fisso al monitor collegato al draconoscopio, ma credergli non era facile. Il corpo di Fabio sussultava in preda agli spasmi e si contorceva sotto le cinghie. Il volto era atteggiato a una sofferenza estrema.

«Ve l'avevo detto...» sentenziò lugubre Nida, che tuttavia non rideva più.

«Dagli la linfa, dagli la linfa!» ordinò Sofia.

Karl sembrava non sapere cosa fare.

«No!»

Tutti si girarono. Era stato Fabio a parlare, con voce strozzata.

«Karl, ti prego...» insistette Sofia.

«No!... Ancora...» balbettò Fabio. Per un istante, riuscì a guardare Sofia. I suoi occhi esprimevano una supplica inequivocabile.

Lei rimase paralizzata. «Non puoi chiedermi questo... non puoi...»

Fabio riprese a tremare con una tale violenza che le cinghie si lacerarono, lasciandolo cadere a terra in preda alle convulsioni. I Draconiani si gettarono su di lui, cercando di tenerlo fermo.

«Dagli la linfa!» urlò Sofia, stravolta. Fabio non proferì parola, e Karl, in preda alla disperazione, agguantò la siringa. Era così agitato che per poco non la fece cadere.

«Tenetelo fermo, tenetelo fermo...» disse.

A stento, in quattro, riuscirono a bloccargli un braccio il tempo necessario a iniettargli la linfa.

Per alcuni interminabili istanti, Fabio continuò a contorcersi come se la linfa non avesse fatto effetto. Sofia era accanto a lui, in ginocchio. Poi gli spasmi si fecero meno violenti, e lentamente sembrò calmarsi. Il respiro divenne meno affannoso, la fronte si spianò. Karl si mise sopra di lui e prese a schiaffeggiargli il viso. Era pallido come un morto, le labbra violacee.

Infine Fabio aprì gli occhi. Appariva esausto. Disse qualcosa, troppo piano perché si potesse capire. Sofia si chinò e gli accarezzò una guancia delicatamente, con timore.

«Va tutto bene» gli sussurrò sforzandosi di sorridere, ma non riusciva a non piangere.

«Ci sono...» mormorò lui. «I frammenti...»

«Shhh... ora devi solo riposare» disse Sofia asciugandosi gli occhi.

Ma Fabio continuò: «I frammenti... so dove sono.»

7
I prossimi passi

La villa si stagliava sul nero della notte, avvolta dai riflessi violacei che pervadevano l'oscurità.

Nidhoggr rimase un istante immobile. Quel posto era molto diverso da come lo ricordava quando era ancora la sua casa. Gli umani l'avevano infestato, vi avevano edificato le loro fragili costruzioni, avevano contaminato tutto con la loro presenza.

Poco male. Il tempo di Villa Mondragone stava per finire, almeno nella forma che gli uomini le avevano dato cinque secoli prima.

Gli occhi della viverna scintillarono, e accadde. Gli alberi si seccarono all'istante, mentre le loro radici prorompevano dal terreno, invadendo i muri della villa come un'edera velenosa. Le vestigia dell'antica residenza romana che giaceva sotto le fondamenta della costruzione più recente emersero dal terreno, fondendosi con il resto dell'edificio. Le mura si ispessirono, spuntoni di roccia si ersero a difenderne il perimetro, ogni cosa si trasfigurò. Pochi secondi, e al posto di Villa Mondragone c'era una rocca fortificata, più nera del nero. La nuova dimora di Nidhoggr.

«Un luogo appropriato per il nuovo Signore della Terra» disse Ofnir con un inchino.

«Il posto giusto per pianificare la mia guerra» ribatté Nidhoggr.

Con un ruggito si alzò in volo e planò sopra la villa, calandosi dall'alto. Il suo immenso corpo si acquattò in fondo alle quinte del Giardino della Girandola, ora interamente coperto da un tetto di rami secchi intrecciati, così come il Portico del Vasanzio. Lungo la quinta, dove prima zampillava una grande fontana, adesso si innalzava un imponente altare di ossidiana, dalle pareti irte di spuntoni taglienti. Fu lì che Nidhoggr si distese, osservando la sua nuova dimora.

Ofnir gli si inginocchiò davanti. «È tutto com'era un tempo» disse sorridendo.

Nidhoggr ruggì con rabbia: «No che non lo è!»

Il sorriso scomparve dal volto di Ofnir. «Mio Signore... il mondo è vostro, il frutto si è infranto... Cosa vi turba ancora?»

«Il frutto *non può* essere distrutto. I frammenti sono ancora intrisi di potere, e lo saranno per sempre. Mio fratello era forte, forte quanto può esserlo un Guardiano, e ancora oggi non sono in grado di annientare quel potere.»

«Che importanza può avere ormai? Questo mondo ora vi appartiene.»

A Nidhoggr bastò stringere appena gli occhi, e Ofnir cadde a terra urlando.

«Il mondo non è ancora mio. I Draconiani sono tuttora vivi, maledetto, stupido servo.»

Ofnir si tirò su a fatica. «Ho mandato gli Assoggettati a cercarli, ma non è facile, mio Signore...»

«Non mi importa, i Draconiani *devono* morire tutti! Finché Thuban sarà ancora in vita, tutto quel che vedi rischia di scomparire da un momento all'altro.»

«Sopravvalutate il vostro nemico, mio Signore. Lui è morto da tempo, e tutto ciò che ne resta è nella mente di quella ragazzina, una pallida ombra di ciò che era. Voi invece siete vivo, e forte, e avete un mondo intero ai vostri piedi.»

«Sei tu che lo sottovaluti, esattamente come sottovalutasti i Draghi della Guardia millenni fa.»

Ofnir si morse il labbro. «Non accadrà mai più.»

«Certo che non accadrà, perché se dovesse accadere

di nuovo dilanierò il tuo corpo in pezzi così piccoli che di te non resterà neppure il ricordo.»

Ofnir chinò il capo. Nidhoggr notò con soddisfazione che tremava.

«Ora fai quello per cui sei tornato: servi il tuo padrone» tuonò.

Ofnir lo guardò con deferenza. «Ordinate e sarà fatto.»

Sofia vegliò Fabio per diverse ore. Lui rimase tutto il tempo sdraiato, a occhi chiusi.

Di tanto in tanto Lidja la raggiungeva. «Guarda che ha la pelle dura» cercava di tranquillizzarla. «Lascia-telo dire da una che ne ha trascorse di notti al tuo capezzale: sta solo dormendo.»

Sofia ricordò con una punta di rimorso che in effetti anche lei in passato li aveva fatti preoccupare, quando aveva rischiato di morire per liberare Chloe dallo spirito di Bloody McKenzie, nel cimitero di Edimburgo.

Improvvisamente, il discorso che Fabio le aveva fatto la mattina in cui erano partiti non le sembrava più tanto codardo. Dover assistere alla sofferenza di una persona amata era davvero un'esperienza dura da sopportare.

"In ogni caso, non c'è scelta: una vita senza legami non è vita" si disse. E se il prezzo per essere circondati da affetto era quello, be', valeva comunque la pena pagarlo.

Non c'era paragone tra la vita che faceva ora e quella che aveva condotto per tredici anni all'orfanotrofio. Allora era sempre al sicuro, certo, non rischiava la vita e non aveva amici che la rischiassero ogni giorno. Però era terribilmente sola.

Fabio si scosse appena, e Sofia quasi scoppiò in una risata liberatoria quando lo vide sbadigliare e provare a stiracchiarsi. Ma il sorriso le morì sul volto appena lo sentì gemere.

«Ti fa male?» gli chiese appoggiando le mani sulle coperte. Fabio la guardò come se non la riconoscesse, poi batté le palpebre un paio di volte e parve tornare presente a se stesso. Era pallido e aveva gli occhi cerchiati, ma sembrava lo stesso di sempre.

«Mi sento solo… indolenzito. Come quando hai l'influenza. Mi fa male dappertutto.»

«Non ti azzardare mai più» disse Sofia guardandolo con severità. «È già difficile così, non è il caso di complicare le cose mettendosi a fare anche il lavoro degli altri. Io non voglio che rischi di nuovo la vita al posto mio, è chiaro? Hai detto che sono forte, più di quanto credo. Be', allora ogni tanto dovresti fidarti della mia forza e lasciare che mi occupi di quello che spetta a me. Ce la posso fare.»

Fabio fissava ostinatamente il soffitto, senza parlare.

«Me lo devi promettere» insistette Sofia.

«Ti pare una cosa che posso promettere? Uno come me?» disse lui voltandosi a guardarla.

«Se ho potuto sopportare io di vederti rischiare la vita, forse tu puoi farmi questa promessa.»

Fabio rimase in silenzio. Sofia stava per andarsene, quando lui finalmente disse: «Vedrò cosa posso fare.»

Lei sorrise mentre infilava la porta.

Andò a chiamare gli altri Draconiani, che si radunarono attorno a Fabio, trepidanti.

«Credo di aver percepito i frammenti del frutto: esistono, e sono ancora intrisi del potere di Thuban» annunciò lui. «Sono però ricoperti da una patina del sangue di Nidhoggr. Era quello che ci impediva di sentirli. Ma quando il sangue di Nida mi è entrato in circolo... è stato come un flash, ho avvertito il potere di Nidhoggr e quello di Thuban, e ho *visto* i frammenti.»

«Quanti sono?» chiese Sofia con il cuore in gola.

«Tre.»

«E dove si trovano?»

Stavolta Fabio si mostrò più incerto. «La visione non era chiarissima. Ho visto solo una porzione ristretta del luogo in cui sono nascosti, ma mi sfugge il contesto. Non sono in grado di riconoscere le città in cui si trovano.»

«Allora siamo in alto mare...» disse Karl scuotendo la testa.

«Non arrendiamoci subito» replicò Sofia. «Descrivici cos'hai visto, ci sarà pure qualche indizio.»

Fabio rifletté qualche secondo.

«Dunque... in un caso c'era dell'oro intorno, molto oro. Era un posto piccolo, una specie di stanza tappezzata d'oro alle pareti. Credo ci fosse il mare, e forse c'erano anche dei mosaici... sacri, quelli con i santi e le facce prive di espressione, e due dita messe così» e fece una specie di segno di benedizione. «In un altro caso c'era invece della roccia... come una grotta, affacciata su uno strapiombo, ma vicina alla città. Era un posto strano, non credo di averne mai visti di simili. E per ultimo... mi sono apparse le segrete di un palazzo, una specie di fortezza. La cosa curiosa è che ho avuto la visione di... un uovo, qualsiasi cosa significhi.»

Fabio tacque, e automaticamente tutti si girarono verso Karl.

«Calma, non è che debba sapere sempre tutto io, eh?» si schermì lui.

«Se c'è qualcuno che può tirare fuori qualcosa da queste visioni, quello sei tu: finora ci sei sempre riuscito, no?» gli disse Lidja con un sorriso, e Karl arrossì. Cominciò ad accarezzarsi il mento, lusingato da quelle parole.

«Dunque... direi che potremmo iniziare con il restringere il campo di ricerca all'Italia: il frutto è stato distrutto qui, ed è ragionevole supporre che i frammenti non si siano allontanati troppo. Per quel che riguarda la prima visione, in Italia mi vengono in mente un paio di posti in cui ci sono mosaici bizantini. Sì, Fabio, i santi che fanno così» e ripeté il gesto «sono tipici delle rappresentazioni bizantine» disse in tono saccente.

Fabio sbuffò con noncuranza, ma sorrise tra sé e sé.

«Comunque, devo fare delle ricerche, consultare i miei libri, ma prima ho bisogno del suo aiuto» aggiunse Karl indicando Fabio. «Resteremo ancora qui e ci concentreremo sulle visioni. Dobbiamo aspettare di avere altre indicazioni sulla posizione dei frammenti, non abbiamo scelta.»

«Perfetto. Datevi da fare, allora» concluse Sofia.

La riunione si sciolse, e di nuovo ciascuno ritornò ai propri compiti.

Sofia si concesse un sonnellino. Adesso che Fabio si era ripreso, la stanchezza aveva avuto la meglio e le si chiudevano gli occhi.

Si ritirò nella sua camera, ne sentiva davvero la mancanza. Tutto era rimasto come la sera dell'attacco. C'era confusione ovunque, i mobili erano scheggiati e i vestiti sparsi sul pavimento, ridotti a brandelli. Dalla finestra si vedeva la folla di Assoggettati assiepati appena oltre il cancello della villa, che continuavano imperterriti a gettarsi contro la barriera. Sofia ripensò con un brivido alle parole di Nida, e si domandò se avrebbe resistito fino alla fine. Chiuse le imposte per non sentire più quelle urla, raccolse la coperta da terra e si trascinò sul letto. Se la tirò fin sopra la testa e si rannicchiò. Nel bozzolo avvolgente che si era ricavata, poteva davvero credere per un istante che la bufera sarebbe passata. Sarebbe stato com'era prima di conoscere la verità, quando era solo contenta di essere stata adottata e la vita col professore era così nuova ed eccitante. Ma, soprattutto, quel che davvero la riempì di un senso di pace fu sapere che Fabio ce l'aveva fatta, che era sano e salvo.

"Per ora" sussurrò una voce, ma Sofia non la ascoltò. Non era in vena di pessimismi. Si addormentò ripensando alle sue parole quando le aveva detto che ci avrebbe pensato, che forse le avrebbe dato retta. Tutto il resto, al confronto, semplicemente svaniva.

Cenarono davanti alla Gemma. Tutti cominciavano a sentire la mancanza del professore, e quello era un modo per aggiornarlo sugli ultimi sviluppi della missione.

Gillian servì un brodo di pollo molto saporito, ma lui si limitò a piluccare un po' di cibo senza troppa convinzione. Era pallido e teso, anche se cercava di sorridere.

Sofia gli leggeva in volto lo sforzo che stava compiendo per stare lì con loro. Per un istante, quando erano scesi nel dungeon carichi di piatti e stoviglie, aveva pensato che avrebbero potuto godersi qualche momento insieme, come ai vecchi tempi. I Draconiani avrebbero esposto la situazione e il professore, con calma, avrebbe spiegato loro il da farsi e avrebbe concluso con qualche frase d'incoraggiamento. Si domandò se quei tempi non fossero passati per sempre; il prof era con loro, ma era come se non ci fosse.

In ogni caso, non parlarono della missione prima del dolce, una torta di Dundee dall'aria deliziosa. Sofia notò con piacere che Fabio mangiava di gusto. Si era alzato da poco, e le era sembrato incerto sulle gambe. Che avesse fame, in ogni caso, era decisamente un buon segno.

«Abbiamo identificato i luoghi in cui si trovano i frammenti» disse Karl mentre addentava la sua fetta di dolce.

«*Great*!» esclamò Ewan.

«Già, già» gongolò Karl soddisfatto. «Ma per quanto riguarda l'uovo, almeno tu, Fabio, avresti potuto arrivarci subito! Sei vissuto a Benevento, no?»

«Non fare tanto il saputello e spara cosa hai scoperto» disse Fabio spazientito.

«A Napoli c'è Castel dell'Ovo, una fortezza sul mare,

nelle cui fondamenta, secondo la leggenda, è nascosto un uovo. Forse un frammento del frutto di Thuban potrebbe trovarsi lì» disse Karl.

«Bravissimo!» esclamò Sofia. «E per quanto riguarda gli altri due?»

«Dunque, la stanza con l'oro è stata facile da identificare» riprese Karl. «È la Cappella Palatina, a Palermo. Invece per la grotta a strapiombo ho dovuto sudare un bel po'. La visione di Fabio non era chiara, e di posti così ce ne sono a bizzeffe, e...»

«Karl, ti vogliamo tutti bene, e sappiamo quanta fatica ti sobbarchi per queste ricerche» lo bloccò Lidja. «Ci fa piacere sapere che sei così brillante, ma... perché una volta tanto non vai dritto al punto?» E gli fece l'occhiolino.

«Matera» disse Karl, un po' offeso. «Il frammento è in uno dei sassi, probabilmente in una chiesa rupestre. Purtroppo non posso essere più preciso. È pieno di posti del genere, da quelle parti.»

Sofia sospirò. «Perfetto. Tre frammenti, sei Draconiani. Dobbiamo dividerci in tre coppie.»

«Ma come faremo a uscire?» chiese Chloe. «Fuori è pieno di quelle creature... e ci attaccheranno subito.»

«Abbiamo bisogno di qualcosa che ci protegga, che ci renda simili a loro» disse Karl. «Forse potremmo sfruttare la presenza di Nida... Ci lavorerò stanotte. Qualcosa mi inventerò.»

Non appena sentì nominare Nida, Chloe si alzò e si avviò al piano superiore.

Solo qualche mese prima, il fratello l'avrebbe seguita. Erano inseparabili, e i loro poteri si manifestavano esclusivamente in presenza l'uno dell'altra. Ma dopo l'estrazione delle due metà del frutto, la situazione era cambiata, e quasi per caso Ewan e Chloe avevano scoperto di essere in grado di usare i loro poteri anche quando erano separati.

«Be', non resta che decidere le coppie» disse Ewan.

«Io andrò a Matera» si propose Fabio. «Dato che non sappiamo esattamente in quale sasso si trovi il frammento, è meglio che vada a vedere di persona.»

«A Napoli andrò io» sentenziò Karl. «Mi sono informato molto sulla città.»

«Non è esattamente come esserci stati. Guarda che perdersi è facile» osservò Fabio.

«Ho i miei metodi» replicò l'altro.

«Okay, allora io andrò a... come si chiama?» disse Ewan.

«Palermo» intervenne Karl.

«Vengo con te» si lanciò subito Lidja. «A Palermo sono stata col circo, la conosco molto bene» si affrettò ad aggiungere.

Sofia nascose un sorriso.

«E mia sorella?» chiese Ewan.

«Verrà con me» disse Karl. «Vedrai che ce la caveremo. Sofia, a te sta bene andare a Matera?»

Sofia sentì il cuore batterle forte. I suoi occhi incrociarono quelli di Fabio. Li distolse quasi subito, guardò Karl e annuì rapidamente.

«Allora è deciso» disse il professore. «Io, Gillian e Thomas resteremo qui, anche perché due di noi non hanno molti altri posti dove andare» ridacchiò.

«Georg, forse sarebbe il caso che almeno uno di noi rimanesse qui, non credi?» osservò Fabio. «C'è Nida, non potremo mai fidarci di lei fino in fondo.» A Sofia parve che per un istante l'avesse guardata.

Schlafen scosse la testa. «No, è fuori discussione che tu vada da solo là fuori: è pieno di nemici, nessuno di voi può farcela senza un compagno. E per quel che riguarda Nida...» Si fermò un istante; aveva l'affanno. «È un'egoista, certo, ma ormai non c'è dubbio che abbia Nidhoggr contro. Resterà qui, e si comporterà bene. In caso contrario, c'è la padella di Gillian» e si produsse in un risolino stentato.

«Allora è tutto deciso » tagliò corto Lidja. «Io e Ewan andremo a Palermo, Karl e Chloe andranno a Napoli e Sofia e Fabio a Matera. Si parte domani.»

Finirono di mangiare il dolce. Sofia, tra un boccone di torta e l'altro, gettava sguardi fugaci a Fabio. Sapeva che era l'ultima cosa su cui doveva soffermarsi, sapeva che la missione era più importante di tutto, ma in quel momento non riusciva a pensare ad altro: lei e Fabio avrebbero di nuovo agito fianco a fianco, come ai bei tempi.

8
Partenza

«Ecco qui.»

Tutti si fecero intorno a Karl, impazienti e curiosi.

«Ho dovuto lavorarci tutta la notte, ma alla fine ci sono riuscito!» disse con entusiasmo, nonostante apparisse esausto.

Consegnò a ciascuno un ciondolo. Nel castone brillava una pietra nerissima.

«Dentro ci sono gocce del sangue di Nida» spiegò. «Finché li avremo indosso, gli Assoggettati non potranno percepirci come Draconiani. Il principio è lo stesso dell'ampolla che Nida ha preso a Edimburgo, e che l'ha tenuta al sicuro fino a quando Nidhoggr non è tornato. Solo che, al contrario, questo ciondolo ci darà quell'aura da viverne che ci serve per muoverci indisturbati.»

«Hai detto bene: il ciondolo di Nida ha funzionato

finché non è tornato Nidhoggr. Sei sicuro che questi bastino per coprire le nostre aure?» chiese Fabio.

«Assolutamente sì; ho testato il mio ciondolo, e quando lo indosso il draconoscopio non è in grado di rilevare la mia aura, se lo setto sulle frequenze della linfa.»

Fabio parve soddisfatto, ma Karl non sorrideva.

«Ci sono però due limitazioni» aggiunse. «La prima è che funzionano solo se non usiamo i nostri poteri.»

«Cioè sono inutili» commentò subito Fabio.

Karl si irrigidì. «Scusami, hai intenzione di andartene in giro a sparare fiamme giorno e notte? È ovvio che dobbiamo mantenere un basso profilo e ricorrere ai nostri poteri solo se indispensabile. L'ideale sarebbe non farlo mai. In teoria non dovremmo averne bisogno: sappiamo dove si trovano i frammenti, dobbiamo solo andarli a prendere.»

«Però non sappiamo quale sasso di Matera sia quello giusto» obiettò Fabio.

«Li perlustreremo senza ricorrere ai nostri poteri» disse Sofia. «In fin dei conti tu ricordi com'era il posto che hai visto, no?» Fabio annuì. «Ci baseremo solo su quello.»

«E la seconda limitazione?» chiese Ewan.

«Il sangue di viverna si degrada con il tempo, anche perché i nostri poteri tendono ad assorbire il suo e ad annullarlo piano piano.»

«Quanto tempo?» domandò Fabio.

«È difficile dirlo. Ho provato a sottoporre un campione... Non più di una settimana, forse meno.»

«Dovrebbe bastare» commentò Ewan.

«Io non ne sarei così sicuro» proseguì Karl. «Avete riflettuto bene sul viaggio?» I ragazzi lo guardarono smarriti, ma poi compresero al volo. «In condizioni normali non sarebbe complicato arrivare a Napoli, Matera e Palermo. Solo che *non* siamo in condizioni normali. A quanto ne sappiamo, tutto il mondo è stato colpito dal maleficio di Nidhoggr... Sono tutti Assoggettati, per cui non funzioneranno né gli aerei né i treni. E direi che nessuno di noi sa guidare.»

«*It's a disaster*! Non possiamo andare a piedi!» esclamò Chloe.

«Per secoli la gente ha viaggiato a piedi...» suggerì Ewan.

«Hai idea di quanto ci vorrebbe?» obiettò Fabio.

«L'unica soluzione è volare» disse Karl.

«E usare quindi i nostri poteri» aggiunse Fabio.

«Non abbiamo scelta» intervenne Sofia. «Voi siete già scappati in volo, no? E avete detto che se si va molto in alto, gli Assoggettati non ci seguono.»

«Esatto. Ma così in alto ci stancheremo presto, l'aria è troppo rarefatta. L'unica soluzione è volare sul mare. È il modo migliore per passare inosservati. Secondo i miei calcoli, io e Chloe dovremmo arrivare a Napoli in giornata: il tragitto è breve; anche se allunghiamo passando sul mare, un paio d'ore dovrebbero bastare. Per Matera ho calcolato una giornata di viaggio. La traversata marittima dovrete farla in una volta sola, non ci sono isole in cui potrete concedervi una sosta.» Karl allungò a Sofia una cartina. Rappresentava l'Italia, e il tragitto in rosso indicava il loro volo.

Fabio e Sofia si guardarono. «Dobbiamo volare per un bel pezzo via terra, e poi il tratto sul mare è lunghissimo» osservò Fabio.

«Potete riposarvi una notte sulla costa.» Karl tirò fuori un'altra cartina, identica alla prima, ma con un tragitto molto più lungo. «Tu e Ewan invece ve la farete tutta via mare. Tra qui e Ustica dovrete fare un'unica tirata.»

Lidja guardò la cartina. «Non è possibile, non ho mai volato così a lungo!»

«So che è difficile, ma ce la possiamo fare, d'accordo? Ce la *dobbiamo* fare» disse Sofia. «Abbiamo risorse inaspettate. I nostri draghi ci hanno sempre aiutato e lo faranno anche ora, ne sono certa.»

Gli sguardi che i suoi amici le indirizzarono non erano però per niente convinti. E del resto anche lei non lo era del tutto. Il tratto di pennarello rosso che tracciava il loro tragitto sul mare sembrava infinito.

"È quasi mezza Italia..." pensò, ma cercò di nascondere lo sconforto.

Karl allungò loro delle piccole bussole. «In mare è difficile orientarsi, sapete usarle?»

«Diciamo che so come funziona...» rispose incerta Lidja.

«Io e mia sorella siamo stati scout, ci sappiamo orientare praticamente ovunque» disse Ewan. Lidja tirò un sospiro di sollievo. Karl guardò Fabio.

Lui si rigirò la bussola tra le mani, poi scrollò le spalle. «Non mi sembra complicato: una bussola indica sempre il Nord, basta solo capire in che direzione si deve andare.»

«Ce la caveremo» concluse Sofia. «Direi che siamo pronti.»

«State dimenticando qualcosa.» Tutti si girarono. Era stato il professore a parlare. «Come farete a uscire?»

«Fuori ci sono gli Assoggettati...» mormorò, quasi tra sé e sé, Chloe.

«E la barriera che protegge la villa non vi permetterebbe mai di uscire schermati dai ciondoli. A quanto pare, posso ancora esservi utile» disse il professore con un sorriso sofferto.

Camminarono per buona parte del tempo in silenzio, uno dietro l'altro, chini per via del soffitto basso, le torce in pugno. La luce si estingueva un paio di metri davanti a loro, e illuminava sempre lo stesso panorama: una galleria bassa di mattoni, il pavimento sterrato e una cortina di ragnatele sopra le loro teste.

Davanti a tutti c'era Sofia. Il professore aveva consegnato a lei la cartina col tragitto. «Tu lo sai, questo posto è molto più antico della villa, e ha parecchie uscite segrete, alcune delle quali ignote persino a me. Una è quella che porta al lago, te la ricordi?»

Sofia non poteva dimenticarla: era stato all'inizio di quella storia, quando aveva scoperto da poco di essere una Draconiana. Erano usciti in perlustrazione del fondo del lago di Albano con un piccolo sommergibile a forma di pesce. Ricordava quell'episodio con tenerezza. Eppure all'epoca era spaventata: tutto era nuovo, sconosciuto, e lei più fragile. Ma i pericoli che avevano affrontato allora le sembravano poca cosa rispetto a quelli che si trovavano davanti adesso.

Il professore le aveva tracciato su una mappa il percorso da seguire. Era tortuoso, e lungo. «Uscirete nel mezzo del Parco dei Colli Albani» le aveva detto. «Non dovrebbe esserci nessuno, lì.»

Sofia aveva guardato il percorso preoccupata. Tutto era infinitamente più complicato di quanto avesse creduto.

Il professore le aveva stretto una mano. «Sofia, non perderti d'animo, stai andando benissimo.»

Quanto le mancava... Era lì davanti a lei, eppure così distante, diverso. Era pallidissimo, i lineamenti contratti, gli occhi attraversati da un'ombra rossa, colma di dolore.

«Arriva sempre un momento in cui occorre cavarsela da soli» aveva proseguito. «Perché si cresce, perché ci sono prove che nessuno può aiutarci ad affrontare, ma non bisogna aver paura, perché le persone che amiamo sono sempre con noi, un passo indietro, ma ci sono.»

Sofia gli era saltata al collo, l'aveva stretto a sé con forza, aspirando a fondo il suo profumo, un profumo che sapeva di casa e famiglia. Perché il prof questo era: la sua unica famiglia.

«Quanto manca?»

Sofia si riscosse. Era stata Chloe a parlare. Era quasi in coda alla fila, seguita solo da suo fratello. Sofia controllò la cartina. «Poco» disse, ma la verità era che non ne aveva idea. Erano già un paio d'ore che camminavano, avevano incontrato diversi condotti laterali e crocicchi, e ogni volta lei aveva guardato la mappa e controllato la bussola. Le sembrava di aver capito più o meno a che punto erano, ma dire quanto mancasse le era impossibile.

«Tra un'ora e mezza dovremmo esserci» disse Fabio. Sofia si girò appena nella sua direzione. Lui indicò qualcosa sulla mappa. «È l'ultima deviazione che abbiamo preso. Vedi? Siamo oltre metà.»

«Grazie» sussurrò lei. «Io con queste cose sono una frana...»

«Stai andando benissimo» la incoraggiò lui.

Continuarono ad arrancare lungo quei condotti identici a se stessi, pieni dell'odore stantio della muffa. Cominciavano già ad essere stanchi.

"E siamo solo all'inizio" pensò Sofia, facendosi sfuggire un lamento. Quando Karl aveva detto di aver capito dove si trovavano i tre pezzi del frutto, aveva pensato che per una volta le cose si erano messe bene. Certo, Nidhoggr era tornato ed erano in guai grossi, ma almeno avevano indicazioni precise riguardo ai frammenti, più di quanto avessero mai saputo quando avevano cercato gli altri frutti. Non aveva pensato a tutte le difficoltà che si trovavano davanti ora.

Esattamente un'ora e mezza dopo, il sentiero iniziò a salire.

«Ci siamo quasi» disse Fabio. Sofia lo sperò ardentemente. Si era messa scarponi comodi proprio in vista della lunga camminata, ma ugualmente i piedi le dolevano, senza contare che ognuno portava a tracolla una pesante sacca con dentro quanto poteva servire per la missione.

Il tunnel lentamente si rischiarò: riflessi violacei, inconfondibili. Erano davvero vicini all'uscita!

Pochi passi, e si trovarono davanti il cielo nero del mondo dominato da Nidhoggr. Tutto intorno, un bosco che in condizioni diverse doveva essere meraviglioso. Illuminato com'era da quella luce spettrale, aveva ora qualcosa di fosco. I rami degli alberi apparivano oscenamente contorti, le piante del sottobosco malignamente rigogliose. C'era qualcosa di malato, in quel luogo.

«Perfetto. Adesso dobbiamo solo trovare una strada» disse Fabio.

«Perché, non voliamo?» chiese Karl.

Fabio si girò: «Non avevi detto di non usare i nostri poteri?»

«Sì, ma non vedo come...»

«Lascia fare a me» concluse Fabio con un sorriso.

Ci volle un'altra ora buona di cammino per arrivare finalmente a una strada. Sofia la conosceva: qualche volta l'aveva percorsa assieme al professore per andare a fare un giro al lago di Nemi, che non distava molto dalla villa. Ricordava in particolare una gita che si era conclusa con una lunga sosta in un bar con vista sul lago, dove aveva mangiato delle ottime fragoline di bosco con la panna. All'epoca erano solo lei e Schlafen.

Sebbene fosse un posto che conosceva, le sembrò alieno. Lungo la stretta carreggiata erano state abbandonate delle auto, le portiere spalancate. C'era anche un camion, il carico mezzo sparso per la strada. Il silenzio era assoluto. Sembrava un film postapocalittico, di quelli che piacevano tanto a Karl. Sofia invece li odiava: non riusciva mai a staccarsi a sufficienza dalle vicende tanto da divertirsi. Pensava sempre a cosa avrebbe fatto lei in una situazione del genere, e le prendeva l'angoscia.

"Ecco, stai per scoprirlo" si disse.

Fabio avanzò, ispezionando le auto. Un paio erano state coinvolte in un incidente, e a terra c'erano anche macchie di sangue, ma nessuna traccia dei conducenti.

Entrò in un abitacolo. Le chiavi erano ancora infilate nel cruscotto, e con un mezzo giro la plancia si accese e la spia della benzina si alzò fino a raggiungere metà dell'indicatore.

«Ci basterà» sentenziò. «Forza, saltate su.»

Ma i ragazzi rimasero fermi.

Fabio li guardò: «Be'?»

«Sai guidare?» chiese Lidja.

Fabio arrossì. «Sì, forza, salite.»

«Ma è la macchina di qualcuno! È un furto!» protestò Karl.

Stavolta Fabio si innervosì davvero. «Sai di chi è questa macchina? Di uno che, mentre tu stai qui a perdere tempo, va in giro soggiogato dal potere di Nidhoggr! E se continuiamo a farci inutili scrupoli di coscienza, ce lo troveremo alle calcagna che ci dà la caccia.»

Fu Sofia a rompere gli indugi. Girò intorno all'auto e si sedette al posto del passeggero.

Pigiandosi al massimo, riuscirono a entrare tutti, ma dietro si stava scomodi, e alla fine Chloe, che era la più minuta, si mise in braccio al fratello.

«Un vigile ci farebbe una bella multa...» osservò Karl.

«Magari. Se incontrassimo un vigile adesso, ci farebbe la pelle, altro che...» disse Fabio. Poi si tirò in avanti, concentrato al massimo. Il motore ruggì, quindi con uno scatto la macchina fece un balzo e si spense di colpo.

«Sicuro che sai guidare?» chiese Lidja dal sedile posteriore.

«Dall'ultimo orfanotrofio in cui mi avevano sbattuto sono scappato con la macchina del direttore» rispose Fabio. Girò di nuovo la chiave, l'auto diede ancora uno strappo, ma stavolta il motore rimase acceso. «È solo che è un po' che non guido.»

A singhiozzo, la macchina si mise in moto. Fabio accelerò e dopo un po', facendo grattare a più non posso gli ingranaggi, cambiò marcia. Presero velocità, e l'auto avanzò più dolcemente. Fabio si rilassò, abbandonando la schiena sul sedile.

«Dobbiamo andare sulla costa: hai idea della strada da fare?» chiese girandosi verso Sofia. Lei sbarrò gli occhi. Era un bel po' che viveva da quelle parti, e avrebbe saputo andare da lì a uno dei paesi vicini, forse anche fino a Roma, ma per il resto buio fitto. Non aveva neppure idea di quanto mancasse al mare o in che direzione fosse.

«Io... ecco...» balbettò.

«Vai verso Albano, poi c'è una superstrada che porta ad Anzio» intervenne Lidja.

Fabio obbedì senza fiatare.

Oltre i finestrini sfilava un panorama spettrale. L'aria era immobile, tutto era fosforescente, il bosco incombeva come una minaccia. Ogni tanto erano costretti a cambiare corsia all'improvviso, perché qualche macchina abbandonata ostruiva il passaggio.

Dopo un po' cominciarono a incrociare i primi paesi. Le case sembravano deserte, le finestre in alcuni punti spalancate come orbite vuote. Il silenzio era perfetto, rotto solo dal rombo del motore. Incrociarono Ariccia, dove erano stati una volta, poco dopo il loro ritorno da Monaco. Sofia se la ricordava come un posto grazioso, intriso di un senso di accoglienza caldo e piacevole. Avevano mangiato in una fraschetta, una specie di taverna alla buona in cui si erano riempiti di antipasti squisiti: sott'oli, salumi, formaggi e un'ottima mozzarella. Adesso tutto appariva abbandonato e minaccioso. Da una finestra, all'improvviso videro affacciarsi una donna, gli occhi rossi che brillavano nell'oscurità. Si gettò di sotto con un grido, poi spalancò le ali e passò a un nulla dal parabrezza, tagliando loro la strada. Fabio sterzò con violenza, fecero testacoda e a stento riuscì a mantenere il controllo dell'auto, fermandosi in mezzo alla strada.

«Ma i ciondoli non dovrebbero schermarci?» urlò Lidja.

«È tutto a posto, non può sentirci, è tutto a posto!» insistette Karl.

In effetti la donna descrisse un paio di circoli in cielo, poi si allontanò. Tutti tirarono un sospiro di sollievo. Fabio rimise in moto.

«Siamo un po' troppo tesi...» osservò, mentre accanto a loro sfilava un altro Assoggettato, le ali ripiegate, che sembrava fiutare l'aria. «Guarda un po' se trovi della musica» disse a Sofia.

Lei frugò nelle tasche delle portiere e tirò fuori un CD senza custodia. Lo mise su, e ne venne una musica soul a metà tra il triste e l'ironico.

«Wow... Amy Winehouse...» commentò Ewan. Sofia riconobbe il brano. Ogni tanto lui lo suonava.

La musica fece loro uno strano effetto: sembrava di assistere a un film con la colonna sonora sbagliata, come se nel bel mezzo di una scena comica partisse una marcia funebre, o a commento di una scena tragica ci fosse una musichetta allegra. Il panorama attorno a loro non c'entrava niente con quella voce roca e sofferta, anzi, quella musica rendeva tutto ancora più tetro. Resistettero non più di dieci minuti, poi Fabio tirò fuori il CD con un grugnito.

«Okay, pessima idea» bofonchiò. «In ogni caso, non dovrebbe volerci più di un'ora.»

In verità ce ne volle una e mezza, ma alla fine, quando ormai avevano perso ogni speranza, e la lancetta del serbatoio sfiorava inesorabilmente la riserva, videro un cartello con su scritto ANZIO. Attraversarono la città cercando di non guardarsi troppo intorno. A differenza di Ariccia, stavolta c'erano più Assoggettati in giro. Quasi tutti fiutavano l'aria, scrutando lo spazio intorno con i loro occhi rossi. Cercavano qualcosa, era evidente, ma non sembravano in grado di percepirli.

Infine, furono in vista del mare. Era una distesa nera, più nera ancora del cielo sulle loro teste. Doveva essere agitato, perché quella massa d'inchiostro era punteggiata da larghe bande viola fosforescente, con ogni probabilità spuma di mare.

Abbandonarono la macchina in mezzo alla strada

e scesero a piedi su un'ampia spiaggia, dalla sabbia fine. Giunsero in vista di un promontorio di arenaria, traforato da diverse grotte, che con quella luce avevano un'aria spettrale. Proprio sul picco si intravedevano delle rovine romane. Stavolta non c'era il solito, assordante silenzio: sulla battigia, cavalloni alti un paio di metri si infrangevano con un rombo, dissolvendosi in quella disgustosa spuma violacea.

I Draconiani rimasero fermi a contemplare il mare. La sola idea di sorvolarlo metteva addosso a Sofia una paura senza fine.

Karl guardò l'orologio. «Ci abbiamo messo troppo, è notte. Fermiamoci qui, mangiamo e riposiamoci. Ripartiremo domani mattina.»

Sofia non poté fare altro che annuire, e tornarono indietro sulla strada. Dovettero camminare un po', ma trovarono un ristorante. Era deserto, le cucine lasciate in disordine. Nelle padelle c'era cibo ormai carbonizzato, una pentola era annerita dal fuoco.

Frugarono qua e là e trovarono dei barattoli di sugo già pronto e un paio di bistecche. Furono Lidja e Sofia a cucinare.

Mangiarono in un silenzio attonito. Non immaginavano che il mondo, fuori dalla villa, fosse ridotto in quello stato. Ci fu un momento di tensione quando un

Assoggettato entrò dalla porta. Chloe scattò in piedi, ma suo fratello l'afferrò per un polso.

«State fermi. Non ci farà niente» disse Karl, anche se la sua voce vibrava di tensione.

L'Assoggettato era una bambina. Andò in giro per la stanza annusando l'aria, guardò sotto i tavoli, sfilò loro accanto come se non li vedesse, quindi si avventò su un piatto abbandonato in un angolo. Mangiò con la faccia affondata dentro, come un animale. Quando ebbe finito, semplicemente uscì.

Per la notte si arrangiarono nel salone del ristorante. Avvicinarono i tavoli, usarono le tovaglie come coperte e organizzarono i turni di guardia.

Sofia ci mise un po' ad addormentarsi. Era stanca, ma quello che aveva visto l'aveva inquietata nel profondo. Il mondo sembrava un posto perduto, gli Assoggettati non avevano più nulla di umano. Davvero tutto sarebbe potuto tornare come prima? C'era ancora possibilità di salvezza, o era già troppo tardi?

"Non ci devi neppure pensare. Devi credere che andrà tutto bene."

Ma avere fiducia in se stessa, e persino in Thuban, non le era mai sembrato così difficile.

9

Napoli

Riemersero da un breve sonno solo grazie alla sveglia di Karl. Il buio dominava ogni cosa, e la luce del giorno ormai non era che un pallido ricordo.

Era difficile abituarsi a quell'oscurità senza scampo. Finché erano nel dungeon, non si erano accorti di quanto quella notte infinita fosse opprimente.

Fecero una robusta colazione, saccheggiando la dispensa. Gli scrupoli del giorno prima riguardo ai furti si erano eclissati. Il mondo era diventato un luogo di morte e desolazione, e se davvero volevano far tornare tutto come prima dovevano adeguarsi.

Uscirono sulla spiaggia. I cavalloni sembravano perfino più alti della sera precedente, e la linea della battigia era avanzata, mangiandosi un metro buono di litorale.

I Draconiani guardarono il paesaggio sgomenti. Quello

era il mondo di Nidhoggr, un mondo in cui le regole della natura erano state sovvertite e perfino le cose più belle e piene di poesia erano state corrotte.

Presero le cartine e studiarono i percorsi. Per un piccolo tratto avrebbero fatto la stessa strada, poi Ewan e Lidja avrebbero tagliato per il mare aperto, verso Ustica, mentre Karl e Chloe sarebbero atterrati nel golfo di Napoli. Fabio e Sofia, invece, avrebbero proseguito fino a Sapri.

Ewan tirò fuori la bussola. «Fino a Napoli vi guiderò io» disse.

Era il momento. Il mare, che si stendeva a perdita d'occhio davanti a loro, mugghiava come un mostro famelico in attesa della preda. Dovevano affrontarlo, non avevano scelta.

D'istinto si presero tutti per mano. Da lì in poi e per chissà quanti giorni sarebbero rimasti separati. Si concentrarono, e i nei sfavillarono sulle loro fronti. I corpi si trasfigurarono in un istante, e sulla spiaggia apparvero cinque draghi: Thuban, Rastaban, Eltanin, Aldibah, Kuma. Il verde, il rosa, l'oro, l'azzurro e il viola. Un istante ancora, e Kuma si sdoppiò in due draghi, ciascuno con una metà del corpo diafana, quasi evanescente.

Un unico grido proruppe da centinaia di gole, distante ma sempre più vicino.

«Si sono accorti di noi!» urlò Karl.

I Draconiani non indugiarono un istante di più. Spiegarono le ali e spiccarono il volo proprio mentre la spiaggia si riempiva di Assoggettati.

Cercarono di prendere quota, ma due di quelle orribili creature riuscirono ad afferrare le zampe di Chloe, trascinandola verso la spiaggia. La circondarono in un lampo.

«Chloe!» ruggì Ewan.

«Ci penso io a lei! Voi andate!» urlò Karl scendendo in picchiata.

Solo dopo averlo visto bloccare i nemici in una robusta gabbia di ghiaccio, e Chloe libera, Ewan si convinse e spiccò il volo verso l'alto, seguito dai compagni. Forzarono al massimo le ali, mentre le fruste metalliche degli Assoggettati sibilavano dietro di loro. Volarono, volarono sempre più in alto, l'aria che si faceva gelida e rarefatta. Finalmente agli occhi di Karl divennero puntini lontani contro l'oscurità del cielo, mentre gli Assoggettati che avevano cercato di inseguirli spiraleggiavano verso il basso, precipitando in acqua.

Presto altri Assoggettati attaccarono lui e Chloe. Karl ruggì e scagliò un fascio di ghiaccio sulle loro ali, riuscendo a fermarli. Chloe si strinse al suo fianco, tremante.

«Mi devi aiutare» le disse lui col fiatone. La sentì scuotere il capo. «Non sei sola, ci sono io.»

«Ma non c'è mio fratello» gemette lei. «Non ho mai fatto niente senza di lui.»

«Ce la puoi fare» la esortò Karl con convinzione.

Continuava a farsi schermo col ghiaccio, ma se anche riusciva a tenere lontano gli Assoggettati, loro due rimanevano bloccati a terra.

«Chloe, usa il tuo potere e spazzali via» la spronò. «So che ne sei capace!»

Chloe continuava a scuotere la testa. Non aveva mai davvero combattuto, nemmeno quando era con suo fratello. L'unica volta che aveva affrontato il nemico aveva perso, ed era toccato agli altri salvarla.

Poi avvertì il corpo di Karl contrarsi sotto la sua stretta. Aprì gli occhi, e vide un ampio taglio rosso sul suo costato. Una delle lingue metalliche di un Assoggettato era riuscita a rompere la barriera di ghiaccio e l'aveva ferito. Sentì il suo dolore, percepì il suo sforzo, e capì che da solo non ce l'avrebbe fatta.

Accadde quasi contro la sua volontà. Era come se una forza sconosciuta, arcana e benigna, le esplodesse nel petto. Ruggì al cielo, e un tornado apparve dal nulla. Lei e Karl erano al centro, nell'occhio del ciclone, mentre intorno a loro si scatenava il finimondo. Gli Assoggettati vennero sbalzati via e la sabbia si alzò in una nuvola fitta, insinuandosi negli ingranaggi dei loro innesti metallici. In pochi istanti, tutt'intorno si fece il vuoto. Gli Assoggettati giacevano a terra, immobili, gli innesti divelti e distrutti.

«Ora!» urlò Karl, ed entrambi si levarono in volo, dritti verso il cielo.

Salirono, salirono e salirono ancora, là dove erano scomparsi gli altri Draconiani. La spiaggia, i nemici, la città stinsero in un intrico lontano di sabbia e strade. L'aria si fece sottile e fredda.

«Okay, okay...» ansimò Karl «quassù può bastare.»

Volarono più lentamente, restando sospesi a mezz'aria. Erano tutti e due senza fiato.

«Sei ferito!» esclamò Chloe.

Karl si guardò il costato: c'era un bel taglio, e bruciava, anche se il sangue si era già fermato e il dolore era sopportabile. «Non è niente, solo un graffio.»

Chloe prese a singhiozzare piano. I suoi incantevoli occhi azzurri sembravano di cristallo, ora che erano pieni di lacrime.

Karl si sentì in imbarazzo. «Ehi, va tutto bene! Io sto bene, tu stai bene... e sei stata bravissima!»

Lei tirò su col naso. «Ho avuto paura... io ho sempre paura.»

«Be', non si direbbe: li hai stesi tutti con un colpo solo.»

Chloe si lasciò finalmente sfuggire un sorriso. Si asciugò gli occhi maldestramente, con gli artigli della parte più evanescente del suo corpo. Karl si rese conto che non si era ancora abituata al suo aspetto di drago.

«Direi che ci siamo riposati abbastanza. Non vorremo mica essere gli ultimi a portare a casa il frammento, no?»

Chloe annuì, ma rimase in attesa.

Se Karl avesse avuto ancora il suo aspetto umano, sarebbe arrossito. «Ehm… io non è che sia così bravo a orientarmi… per cui…»

Chloe trasalì leggermente. «Oh, *sure*! *Sorry*.»

Con qualche difficoltà, riuscì a svolgere la mappa con le zampe e a estrarre la bussola.

«Là» disse allungando un artiglio. «Sempre dritti.»

Presero entrambi un bel respiro e partirono.

Nessuno dei due aveva mai volato a lungo, tuttavia il viaggio non riservò particolari difficoltà. Andavano talmente veloci che nessuno poteva raggiungerli. Probabilmente gli Assoggettati a terra percepivano la loro presenza, ma non erano in grado di dare fastidio.

Il volo durò soltanto un'ora, e quando giunsero in vista del golfo di Napoli rimasero stupiti di quanto l'impresa fosse stata facile.

La soddisfazione, però, durò poco. In lontananza, una luce rossastra andava diffondendosi in modo sinistro nella distesa nera del cielo soffusa di viola fosforescente. Man mano che si avvicinavano a Napoli, la luce diventava più forte, e presto ne scoprirono con orrore l'origine.

Il profilo del Vesuvio si stagliava netto contro il cielo, nero come la pece, fatta eccezione per la cima, coronata di un rosso intenso. Ampi rivoli simili a sangue scivolavano lungo i fianchi del vulcano, mentre dalla sommità, a intervalli regolari, uscivano sbuffi di scintille roventi. Dal cono si alzava una nuvola immensa a forma di fungo. Il Vesuvio era in piena eruzione.

«Non è possibile...» disse piano Karl.

«È possibile, invece. È il mondo di Nidhoggr, come ha detto Lidja. Tutto sta impazzendo» sussurrò Chloe.

Più si avvicinavano, più la nube si diffondeva nell'aria. Cominciarono a tossire, prima lievemente, poi sempre più forte, fino a doversi tenere la gola. Era impossibile respirare con quel gas mefitico.

Rimasero impietriti, fermi a mezz'aria, poi Karl si costrinse a riscuotersi. «Sai nuotare?» chiese. Chloe annuì. «Allora ci avvicineremo un po' alla costa e ci butteremo in mare. È più sicuro.»

Così fecero. Man mano che si avvicinavano alla città, l'aria diventava sempre più spessa. L'odore di zolfo era quasi insopportabile. Abbandonarono i loro corpi di draghi a un metro dall'acqua e a un centinaio dalla banchina del porto. Il mare era gelido, e per qualche istante rimasero entrambi paralizzati. Karl vide la testa di Chloe scomparire sotto il pelo dell'acqua. Si gettò su di lei, si immerse per cercarla, ma l'oscurità era totale. Fu solo un caso se riuscì a trovare la sua mano. La tirò su con tutta la forza che aveva.

«Stai bene?» le chiese quando la vide emergere. Lei tossiva e sputacchiava, ma annuì. Il mare era mosso, e Karl doveva tenerle saldamente il polso per riuscire a rimanere accanto a lei. L'acqua aveva un odore strano, ed era innaturalmente gelida. Sulla superficie galleggiava uno spesso strato di polvere finissima, che sembrava avere una consistenza oleosa.

«Ce la fai a nuotare?» disse Karl. Chloe annuì ancora, ma sembrava davvero stremata. Karl le strinse più forte il polso e prese a nuotare. L'impresa si rivelò decisamente più complessa del previsto. La risacca spingeva al largo, l'acqua era ghiacciata e con i corpi dei draghi se n'era andata anche la resistenza alla fatica. Karl era esausto, e Chloe non sembrava da meno. La banchina appariva come un miraggio irraggiungibile. Certo, avrebbero potuto trasformarsi di nuovo, ma in quel caso ad attenderli al porto avrebbero trovato frotte di nemici. Karl raddoppiò gli sforzi, tuttavia la traversata fu molto più lunga di quanto pensassero. Poi, finalmente, la sua mano riuscì a sfiorare il muro di cemento della banchina. Un'onda però lo spinse lontano. Nuotò, ancora, e ancora, ma ogni volta che toccava la banchina, un'ondata lo trascinava via. Sentiva le gambe indolenzite, non aveva più fiato. D'improvviso, l'idea di smettere di opporsi alle onde e lasciarsi trasportare dalla corrente gli parve incredibilmente attraente, tanto più che quel freddo glaciale gli stava mettendo addosso un sonno invincibile. Batté fiaccamente i piedi, tentò un'altra bracciata, ma si rese conto che era tutto inutile. Si lasciò andare, la presa sul polso di Chloe sempre più debole.

«No, Karl, no! Non ti arrendere!» gemette lei, ma Karl stava già per chiudere gli occhi.

Chloe diede una spinta decisa con le gambe e lo afferrò per la vita, sforzandosi di tenerlo fuori dall'acqua fino al petto. Lui era ormai inerte tra le sue braccia. L'acqua le copriva la bocca e arrivava a lambirle il naso. Chloe concentrò tutti gli sforzi sulle gambe e nuotò a rana dando fondo alle ultime energie, finché non raggiunse il limite della banchina. Issò prima Karl, poi, a stento, riuscì a tirarsi su anche lei. Giacquero lì entrambi, supini. Karl era incosciente, Chloe aveva il fiato grosso. Nel cielo echeggiava il rombo del vulcano.

Si tirò su piano, scosse l'amico. «Karl… *wake up*… siamo al sicuro… Karl!»

Il ragazzo non rispose. Un'ondata di sconforto le riempì il petto. E adesso? Era sola, a chilometri e chilometri da casa, in mezzo a un'eruzione, in una città che non conosceva. Stava per mettersi a piangere, quando un rumore attirò la sua attenzione. Si girò di scatto e vide un Assoggettato appollaiato sulla punta della banchina, le ali spiegate. Ebbe l'istinto di gridare, ma si portò le mani alla bocca. Il nemico la guardò a lungo con i suoi occhi fiammeggianti. Poi le si avvicinò piano, a quattro zampe. Chloe pregò che il ciondolo costruito da Karl funzionasse e non si fosse esaurito prima del tempo.

L'Assoggettato le si fermò davanti, prese ad annusarla. Chloe sentiva il cuore che le batteva all'impazzata. Si costrinse a restare immobile, anche se tremava come una foglia. La creatura le sfiorò il petto con un artiglio, ma il suo tocco si fermò sul ciondolo. Lo guardò per qualche secondo. I suoi occhi erano indecifrabili. Infine, con uno scatto fulmineo, spalancò le ali e volò via, scomparendo presto alla vista. Chloe sentì le gambe cedere. Sebbene fosse già seduta, cadde in avanti, le braccia sul cemento. Non riuscì a impedirsi di singhiozzare. Non aveva mai desiderato così ardentemente avere accanto sua madre e suo fratello. Non si era mai sentita così disperatamente sola.

"Ma mamma e Ewan non ci sono, e Karl sta male. È

tutto nelle tue mani, sei o non sei una Draconiana?" le disse una voce interiore.

Tirò su col naso, guardò Karl. Sembrava addormentato. Forse era solo stanco, o forse stava male a causa di quel freddo. Doveva trovare al più presto un posto dove rifugiarsi e degli abiti asciutti. Si guardò attorno. Il porto distava centinaia di metri. Intravedeva però la sagoma di alcuni capannoni. Di sicuro lì avrebbero trovato riparo.

Prese di nuovo Karl per la vita, si girò un suo braccio intorno al collo e piano piano cominciò ad avanzare.

A intervalli irregolari il terreno tremava, mentre il vulcano prorompeva in cupi brontolii. La lava continuava a scendere, e la gola tra il Monte Somma e il Vesuvio era ormai un unico lago incandescente. Chloe tossiva. C'era polvere dappertutto, e respirare stava diventando un'impresa. Aveva dei flash in cui ricordava quanto aveva letto sulla fine di Pompei. Si vedeva già esposta in qualche museo del futuro, con un bel cartellino nella teca che l'avrebbe contenuta: VENTUNESIMO SECOLO, VITTIMA DELL'ERUZIONE DEL VESUVIO.

Il porto aveva un aspetto orribile. Le navi alla rada erano abbandonate a se stesse, i capannoni avevano un'aria spettrale. Chloe non riusciva neppure a scorgere la città. Tutto sembrava esaurirsi in quel luogo abbandonato, illuminato dai bagliori delle esplosioni.

Cercò di farsi forza, ma si sentiva inadatta al compito che il destino le aveva riservato. Lei non era mai stata un tipo forte e indipendente. Preferiva appoggiarsi alle persone che amava e lasciarsi guidare da loro. Perché era toccato proprio a lei ospitare dentro di sé lo spirito di un drago? Perché Karl era svenuto, lasciandole tutto il peso della missione?

Guardò i capannoni. Le sembravano tutti ugualmente minacciosi, ma non c'era scelta. Arrancò verso il primo della fila. Le battevano i denti e aveva un freddo tremendo. Soprattutto, cominciava a sentire una strana sonnolenza. Era come se la terra la chiamasse, la risucchiasse a sé con una voce irresistibile. Pensò fosse solo stanchezza, ma ricordò quello che aveva imparato dagli scout sull'assideramento. L'acqua in cui avevano nuotato era davvero gelata.

Entrò e cadde sulla soglia, dopo l'ennesima scossa di terremoto. Si trovava in una specie di ampio hangar, occupato per la maggior parte da grossi container mezzo arrugginiti. Trascinò Karl in un canto, lo appoggiò con la schiena alla parete. Era ancora assopito.

"Calore, ci vuole calore..." pensò. Si guardò attorno, cercò in giro pezzi di legno e li ammassò a terra, insieme a qualche scatola di cartone e altro materiale che potesse bruciare rapidamente. In un angolo, dietro un container, trovò anche un accendino abbandonato. Provò ad azionarlo un paio di volte, e solo alla terza funzionò. Ci volle un po' perché il fuoco attecchisse, ma alla fine un filo di calore iniziò a diffondersi nell'aria.

Lasciò ancora da solo Karl e si mise a cercare qualsiasi cosa potesse sostituire i loro vestiti fradici. Fu fortunata, perché uno dei container era pieno di abiti. Prese due paia di jeans e due maglioni. Si cambiò per prima, poi portò gli altri vestiti da Karl. Quando lo raggiunse, il suo viso aveva ripreso un po' di colore, e sembrava appisolato. Chloe arrossì violentemente quando realizzò che avrebbe dovuto svestirlo e rivestirlo lei. Fece tutto in fretta, impacciata come non mai.

Quando finalmente ebbe concluso l'operazione, si buttò a terra, esausta. Il fuoco aveva attecchito bene e adesso covava quieto sotto un paio di pezzi di legno già anneriti. A quel punto, l'unica cosa che voleva era dormire. Al resto avrebbero pensato dopo.

Il pavimento, sotto di lei, continuava a tremare a intervalli sempre più ravvicinati, e il vulcano brontolava, scoppiando di tanto in tanto in cupi boati. Ma la stanchezza fu più forte di qualsiasi cosa, e Chloe scivolò presto in un sonno profondo e senza sogni.

10
Matera

Sofia e Fabio si separarono da Ewan e Lidja davanti al golfo di Napoli. L'immagine del Vesuvio in fiamme li fece tremare, e il primo pensiero fu per Karl e Chloe.

«Abbi fiducia in loro» disse Sofia, intuendo i sentimenti di Ewan. «Ce la faranno, vedrai.»

Per tutta la durata del volo Ewan era rimasto chiuso in se stesso, in un silenzio angoscioso.

«Non capisci» disse. «Noi siamo sempre stati insieme, non abbiamo mai fatto niente da soli.»

Ma Sofia capiva benissimo, ed era sinceramente convinta che Karl e Chloe potessero farcela: lui era molto intelligente e sapeva cavarsela in qualsiasi situazione, e lei aveva l'aria di una ragazza con molte risorse nascoste. Lo sapeva, perché le somigliava.

Prima di salutarsi, Fabio si fece spiegare per bene la strada da seguire, poi ripresero il viaggio.

Volare in mare aperto non fu per nulla agevole. L'oscurità era talmente fitta che risultava impossibile perfino capire dove finisse il cielo e dove iniziasse il mare. Tutto era nero, identico a se stesso, illuminato solo di tanto in tanto da lampi viola che squarciavano il cielo.

La stanchezza per fortuna si fece sentire solo verso la fine del viaggio, quando avevano iniziato a sterzare verso la costa. Già potevano scorgerla, alla loro sinistra, con le sue luci tremolanti. Sofia aveva la schiena a pezzi e le ali mezzo addormentate. Lassù era pieno di correnti, e per quanto cercassero di sfruttarle, a volte erano costretti ad andare controvento per seguire la rotta. Di tanto in tanto folate laterali costringevano le ali a uno sforzo estremo. Sofia pensò a quando aveva preso l'aereo, e alla paura che aveva provato. Non avrebbe mai immaginato che un giorno si sarebbe ritrovata ad essere, per così dire, pilota di se stessa.

«Ce la fai?» le chiese Fabio, girandosi verso di lei. Sofia notò che il suo muso di drago si contraeva involontariamente ogni volta che batteva le ali: doveva essere sfinito anche lui.

«Sì, tanto siamo quasi arrivati, no?» rispose, cercando di non pensare alla fatica. Erano più di due ore che volavano, e le sembrava che la meta dovesse essere ormai vicina.

«Sì» fu il laconico commento di Fabio, ma Sofia capì che mentiva: con ogni probabilità non aveva idea di quanto mancasse davvero.

Tirarono finché poterono, la costa che continuava a sfilare alla loro sinistra, uguale a se stessa. Era impossibile capire dove si trovassero.

«Atterriamo» disse a un tratto Sofia.

«Non siamo ancora arrivati.»

«Sono almeno tre ore che voliamo, siamo andati veloci e credo che abbiamo anche superato Sapri. E poi siamo esausti, non possiamo proseguire.»

«Stai dicendo che ti ho portato fuori strada?» quasi ruggì Fabio.

«Ti prego, atterriamo...» lo implorò lei, conciliante. Non ce la faceva a litigare, non di nuovo e comunque non in quel momento.

Cercarono un tratto di costa in cui non sembrassero annidarsi Assoggettati e individuarono una scogliera.

L'atterraggio fu più difficile del previsto. Appoggiarono gli artigli sulle rocce, e immediatamente abbandonarono i loro corpi da draghi per non attirare eventuali creature nei paraggi. Ma mentre tornava umana, Sofia perse l'equilibrio. Fu un attimo, e si vide perduta. Gli scogli erano aguzzi, e il mare in tempesta. Sentiva già i primi spruzzi sulla faccia, quando Fabio la afferrò per un braccio.

«Ti tengo!» gridò, mentre lei cercava di recuperare stabilità. Fabio l'attirò a sé, e per un istante rimasero in bilico sugli scogli, abbracciati e ansimanti. Il mare alle loro spalle sembrava una bocca spalancata, pronta a inghiottirli.

Quando Sofia trovò il coraggio di aprire gli occhi, soffocò un grido: decine di luci rosse balenavano sinistre nell'oscurità. Parecchi Assoggettati si erano radunati intorno a loro e li scrutavano con sguardi vacui. Dovevano aver percepito la loro presenza quando erano atterrati in forma di drago, ma adesso non erano più in grado di riconoscerli, grazie ai ciondoli con il sangue di Nida. Fabio si staccò dall'abbraccio e prese Sofia per mano.

«Va tutto bene, devi solo restare calma. Camminiamo piano, vedrai che non ci faranno niente.»

Sofia annuì, nonostante il terrore le paralizzasse le gambe, e strinse più forte la sua mano. Avanzarono tra gli scogli, facendo attenzione a dove mettevano i piedi. In condizioni normali quel tratto di costa doveva essere bellissimo, ma adesso Sofia non riusciva a far altro che maledire tutti quegli spuntoni aguzzi che impedivano il passo.

Barcollando e mettendo con cautela un piede davanti all'altro, riuscirono a risalire il piccolo promontorio dal quale si innalzavano gli scogli. Gli Assoggettati erano rimasti a guardarli senza muovere un muscolo, senza neppure seguirli con lo sguardo, gli occhi fissi al mare.

«Sono proprio come zombie...» sussurrò Sofia mentre sfilavano tra quelle creature agghiaccianti. «Si muovono solo guidati dall'istinto... Ci vedono, ma non fiutano l'aura che scatena in loro la furia.»

Quando furono abbastanza lontani, si gettarono sull'erba, sfiniti. Per un po' fu solo il suono dei loro respiri a rompere il silenzio.

«Ho fame» disse infine Sofia.

«Adesso cerchiamo di capire dove cavolo siamo, e poi ci facciamo uno spuntino» propose Fabio, ma nessuno dei due si mosse. C'era una pace confortante su quella collina e sotto quel cielo nero, una pace di cui avevano un bisogno disperato.

Fu Fabio a riscuotersi per primo e a porgere una mano a Sofia. «Andiamo?»

C'era una dolcezza nuova nel suo sguardo, e lei sentì una vaga, remota speranza accendersi nel petto. Ma la respinse subito con forza.

"Devi concentrarti sulla missione, non farti distrarre da nient'altro" si rimproverò.

Prese la mano di Fabio e si tirò su con determinazione. La schiena le faceva male da impazzire.

Il cartello all'imbocco della cittadina diceva SCALEA. Guardarono la mappa, e si accorsero che erano un bel po' più a sud del previsto.

«Idiota... avrei dovuto farmi spiegare meglio da Ewan come si usa quella maledetta bussola...» imprecò Fabio gettando via la cartina.

«Non fa niente. Siamo arrivati a terra, e siamo sani e salvi.»

Fabio sbuffò, raccolse malvolentieri la cartina, e si misero a cercare da mangiare.

Nella vetrina di un bar c'erano dei panini. Ne presero due a testa e li divorarono. Erano esausti e affamati; Sofia sentiva le braccia pesanti, ogni movimento le sembrava faticosissimo.

Nel frattempo, Fabio controllava la mappa. Fece un gesto d'insofferenza. «Ci vorrà una vita.»

«Siamo così lontani?»

«Il problema è che dobbiamo passare attraverso i monti, e la strada non è per niente buona...»

Diede un calcio a una sedia, che rotolò lontano. Sofia ebbe un sussulto. Non riusciva ad abituarsi a quegli scatti d'ira improvvisi.

«Stai calmo» disse gelida. Poi addolcì la voce: «Lo sapevamo che sarebbe stato difficile. Da qui a Matera è lunga, ma ci arriveremo in serata, ne sono sicura. E non è colpa tua» aggiunse. Fabio la guardò di sottecchi, ma la rabbia sembrava essergli sbollita.

Come avevano fatto nel Parco dei Castelli, si misero a cercare una macchina. Ne provarono un paio, finché non ne trovarono una col pieno e salirono a bordo. Stavolta la partenza fu meno problematica, ma si fermarono quasi subito in una specie di area di servizio.

«C'è qualche problema?» chiese Sofia.

«Torno subito.»

Sofia sospirò appoggiandosi al sedile. Era incredibilmente faticoso viaggiare con Fabio, più di quanto pensasse. Il silenzio cominciava a pesarle. E poi quella stazione di servizio deserta la inquietava. Sembrava che da un momento all'altro dovesse spuntare un maniaco omicida o qualche mostro venuto dallo spazio. Invece dopo dieci minuti tornò Fabio. Aveva le braccia cariche di qualcosa che col buio Sofia non riuscì a decifrare.

Entrò e le posò in grembo una busta: marshmallow, dolcetti che le erano sempre piaciuti, l'unica della compagnia ad apprezzarli. Ma Fabio come faceva a saperlo?

«Fa molto gita scolastica, no?» disse lui vagamente ìmbarazzato, mentre appoggiava sul sedile posteriore un pacchetto di biscotti salati che aveva preso per sé. «Siamo in missione, ma non vedo perché non dobbiamo renderci le cose un po' più gradevoli.»

Sofia ebbe un flash. Era stato durante il trasloco dei gemelli a Castel Gandolfo; in quell'occasione anche Fabio aveva dato una mano. Sulla macchina carica della roba di Gillian, Ewan e Chloe avevano parlato delle gite scolastiche, e lei aveva raccontato della sua passione per i marshmallow. Guardò il sacchetto pieno di batuffoli colorati e sentì un senso di nostalgia occluderle la gola. Si voltò verso Fabio, ma lui era già passato ad altro: frugava in una pila di CD che aveva preso all'autogrill. Ne tirò fuori uno dalla copertina nera e azzurra, con una donna vestita di bianco. Aprì la custodia e lo infilò. Poi accese l'auto. Sofia riconobbe immediatamente le prime note. Era la canzone dolce e triste che avevano ascoltato insieme mentre andavano dall'aeroporto di Edimburgo alla città, *Unintended*. Tacquero entrambi, e Sofia provò un terribile desiderio di piangere.

«Be', non li mangi?» disse Fabio indicando il sacchetto dei marshmallow.

«Grazie...» mormorò lei. «È stato davvero un pensiero carino.»

Fabio arrossì fino alla radice dei capelli. «Mangia e non fare storie, avanti.»

Dopo un lungo tratto di strada in cui si trovarono ad attraversare piccoli paesi, davanti a loro si aprirono chilometri e chilometri di un paesaggio aspro e selvaggio. Monti ricoperti di boschi, alberi che si protendevano verso la strada, rocce scoscese. Era un panorama intriso di una tale primitiva bellezza che neppure il buio innaturale di quella notte eterna era riuscito a stravolgere. Sotto la cupezza dei riflessi violacei restava immutato il fascino di un luogo primigenio, ancora intatto.

Sofia s'incantò a guardare, mentre la musica, a volte più dolce, a volte disperatamente violenta, riempiva il silenzio nell'abitacolo. Fabio aveva attaccato all'autoradio il suo lettore mp3, e in qualche modo Sofia capiva che le stava parlando attraverso la musica. Non lo sentiva più così distante, così irrimediabilmente perduto. Ai Muse si alternarono i Radiohead, infine una musica grandiosa, piena di archi e fiati, e il suono incombente delle chitarre elettriche.

«Questi chi sono?» chiese Sofia, il sacchetto dei marshmallow, ormai vuoto, stretto tra le mani come una reliquia.

«Si chiamano Nightwish. Ti piacciono?»

«Moltissimo» disse lei. «Ma perché ascolti sempre musica così triste?»

Fabio scosse le spalle. «Non c'è un motivo preciso. Mi piace d'istinto, non mi pongo domande. E poi non sempre la tristezza è un male, non trovi?»

Sofia pensò alla solitudine di quegli ultimi giorni, all'orrore per il mondo che li circondava, a quel che aveva provato mentre Fabio, il sangue di Nida nelle vene, cercava di scoprire dove si trovassero i frammenti del frutto. Non c'era nulla di bello in tutto questo. Ma era anche vero che quella musica non parlava di quel tipo di tristezza, ma di qualcosa di più intimo e sottile.

«Essere Draconiani è triste, non credi? Triste come canta questa musica. Viviamo a metà tra due mondi, uno irrimediabilmente perduto, e l'altro, quello degli umani, che non ci appartiene mai del tutto. Io non mi sono mai sentito a casa da nessuna parte, neppure prima di sapere di essere un Draconiano. Perciò ascolto questa musica: perché parla di me.»

«Di noi...» disse piano Sofia.

Fabio tacque un istante. «Già... di noi. In ogni caso, mi piace» tagliò corto, e mise su un pezzo più energico. «E poi dà la carica, non trovi?» aggiunse con un sorriso.

Sofia sorrise di rimando e si appoggiò al sedile, godendosi il ritmo delle percussioni, la potenza delle chitarre e la dolce voce di donna che le accompagnava.

Per un istante parve anche a lei di essere in gita, come se fossero due normalissimi ragazzi in vacanza, e che l'oscurità all'esterno fosse quella di una semplice notte come tutte le altre.

«Mi dai un po' di biscotti?» chiese Fabio, e Sofia aprì la scatola per lui. Una strana calma scese su di lei. Tutto era finalmente normale, nonostante lo spettacolo inquietante che scorreva dai finestrini: c'era un'atmosfera distesa, lì dentro, come l'aveva sempre sognata, con Fabio che sgranocchiava biscotti e lei che glieli passava. A un tratto lui si mise persino a canticchiare, e Sofia sperò che quelle ore di viaggio non finissero mai, che la strada si distendesse infinita davanti a loro. Per qualche lungo, irripetibile momento, tutto sembrò come l'aveva sempre desiderato.

Arrivarono a Matera verso sera, stando a quanto diceva l'orologio sul cruscotto. Fabio sembrava sfinito, e anche Sofia si sentiva stanchissima. Il viaggio era stato piacevole, anche se la realtà ogni tanto aveva fatto irruzione in quella parvenza di quiete: qualche camion di traverso lungo la carreggiata, un gruppo di Assoggettati sbucato all'improvviso sulla strada, che li aveva costretti a una brusca sterzata. In ogni caso, giunsero a destinazione sani e salvi.

Sofia aveva sentito parlare di Matera; chi c'era stato diceva che non esisteva al mondo un posto simile, che la sua era un'atmosfera unica. I primi sobborghi in cui si imbatterono, però, non avevano nulla di particolare.

Case comuni, strade come ce n'erano migliaia al mondo, e quell'atmosfera da luogo abbandonato che ormai aveva pervaso ogni cosa.

Seguirono le indicazioni per la zona dei sassi, e le vie presto si fecero meno agibili, più tortuose. A un tratto, lungo un vicolo, trovarono una macchina ribaltata.

«Dobbiamo proseguire a piedi» disse Sofia. «Non ce la faremo a salire con l'auto.»

Scesero e si inoltrarono nel cuore della città: ogni passo costava un'immensa fatica. Davanti ai loro occhi, le strade cambiavano gradualmente volto. Le case si facevano sempre più antiche, le vie più impervie. In giro non sembrava esserci nessuno, nessuna luce filtrava dalle finestre, non un Assoggettato vagava per le strade. Si ritrovarono infine in una piccola piazza, che dava su un parapetto. Oltre, si spalancava un panorama da presepe. Centinaia di case, quasi tutte in pietra bianca, stavano arroccate lungo il profilo di una scarpata. Sembrava un unico, grande puzzle di tetti rossastri e facciate bianche, traforate da finestre vuote. Il tutto dava l'impressione di un caos organizzato, di una confusione regolata da un ordine oscuro, che obbediva a leggi proprie. Nonostante i riflessi violacei e l'oscurità minacciosa, c'era qualcosa di struggente in quel panorama, che catturò entrambi.

Rimasero in silenzio, l'uno accanto all'altra, affacciati

al parapetto. L'aria era immobile, e un senso di pace assoluta scese su di loro.

«Dobbiamo trovarci un riparo» disse infine Fabio.

Si misero a percorrere la città. Tutto aveva un aspetto antico, perduto, una bellezza dolente regnava ovunque. Si imbatterono in una piccola piazza, dominata da una costruzione con due campanili, uno dei quali ornato da un orologio immobile. Tra le guglie spiccavano due statue, di cui una senza testa. Tutto sembrava congelato per effetto di un incantesimo, originato da una forza diversa da quella di Nidhoggr.

Scesero una scalinata e si ritrovarono in una parte della città dall'aspetto ancora più antico. Le vie erano in vertiginosa discesa, e tra pietra e pietra, sull'impiantito, crescevano erbe infestanti. Mentre la periferia sembrava innaturalmente spopolata, come se d'un tratto qualcuno avesse fatto sparire gli abitanti, questa parte della città sembrava abbandonata da prima che Nidhoggr tornasse.

«Non credo vivesse qualcuno qui...» mormorò Sofia, assorta.

«No, anche qui ci sono case abitate» disse Fabio, e le indicò un balcone in ferro battuto da cui pendevano decorazioni di vario genere: c'erano ghirlande di legno e pigne, fiori secchi, e poi corone di cipolle e aglio, e piante in vaso.

Avanzarono ancora, tra case in ristrutturazione e dimore diroccate, finché una strana sensazione non li costrinse a fermarsi.

Sofia si bloccò di colpo. Si girò, e sulla destra vide una porta di legno consunto. Non aveva nulla di speciale, ma da lì sentiva spirare un'aria quasi familiare, qualcosa che le ricordava la Gemma e il dungeon. Fabio le si affiancò.

«Lo senti anche tu?» chiese Sofia. Lui annuì. Si avvicinò alla porta, mise la mano sul pomello: non era chiusa a chiave, e si aprì con un tocco.

Dentro era buio, e odorava di chiuso. Pian piano gli occhi si abituarono all'oscurità e si accorsero di trovarsi sulla soglia di una vecchia casa tipica del luogo. Addossati a una parete, c'erano un tavolo di legno e una grossa cucina di ghisa. Sofia fece per andare verso la dispensa, che si intravedeva in un angolo, ma Fabio la bloccò.

«Vado avanti io» disse. «Meglio accertarci che non ci siano pericoli.»

Fabio guardò nella dispensa, poi si mosse verso un altro ambiente che si raggiungeva attraverso un arco. Sofia si mise dietro di lui. Fu mentre si sporgevano oltre quella specie di soglia che qualcosa attraversò il loro campo visivo, assieme a un urlo, un urlo di donna. Fabio si tirò indietro, spinse Sofia in un canto e afferrò un vaso, la prima cosa che gli capitò sotto mano. Colpì alla cieca, e il vaso si frantumò contro il muro. Di nuovo un grido di donna, poi un sospiro disperato.

«Non fatemi del male, vi prego... non fatemi del male.»

Sofia ebbe un tuffo al cuore. Quella voce le era familiare.

Si staccò dal muro e trovò il coraggio di sporgersi oltre il braccio di Fabio, immobile davanti a lei.

Accoccolata di fronte alle scale, le braccia strette intorno al corpo, c'era una donna dai capelli rossi e ricci. Piangeva, terrorizzata, e non aveva il coraggio neppure di alzare gli occhi verso di loro.

Un'ondata di sentimenti contraddittori investì Sofia: sollievo, amore, rancore, rabbia. Perché lì, davanti a loro, c'era sua madre.

11

Per mare

Lidja iniziò a dare segni di cedimento che non erano neanche a metà viaggio. Eppure avrebbe dovuto essere la più allenata. In fin dei conti, anche se da tempo non praticava più le arti circensi, era pur sempre un'atleta. E invece volare in quel nulla desolante, con violente raffiche di vento che le sferzavano le ali, la stava provando più del previsto. Davanti a lei, Ewan sembrava totalmente sicuro del fatto suo e avanzava senza esitazioni, dando solo di tanto in tanto uno sguardo alla mappa e alla bussola per orientarsi.

Lidja invece aveva le spalle doloranti come se qualcuno l'avesse presa a bastonate tra le scapole. Le ali faticavano a mantenersi tese nel vento, ma doveva farcela. Non le andava di fare la figura della pappamolle, soprattutto davanti a Ewan.

All'improvviso una raffica di vento violentissima la investì. Cercò con tutta se stessa di resistere, ma il suo corpo era troppo provato, e cedette. I suoi muscoli non riuscivano a sopportare lo sforzo. Sentì uno strappo tremendo, e una delle ali si piegò in una posizione innaturale. Roteò nell'aria, in balia di correnti fortissime, come se fosse trascinata dalla forza di un gorgo. Urlò disperata, mentre il mondo intorno a lei vorticava in una folle spirale, e la nausea diventava pressante. Tutto era orribilmente simile a certi incubi che faceva quando era un'acrobata: sognava di precipitare, e la sensazione era identica a quella che provava ora. Si stava avvitando su se stessa, a precipizio sul mare, quando Ewan riuscì a raggiungerla e la salvò a un pelo dall'acqua.

«Stai bene?» le urlò stringendole una zampa.

«Sì...» rispose lei sconvolta. La verità era che non andava bene per niente; non era abituata a essere debole, era una sensazione nuova e sgradevole.

«Lo so che sei stanca» disse lui sorreggendola. «Lo sono anch'io...»

Solo allora Lidja si accorse che tutto il corpo di Ewan era scosso da brividi: li conosceva bene, erano gli spasmi dei muscoli sottoposti a uno sforzo eccessivo, qualcosa che aveva provato durante gli allenamenti al circo.

«Quanto manca?» chiese.

«Almeno un altro centinaio di chilometri.»

Impossibile. Non avrebbe mai potuto farcela. «E se ci riposassimo sul pelo dell'acqua?» propose.

«Pensi che galleggeremmo? E poi siamo in mare aperto, l'acqua sarà gelida. Quanto potremmo resistere?»

«Hai ragione. C'è solo un'altra possibilità...» disse Lidja.

Girarono in circolo per quasi mezz'ora, prima di riuscire a trovare una nave. Era un grosso mercantile, il ponte ingombro di container. Atterrarono senza abbandonare i loro corpi da draghi e rimasero immobili sulla cima dei container, schiena contro schiena, pronti a scattare al minimo segno di pericolo. Per un tempo che parve interminabile, tutto quel che percepirono fu il beccheggiare della nave e il lamento delle onde che si infrangevano contro la prua.

Fu Ewan il primo a tornare umano.

«Non c'è nessuno, a quanto sembra.»

«Devono essere volati via... o forse non ci hanno sentiti arrivare» disse Lidja, tornando a sua volta umana, ma lasciando gli artigli snudati, pronti a ogni evenienza.

«Dev'essere molto che questa nave viaggia, da quando l'equipaggio ha fatto la fine di tutti gli altri Assoggettati. Meglio controllare subito dove sta andando» propose Ewan scendendo per primo dal container.

Trovarono con facilità la sala comandi. La plancia somigliava in modo singolare a quella di un aereo. Era decisamente più grande, ma il numero di strumenti, schermi e indicatori era paragonabile a quello di un velivolo. Ewan andò spedito verso uno dei monitor.

«Direi che ci è andata bene. C'è il pilota automatico inserito, e la rotta impostata è Palermo.»

«Grandioso!» esultò Lidja.

Ewan sorrise. «In questo tratto di mare non ci sono molte rotte... o si va verso Roma o verso Palermo. Possiamo stare tranquilli e goderci la crociera.»

Lidja parve ammirata. «Anche questo lo insegnano agli scout?»

«Ho sempre avuto una passione per navi e aerei. Però dobbiamo stare attenti a quando arriveremo al porto: non possiamo rischiare di andarci a schiantare. Il pilota automatico può stabilire la rotta, ma non credo sia in grado di fermare la nave. Ora però cerchiamo qualcosa da mangiare!»

Dopo un breve giro di perlustrazione, trovarono la via della cambusa. La cucina era piuttosto piccola, l'equipaggio non doveva essere stato numeroso, ma c'erano provviste in abbondanza. Si avventarono con voracità su scatole, barattoli e sacchetti. Mangiarono quasi con disperazione, stremati dal lungo viaggio.

«Scusami, non so davvero cosa mi abbia preso...» disse Lidja guardando i resti del pasto, quando ebbe finito di abbuffarsi.

«*Are you kidding me*?» replicò Ewan divertito. «Abbiamo volato per cento e passa miglia... e ho l'impressione che mantenere le nostre sembianze di drago consumi un sacco di energie!»

Lidja annuì, soffocando una risata. «Mi sa che hai ragione...» Tacque per un istante, godendosi la sensazione della pancia piena e il lieve tepore della nave. «Come vorrei farmi un bel sonno... Mi si chiudono gli occhi» aggiunse poi.

«Una buona dormita ci rimetterebbe in forze» concordò Ewan con uno sbadiglio «ma dobbiamo restare vigili, finché la nave è in movimento.»

«Sdraiamoci qui... almeno riposeremo il corpo» propose lei prendendo due pesanti coperte da una cabina.

Le distesero sul ponte, e Ewan trovò persino un libro da leggere, riposto in un comodino: *Gordon Pym* di Edgar Allan Poe.

«Ideale per un viaggio in nave» osservò.

Rimasero a lungo in silenzio, alla luce della piccola torcia che Ewan aveva acceso per leggere. Il silenzio era interrotto da gemiti lugubri: la nave si lamentava sotto le bordate del mare in tempesta. Ma stavano avanzando senza fatica, ed era più di quanto potessero sperare. Lidja si rallegrò di non soffrire il mal di mare, e il pensiero andò a Sofia: chissà come si sarebbe trovata lei su quella nave. Sentì una fitta di nostalgia per la sua adorabile goffaggine, per la sua forza mascherata da debolezza. Ultimamente avevano avuto poco tempo per stare insieme, tra Fabio, tutto quel che era successo, e Ewan, certo.

Lo sentì emettere un profondo sospiro.

«Sei preoccupato?» chiese timidamente.

Lui tacque qualche istante.

«L'ho lasciata da sola in mezzo ai pericoli» disse infine.

Lidja sorrise rassegnata. In quei pochi mesi aveva imparato che, per quanto ci tenesse a sembrare sempre padrone della situazione, tra Ewan e il mondo c'era sempre sua sorella. Era lei il primo pensiero la mattina e l'ultimo la sera. Qualsiasi cosa facesse, Chloe c'era sempre. Una presenza per certi versi ingombrante, della quale Lidja iniziava ad essere gelosa.

«Karl è in gamba» disse.

«Non è Karl che mi preoccupa, è lei. Sai cosa vuol dire vivere sempre, *sempre* insieme a qualcuno? Io e Chloe siamo così. Non dividiamo solo i poteri di Kuma, siamo due metà di una stessa cosa.»

Lidja sospirò. «Non le vuoi davvero bene se la pensi così.» Ewan si irrigidì all'istante, e lei si affrettò a correggersi: «Voglio dire, capisco la tua preoccupazione. Ma Chloe è forte, è una Draconiana come tutti noi.»

«Solo con metà dei poteri di Kuma, però...»

«Già, proprio come te» disse Lidja. «E tu sei qui con me, no?»

Lo capiva: qualche volta anche a lei era capitato di stare in pena per Sofia, di considerarla più fragile di quanto fosse in realtà. E in fondo capiva anche quanto potesse essere gratificante sentirsi i più forti, quelli che avevano il compito di proteggere e salvare gli altri.

«E poi» continuò arrossendo «è anche un po' per questo che sono venuta con te...»

Ewan si ringalluzzì all'istante e gonfiò involontariamente il petto. «Ti preoccupi per me?»

«Non dovrei?»

Rimasero in silenzio per qualche istante, poi entrambi scoppiarono a ridere.

«Ah, Lidja... sono contento di essere venuto qui con te. Se c'è una persona che può distrarmi dai pensieri tristi, quella sei tu.»

Lidja nascose un sorriso tra le mani appoggiate sulla coperta.

«Avessi la chitarra, ti canterei una canzone.»

«E tu canta lo stesso» disse lei guardandolo di sottecchi.

Ewan ci pensò un attimo, poi si concentrò e iniziò a

intonare delle note dolcissime. La sua voce delicata e intensa si diffuse nell'aria, insinuandosi negli ambienti deserti della nave. Era una canzone triste, struggente, quasi una ninna nanna.

Lidja sentì una dolce malinconia invaderle il cuore. Rimase con il volto appoggiato alle mani, ad ascoltare quella voce che amava così tanto, convinta che in fondo parlasse di loro e di quel mondo impazzito, del loro destino e della loro missione. Fuori, il mare sembrava quasi essersi calmato.

Lidja si svegliò di soprassalto.

Quanto avevano dormito? Quanto tempo era passato? Ewan era accanto a lei, coricato su un fianco, ancora assopito.

L'aria era tesa e gelida sul ponte, e il mare mugghiava come la sera prima, inondando di spruzzi la prua.

Lidja si alzò e si affacciò al parapetto: scrutò quell'oscurità perfetta, rotta solo dai riflessi violacei della spuma, quando le parve di scorgere qualcosa all'orizzonte. Scese rapidamente nella plancia di comando, colta da un brutto presentimento. Trovò un binocolo poggiato accanto a uno dei monitor, lo prese e salì di nuovo sul ponte. Quasi non ne ebbe bisogno, perché adesso quel che aveva intravisto si distingueva chiaramente. Era il profilo di una catena montuosa, sulla quale si stagliava un picco più alto degli altri.

Si precipitò da Ewan e lo svegliò.

«Cosa...» biascicò lui.

«Ci siamo addormentati, e stiamo per andare a sbattere contro gli scogli!» gridò Lidja.

«Dobbiamo fermare la nave e fare manovra per entrare in porto» disse Ewan riscuotendosi.

Si precipitarono nella sala comandi, ma era tutto bloccato, e la nave continuava il suo tragitto senza rallentare.

«Okay, okay» iniziò a dire Lidja, quasi più a se stessa che al suo compagno. «Basta scendere prima che la nave vada a sbattere da qualche parte, giusto?»

«Giustissimo, peccato che se ci trasformiamo in draghi, all'arrivo al porto ci toccherà dare subito battaglia.»

«Le scialuppe di salvataggio!» esclamò Lidja.

Ewan le afferrò il viso e le schioccò un bacio sulla fronte. «Grande!» le disse con un sorriso.

Corsero alle scialuppe. C'era una targa con le istruzioni e disegni che illustravano una specie di tenda che galleggiava sul mare e un tubo di gomma che la connetteva alla nave. Un'immagine inequivocabile mostrava un omino che scendeva giù per il tubo.

Lidja scosse la testa. «No, io giù non mi butto, saranno almeno dieci metri...»

Ewan la prese per le spalle e la guardò. «Sei un'acrobata, volteggi a venti metri d'altezza appesa a un pezzo di stoffa e hai paura di questo?»

«Hai detto bene: "appesa"... Io non mi butto di sotto!»

«Lidja, o così o contro gli scogli.»

Cadere era sempre stata la sua paura più grande. Non le dava fastidio stare appesa ai tessuti aerei, camminare sul filo o volteggiare sul trapezio. Era gettarsi nel vuoto che la terrorizzava, il semplice cadere, proprio come era successo durante il loro volo sul Tirreno.

Lidja chiuse gli occhi, riguadagnò il controllo. Quando li riaprì, Ewan le sorrideva incoraggiante.

«Ci servono dei remi, non credo che questo aggeggio ne abbia.»

Entrambi partirono subito alla ricerca, e Lidja ne trovò un paio sull'altro lato della nave, dove c'era una scialuppa classica. Fu tentata di chiamare Ewan e dirgli di usare quella, ma si rendeva conto che la zattera-tenda era la soluzione migliore: a quanto dicevano le istruzioni, bastava tirare una leva, e il resto veniva da sé. La scialuppa invece aveva un motore e un meccanismo complicato per calarla in mare. Tornò di là con i remi. Ewan aveva azionato tutto. La zattera era già in mare, collegata alla nave dal tubo di gomma.

«Vuoi che vada per primo?» si offrì.

Lidja scosse la testa con vigore. Non voleva darla vinta alle sue paure.

Salì con decisione verso l'ingresso del tubo e si buttò di sotto senza pensarci, le braccia strette al petto come consigliavano le istruzioni. Le sembrò di essere finita in un aspirapolvere gigante che la tirava verso il basso. Le pareti interne del tubo aderivano al corpo, in modo da rallentare la caduta. Ugualmente sbucò dall'altra parte urtando col sedere sul fondo gonfio della scialuppa. Si sporse, e Ewan lanciò i remi in mare. Le onde erano alte e forti, e Lidja riuscì a prenderne uno solo.

«Ce lo faremo bastare!» urlò Ewan, poi si lanciò anche lui nel tunnel e sbucò nella scialuppa. Quando furono entrambi dentro, la sganciò dalla fiancata della nave.

La navigazione, però, si rivelò decisamente più complessa del previsto. I cavalloni, che mentre stavano sulla nave non sembravano così alti, erano onde di almeno un paio di metri. Si sentivano in completa balia del fortunale, e con un remo solo mantenere la rotta era un'impresa. Ewan si mise a remare come un pazzo, fendendo l'acqua una volta a destra e una a sinistra.

Mentre cercavano disperatamente di guadagnare la riva, davanti a loro la nave proseguiva la sua corsa. Non ci mise molto a raggiungere e sfondare con un boato il molo esterno. La videro poi procedere inarrestabile, fino a quando la punta non si incagliò nella banchina, penetrando l'entroterra per qualche metro. Alla fine, come una grande bestia morente, si inclinò su un lato, mentre le onde la flagellavano sul lato opposto.

Rabbrividirono entrambi nel profondo, scioccati da quello spettacolo.

Ewan fu il primo a riscuotersi e prese a vogare con più foga.

In meno di un'ora raggiunsero le acque più calme del porto. Erano convinti che, una volta arrivati, il peggio sarebbe stato superato. E invece si accorsero che erano solo all'inizio. Niente poteva prepararli allo spettacolo che li attendeva all'ingresso del porto di Palermo.

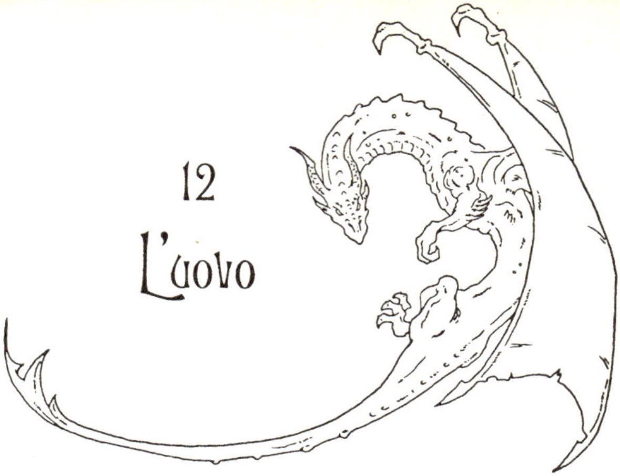

12
L'uovo

Karl si svegliò di soprassalto, la terra tremava sotto di lui. D'istinto evocò i poteri di Aldibah. Mentre un braccio si trasformava in artiglio, si rese conto dell'errore che aveva commesso. Lo ritrasse, e l'arto tornò subito umano.

«*For God's sake*, no!» bisbigliò Chloe, cercando di coprirlo. Ma ormai era troppo tardi: davanti alla porta del capannone si erano già accese decine di piccole luci rosse. Assoggettati. Karl sudò freddo. Era bastato evocare per un solo istante un artiglio del suo drago, e i nemici l'avevano fiutato. Sentì Chloe che tremava, premuta contro il suo corpo.

«Va tutto bene, siamo protetti» sussurrò, e portò una mano al ciondolo con dentro il sangue di Nida. Pregò che funzionasse davvero.

Pochi, interminabili secondi. Poi gli Assoggettati presero a sciamare via. Chloe tirò un profondo sospiro di sollievo.

«Che ti avevo detto?» disse Karl, ostentando sicurezza.

«Ho perso dieci anni di vita» replicò lei dandogli una piccola spinta sulla spalla. Lo aggiornò rapidamente su quello che era successo dopo che aveva perso conoscenza. Anche in quel momento, a intervalli regolari, la terra tremava e l'aria rimbombava di rumori cupi e minacciosi.

Karl si guardò intorno preoccupato. «Dobbiamo sbrigarci. Questa città non mi sembra per niente sicura.»

Chloe annuì con convinzione. Poi, uno strano brontolio ruppe il silenzio.

Chloe arrossì portandosi le mani alla pancia. «Scusa... è che non ho mangiato, ieri sera.»

«Be', ho fame anch'io! E sai che ti dico? Non penso che la missione ne risentirà se prima di andare a Castel dell'Ovo cerchiamo qualcosa da mettere sotto i denti» propose Karl con un sorriso.

Fuori, l'oscurità regnava ovunque, e tutto era avvolto nello stesso buio pastoso. L'unica diversità rispetto a Roma era che a Napoli i riflessi viola si alternavano a quelli rossi e pulsanti del Vesuvio in eruzione.

Dal porto, presero a seguire il lungomare. Per prima cosa entrarono in un negozio di articoli per turisti e presero due mappe, una della città e l'altra del castello.

Poi per un tratto continuarono a costeggiare la parte commerciale del porto. Il panorama era più desolante che mai. Già in condizioni normali quel posto non doveva ispirare molta fiducia, ma adesso era anche peggio. Di tanto in tanto incrociavano qualche Assoggettato. Sembravano tutti a caccia di qualcosa, come in allerta.

«Ci stanno cercando» disse Chloe con un tremito.

«Nidhoggr non si fermerà finché non ci vedrà morti... Ma noi abbiamo il ciondolo che ci protegge. Non devi avere paura.»

Si infilarono in un piccolo bar lungo la strada. Sul piano di marmo c'erano un paio di caffè freddi, su un tavolino una brioche smozzicata e una tazza con un cappuccino lasciato a metà, di fianco a un giornale aperto alla pagina sportiva. Sembrava che una catastrofe avesse colto quel luogo congelandolo nel tempo.

Nella vetrina erano esposti tramezzini e dolcetti di vario genere. Karl afferrò quattro paste grosse come un palmo, a forma di cono, fatte di una pasta sfoglia friabile. L'aspetto era invitante.

«Le conosci?» chiese a Chloe. Lei scosse il capo. «Provale, sono ottime.»

Chloe ne prese in mano una, l'annusò. Aveva un buon profumo, molto aromatico, e pesava tantissimo. L'addentò un po' scettica, ma fu amore a primo morso. Sebbene non fossero freschissime – con ogni probabilità stavano lì da qualche giorno – la pasta era ancora croccante, e l'interno squisito. Aveva un sapore intenso e pieno che non assomigliava a nessun'altra cosa avesse mai assaggiato.

«Si chiamano sfogliatelle» disse Karl addentandone una anche lui. «Sono dolci tipici di qui.»

Chloe si domandò come facesse a sapere sempre tutto. Per quanto la riguardava, prima dell'arrivo dei Draconiani non era mai uscita del Regno Unito; gli unici viaggi che aveva fatto erano stati le peregrinazioni con suo fratello e sua madre in giro per l'Inghilterra e la Scozia, in cerca di pace. E non aveva mai sentito la mancanza di una vita più avventurosa. Era contenta del suo angolino di mondo, non immaginava neppure che là fuori fosse pieno di posti così diversi da quelli che amava.

Finirono di mangiare con calma, e Chloe cercò di assaporare per quanto possibile quella breve pausa, certa che li aspettasse una giornata faticosa.

Karl prese un paio di bottigliette d'acqua e quattro panini, che infilò nella sacca. Quindi uscirono e si avviarono di nuovo verso il castello.

Il panorama cambiò rapidamente. Ai palazzi più moderni e alle strutture del porto commerciale andarono lentamente a sostituirsi palazzi in stile barocco. Stavano entrando nel cuore della città. Allo stesso tempo, al posto dei grossi mercantili o delle navi da crociera, nel porto si intravedevano barche a vela.

Il silenzio era assoluto e dava alla città un aspetto ancora più surreale di quello che aveva Castel Gandolfo: era come se la confusione del traffico e il via vai della gente fossero sempre stati parte intima di quel posto.

Chloe si guardava intorno incuriosita. Fin lì, dell'Italia aveva visto solo Castel Gandolfo e Roma, ma di Napoli aveva sentito spesso parlare. Per certi versi le ricordava Roma; lo stile dei palazzi era simile, lo stesso barocco opulento che per lei significava automaticamente Italia. C'era però qualcosa di diverso, di più caotico ma anche più umano, quasi più caldo.

«Aspetta» disse a un tratto Karl. «C'è un posto bellissimo che vorrei vedere.»

Deviarono dal lungomare e si inoltrarono per un breve tratto nell'entroterra. Si trovarono a percorrere una via ampia, con i lampioni appesi a dei fili al centro della strada, che ogni tanto dondolavano al ritmo della terra sotto i loro piedi.

Camminarono per un breve tratto, poi all'improvviso

la strada si aprì in una grande piazza quadrata. Alla loro sinistra sorgeva una grossa costruzione bianca, una chiesa con ogni probabilità. La facciata era simile a quella dei templi greci, che Chloe aveva visto sulle foto dei libri di scuola. Dietro, una cupola bassa, perfettamente tonda, e ai lati, come ad avvolgere tutta la piazza, un ampio colonnato. Assomigliava a quello di San Pietro, che aveva ammirato qualche mese prima, durante una delle prime visite a Roma, ma in questo c'era qualcosa di più austero e al tempo stesso più accogliente. Forse era la purezza delle linee, forse quel bianco quasi abbacinante nel buio della notte perenne, ma Chloe si sentì scaldare il cuore. Le parve che quella costruzione avesse in sé qualcosa di benefico, che quel colonnato volesse quasi proteggerla.

«Wow... non pensavo fosse così bella...» disse Karl, ammirato.

«Conoscevi già questo posto?»

Lui annuì piano. A Chloe parve avesse gli occhi lucidi, mentre percorreva da un capo all'altro la piazza. «Me ne aveva parlato Effi.»

Chloe aveva sentito nominare spesso quella donna, la madre che Karl aveva perso durante una battaglia per salvare un frutto dell'Albero del Mondo. Le venne in mente la sua, di mamma. A lei sarebbe piaciuto quel posto; era così affamata di cose nuove, diceva sempre che avrebbe voluto viaggiare.

Rimasero a guardarsi intorno per qualche istante, la piazza che sembrava stringerli in un muto abbraccio.

«Andiamo» si riscosse Karl, e senza voltarsi imboccò di nuovo la via per il lungomare.

Sul mare, in mezzo agli spruzzi, si innalzava una costruzione massiccia, una specie di rocca. Sembrava un angolo di Medioevo finito chissà come nel Ventunesimo secolo. A differenza della chiesa che avevano appena visto, Castel dell'Ovo aveva qualcosa che inquietava Chloe, e quasi la respingeva.

«Non mi piace» sussurrò.

Karl le sorrise rassicurante. «Se il frutto è davvero qui, entriamo, prendiamo quel che ci serve e ce ne andiamo.»

Si avvicinarono al castello a passo spedito, passando attraverso una caletta occupata da piccole barche, alcune delle quali di legno e senza vela. La rocca si stagliava davanti a loro, impenetrabile. Sembrava che ne spirasse un vago senso di minaccia.

Entrarono attraversando un basso ponte che costeggiava il porticciolo e oltrepassarono due torrioni dalla forma tozza. Chloe ebbe la netta sensazione che qualcuno la guardasse, come se tra mattone e mattone si insinuassero piccoli occhi malefici. Anche il portone d'ingresso era massiccio e imponente: tutto in quella costruzione era ostile, chiuso a difesa.

Si inerpicarono per un passaggio stretto e in salita, che pareva costeggiare le mura esterne del castello. Chloe teneva stretta la mano di Karl, e continuava ad essere inquieta. A un tratto il percorso si aprì lateralmente. Chloe si sentì quasi attirata dall'abisso e si sporse. Sotto, la precipitosa fuga del muro di cinta si interrompeva sulle rocce tufacee dell'isolotto sul quale la fortezza sorgeva. Il mare mugghiava impetuoso, gli spruzzi delle onde arrivavano fino a lei, odorosi di morte. Si ritrasse di scatto perché le era sembrato davvero che una voce la chiamasse dal basso, una voce profonda e oscura.

«Senti anche tu qualcosa?» chiese.

Si accorse che la mano di Karl era attraversata da un tremito.

«Sì, lo sento. Ma penso sia un buon segno» disse lui cercando di mantenere un tono neutro. «Secondo me, sono le esalazioni del frammento. È corrotto dal sangue di Nidhoggr, e forse questa ne è la conseguenza.» Si fermò e si guardò attorno. «Dobbiamo cercare un posto buio, sotto il castello. La leggenda dice che è laggiù che si trova l'uovo.»

Rifletté qualche secondo, poi tornarono sui loro passi e si infilarono nel castello dal primo varco libero.

L'interno era austero almeno quanto l'esterno. Grandi sale spoglie, ampie volte a botte di mattoni, mura disadorne. Non c'era alcuna concessione al bello: quella era una rocca, e ogni suo centimetro parlava di guerra.

Karl tirò fuori dalla sacca la torcia e la pianta del castello che avevano preso al negozio di souvenir. Si mise a studiarla, integrandola con la lettura di altri fogli che si era portato dietro.

A un tratto sbottò in un'esclamazione. «Ma come ho fatto a non pensarci prima! Il romitorio!»

Prese Chloe per mano e la trascinò fuori.

«Castel dell'Ovo è molto antico» spiegò. «Un tempo qui sorgeva una villa romana, e dopo ci fu un monastero, e solo in seguito costruirono la rocca. I resti del monastero esistono ancora, c'è tutto un intrico di canali scavati nel tufo. Forse è lì che dobbiamo cercare!»

Alla luce delle torce, riuscirono infine a rintracciare la scala e si ritrovarono nel romitorio. L'ambiente mutò radicalmente: erano in uno spazio piccolo, scavato nel tufo, quasi appena sbozzato. In un angolo si innalzava una colonna, ma per il resto non c'erano altre decorazioni. Il pavimento era in parte sbancato, e si passava da una sezione all'altra tramite assi di legno che permettevano di superare ampi cunicoli diretti chissà dove.

Karl si fermò e frugò ancora nella sacca. «Se ho ragione, qui dovremmo essere abbastanza vicini per usare un apposito strumento» e tirò fuori uno dei suoi marchingegni. Era un palmare messo insieme con pezzi raccogliticci: un lato era di legno, un altro di metallo, un altro di plastica, e il tutto era tenuto insieme da diversi giri di nastro isolante. Al centro, subito sotto lo schermo nero e verde, c'era un alloggiamento tondo, mentre dal basso partiva un tubicino di gomma collegato a un paio di occhialoni da aviatore. Karl si tolse dal collo il ciondolo di Nida.

Chloe inorridì. «Sei pazzo? Ci troveranno!»

Lui non rispose, prese il ciondolo di Chloe e lo infilò a una collanina più lunga, che mise intorno al collo di entrambi.

«Così no» sorrise, poi appoggiò il suo ciondolo nell'alloggiamento tondo dello strumento. Infilò gli occhiali e spostò una levetta. Sullo schermo apparve un puntino verde fosforescente che pulsava.

«Ecco qua il pezzo del frutto » disse. «Vedi, questo strumento è settato sui parametri delle viverne.»

Per quanto sapessero dove si nascondeva il frammento, arrivarci fu meno semplice del previsto. I cunicoli si diramavano in varie direzioni, e la via era spesso tortuosa. Più di una volta trovarono un muro a bloccare loro la strada; altre, quando sembrava che fossero a un passo dalla meta, il percorso girava e li portava lontano. Senza contare che muoversi là sotto non era per niente facile: i cunicoli erano stretti e asfittici, e in più occasioni dovettero avanzare carponi. Inoltre erano legati dalla collanina, e questo rendeva le cose più complicate. Karl iniziava a innervosirsi. A un tratto, si sentì tirare per il maglione.

«Che c'è?» disse più bruscamente di quanto avrebbe voluto. Si girò e vide che Chloe era bianca come un cencio, e indicava qualcosa sulla sua testa. In alto, sul soffitto della stretta galleria, c'era una fila di millepiedi. Erano lunghi un palmo, la corazza nera e lucente, e le miriadi di zampette che si muovevano frenetiche. Un brivido percorse la schiena di Karl. «Non fanno niente, non ti preoccupare» disse.

Chloe scosse la testa. «No, non è questo. È che ho notato che tutti gli insetti vanno in una sola direzione, da quando siamo entrati. Forse, se li seguiamo...»

Karl rimase qualche secondo a bocca aperta, poi sorrise. «Ma certo! Sei un genio! Li attira il potere del frammento.»

Si misero a seguire i millepiedi, che presto raggiunsero scarafaggi lunghi un dito. Cui si unirono rapidamente ragni di ogni forma e grandezza. Era una vera e propria processione di insetti che avanzavano spediti verso una qualche meta. Stavolta non ci furono impedimenti di sorta: dove riuscivano a passare gli animaletti, passavano anche loro.

Tempo un quarto d'ora, e sbucarono in una piccola stanza circolare. Non era larga più di due metri, e in altezza sfiorava appena le loro teste. Il soffitto, sbozzato nel tufo, si richiudeva in una specie di arco a sesto acuto. La struttura aveva qualcosa di strano, che Chloe e Karl colsero solo a uno sguardo più attento: aveva la forma di un uovo, esattamente come l'oggetto posto sul pavimento, al centro della sala. Era proprio un uovo, che si reggeva miracolosamente dritto nonostante il terreno, sotto di loro, continuasse a sussultare. Era di un colore minerale, la superficie segnata da miriadi di piccole fratture.

«Era vero, dunque...» sussurrò Karl. «La leggenda medievale dice che fu messo qui da Virgilio, il poeta latino, e che finché fosse rimasto al suo posto e intero, Napoli sarebbe stata al sicuro. La sua distruzione invece significherebbe la fine della città.»

Non molto distante dall'uovo c'era una specie di grumo nero. Karl si avvicinò e si accorse che si trattava di un cumulo di insetti: era tutto un brulicare di zampette e corpi chitinosi, in continuo movimento. Persino lui, che aveva per gli insetti un interesse prettamente scientifico, si sentì disgustato. Avvicinò piano la mano e provò a spazzare via gli animaletti. Sotto i loro corpi intravide qualcosa. Si fece forza e lo prese tra l'indice e il pollice. Appena lo ebbe sollevato, lo scosse istericamente. Gli insetti caddero a terra e alcuni finirono addosso a Chloe, che urlò allontanandoli con le mani. Karl guardò quel che reggeva: un pezzo di sfera, grande metà del suo palmo. Era completamente nero e ruvido, come se sopra ci fosse colato del catrame. Lo girò per tutti i versi.

«Credi sia questo?» chiese Chloe in un soffio.

Karl iniziò a grattarne la superficie con un dito. Lo spesso strato nero si staccò a pezzi, e sotto apparve un marmo verdastro. «Io… io credo di sì» disse col cuore in gola. Lo ripulì con le unghie, e anche Chloe lo aiutò. La parte fratturata era ruvida, ma quella sferica era liscia, perfetta.

«*Yes, yes*» sussurrò Chloe. Perché non poteva essere altrimenti. Era il frammento, il frammento del frutto!

Quando l'ultima scaglia nera cadde, d'improvviso la superficie si accese di un intenso bagliore verde, benefico e puro. Fu meno di un secondo, ma tanto bastò perché le cose precipitassero.

Un rombo profondo scosse la terra sotto di loro, diverso da qualsiasi altro scossone l'eruzione avesse provocato fino a quel momento. L'aria si riempì di un'oscura minaccia, mentre il silenzio veniva rotto dall'eco lontana di grida stridule e dal ticchettare di protesi metalliche sulla roccia.

«No... no!» urlò Karl.

13
Un incontro

Sofia e sua madre erano sedute in cucina, intorno a un rozzo tavolaccio di legno. Fabio, frugando in dispensa, aveva trovato del tè e ne aveva preparate due tazze. Poi, con la scusa di controllare che non ci fossero Assoggettati nei dintorni, si era allontanato e le aveva lasciate sole.

Sofia non sapeva se essergliene grata o meno: da una parte voleva scappare da quella situazione imbarazzante, dall'altra si rendeva conto che parlare con sua mamma davanti a lui le sarebbe risultato ancora più penoso.

Un flash di Beatrice a Edimburgo, appagata assieme alla sua famiglia, le campeggiava ancora nella mente. Era l'ultima immagine che aveva avuto della madre, e non era mai riuscita a figurarsela in modo diverso: distante e felice senza di lei.

Adesso era pallida come un cencio, e più magra dell'ultima volta che l'aveva vista. Era evidentemente provata, ma non mostrava alcun segno di assoggettamento. Era lei la giovane donna sorridente della libreria, e quella fredda e scostante che le aveva aperto la porta qualche mese prima, negando di conoscerla.

Continuava a bere a piccoli sorsi, gli occhi bassi, mentre Sofia lasciava raffreddare il suo tè nella tazza.

Poi, finalmente, parve prendere coraggio. «Sai dove siamo?» le chiese guardandola in viso per la prima volta.

Sofia scosse la testa.

Beatrice si alzò, andò verso una vecchia credenza in un angolo, ne prese una foto ingiallita dagli anni e gliela porse. Ritraeva un ragazzo con gli occhi verdi e una cascata di ricci castani; non doveva avere più di una ventina d'anni, e un sorriso strafottente e un po' guascone. Sembrava un tipo sicuro di sé, di quelli con uno stuolo di ragazze ai propri piedi, anche perché era molto attraente: aveva un fisico asciutto, un bel naso dritto, e poi tutti quei ricci a contornargli il viso... A Sofia, chissà perché, ricordò Fabio. Non si somigliavano, eppure li accomunava qualcosa di simile nell'atteggiamento. Sulla fronte, vicino all'attaccatura delle sopracciglia, scorse un'ombra, forse solo un pelucco sulla pellicola, o un granello di polvere. Aguzzò lo sguardo, e quando capì di cosa si trattava, il mondo parve trattenere il respiro con lei. Non era polvere: era un neo, un neo verdastro che assomigliava terribilmente a quello che lei aveva tra gli occhi.

«Sono certa che l'hai riconosciuto» disse Beatrice con un sorriso triste. «È Andrea, tuo padre.»

Sofia si perse nella contemplazione della foto. Andrea. Era la prima volta che sentiva pronunciare il suo nome. Fino a quel momento, per lei suo padre era stato una sorta di figura mitica che racchiudeva in sé tutto il buono di un genitore, soprattutto dopo aver scoperto che sua madre l'aveva abbandonata. Lui l'aveva tenuta con sé, l'aveva cresciuta e protetta finché gli era stato possibile, e condivideva il suo stesso grandioso, tragico destino. Ora invece era lì davanti a lei, un ragazzo dall'aria spavalda, un bel ragazzo. Sofia avrebbe voluto sentirne la voce, vederlo muoversi, imparare le sue abitudini, scoprire i suoi difetti, anche solo per una volta, anche solo per un istante.

«Com'era?» chiese quasi senza rendersene conto.

«Esattamente come lo vedi nella fotografia: bellissimo e inavvicinabile. Piaceva a tutte le mie amiche, in paese erano tutte innamorate di lui, e lui cambiava una fidanzata al giorno perché era consapevole del suo ascendente sulle ragazze. Io venivo qui ogni estate, perché mia madre era originaria di Matera. Da bambina la odiavo: era una città piccola, lontana da tutti e da tutto, troppo bassa per essere montagna e senza mare... Era il posto in cui i miei mi costringevano a seppellirmi durante le vacanze. Quanto avrei voluto passarle come le mie amiche, che tornavano a scuola a settembre con foto di tramonti sul mare e ragazzi abbronzati che le abbracciavano...» Beatrice bevve un lungo sorso di tè, poi riprese: «Quando lui comparve, avevo quindici anni. E a me non interessava granché.» Sorrise. «Sai, io ero di quelle ragazzine un po' antipatiche, che vogliono sempre distinguersi dal gruppo, essere diverse... Lui piaceva a tutte, e quindi non piaceva a me. Troppo banale. Probabilmente fu questo a incuriosirlo. Magari fu per una scommessa con se stesso, non lo so, fatto sta che si mise a farmi il filo. Ma la prima estate gli andò male, perché io per dispetto iniziai a uscire con un altro ragazzo... anche se non mi piaceva tanto.»

Sofia era allibita. Era a dir poco paradossale stare lì con sua madre, che le si rivolgeva con il tono che avrebbe potuto usare Lidja, a parlare di suo padre. Eppure era catturata, beveva ogni parola come un assetato dopo un viaggio nel deserto.

«Per tutto l'anno scolastico lui, a cadenza mensile, mi mandò delle lettere. All'inizio erano sdolcinatissime, poi, chissà, forse perché non gli rispondevo, iniziò ad essere più sincero. Mi raccontava di lui, di quel che faceva in questa città che amava. L'estate dopo ci mettemmo insieme.»

Beatrice bevve un altro sorso.

Sofia guardava alternativamente lei e la foto che stringeva convulsamente tra le mani. «Questa era casa sua?» chiese timidamente. Si sentiva la gola prosciugata.

La madre annuì. «In questi anni ci ha vissuto sua mamma... Io mancavo da undici anni» aggiunse in un soffio, quasi imbarazzata.

Sofia si costrinse a riscuotersi, ma non riusciva a separarsi dalla foto. «Come mai sei qui? Dov'è la tua... famiglia?»

Gli occhi di Beatrice si velarono. «Neanche loro sono stati risparmiati da questa catastrofe. Eravamo in Francia per una breve vacanza, quando è successo. Mio marito e mia figlia sono diventati dei mostri. Avevano gli occhi rossi e spaventose ali nere sulla schiena quando sono scappata, e ho visto che tutti intorno a me erano così. È stato... orribile. Ho subito avuto un sospetto, ero certa che avesse a che fare con... con quella storia che riguarda quelli come te.» Sofia si irrigidì: nelle sue parole c'era paura, ma anche un'ombra di disprezzo. «Per questo ho preso la macchina e sono venuta qui, da sola. Gli aerei e i treni non funzionano. È stato un viaggio da incubo. Ho pensato che se davvero quel che stava succedendo aveva a che fare con quelli come te, questo era un posto sicuro. Perché era la sua casa, capisci? La casa di Andrea. Qualcosa di lui poteva essere rimasto, una traccia dei suoi poteri… Ero arrivata da poco quando siete entrati. Scusami per avervi spaventati, avevo paura, non hai idea di quel che ho passato…»

«E così hai abbandonato tuo marito e tua figlia» disse Sofia, fredda.

«Cosa potevo fare? Non erano più loro. Io sono una donna qualsiasi, io non sono come voi…»

«Smettila di dire *voi* con quel tono!» sbottò Sofia. «Fai sempre così, tu. Quando le cose vanno male, te ne vai.»

Beatrice sospirò. «È molto più complicato.»

«E com'è, allora? Spiegamelo, perché io davvero non lo capisco. So solo che mi hai abbandonata, e quando ti sono venuta a cercare, nella tua casa a Edimburgo, hai finto di non conoscermi. Non mi sembra ci sia molto da capire.»

Beatrice era arrossita violentemente, ma sembrava anche irritata. «Io e tuo padre avevamo diciotto anni quando sei nata, eravamo due ragazzini. E io ho avuto incubi atroci per nove mesi, sai che vuol dire? Nove interi mesi che dovrebbero essere i più felici della tua vita passati a chiederti cosa sono le figure mostruose che ti tormentano ogni notte, a chiederti perché il sonno non ti porta più riposo, ma solo terrore. Questo è stato aspettare te, capisci? Non sapevo più cosa pensare, mi domandavo cosa mi stesse crescendo nel ventre... Tuo padre cercava di starmi vicino come poteva. "Sono solo sogni" mi diceva, ma il fardello era mio, soltanto mio. Mi svegliavo ogni notte urlando, disperata, sono arrivata sull'orlo della follia.»

«Anche le madri degli altri Draconiani hanno vissuto le tue stesse esperienze, eppure sono rimaste con i loro figli.»

«Forse erano più mature di me» rispose Beatrice per nulla intimidita «e poi ogni persona è diversa. Guardati intorno, Sofia, guarda cosa è successo. Questo è il mondo in cui voi vivete: davvero pensi che sia così facile accettarlo? Davvero credi che sia qualcosa con cui si può convivere a cuor leggero?»

«Io ci sono riuscita, e sono più piccola di quanto non fossi tu quando mi hai abbandonata.»

Beatrice arrossì fino alla punta delle orecchie e distolse lo sguardo.

«Lui lo sapeva, in cuor suo lo sapeva, e non mi ha detto niente» disse quasi tra sé e sé. «Un giorno tuo padre tornò a casa. Era eccitato, spaventato, ma soprattutto esaltato. Tu eri nata da poco, e io intuivo che eri diversa dagli altri, lo sentivo. Non che non ti amassi, lo capisci, questo? Sofia, ti volevo un bene dell'anima, eri tutto per me. Comunque» aggiunse ricomponendosi «venne da me e mi disse che aveva capito tutto, che un uomo gli aveva fatto capire ogni cosa. Mi raccontò di questo professore di antropologia, un tedesco se non sbaglio, che aveva conosciuto e che gli aveva raccontato la verità su chi fosse lui, e su chi fossi tu. È stata la prima volta che ho sentito parlare di quelli come voi...»

«Draconiani. È così che ci chiamiamo.»

«Non dubitai per un attimo che fosse la verità. Perché tra madre e figlio c'è un legame particolare. Io sapevo chi eri e di cosa eri capace da quando avevo scoperto di essere incinta. Eri *in me*, Sofia, non poteva essere altrimenti. Ma queste sono cose che si capiscono solo quando si ha un figlio.»

Sofia assunse un'espressione sarcastica, ma lasciò che la madre proseguisse.

«Sono entrata in una profonda crisi. Perché avevo compreso cosa significava davvero quel che tuo padre mi aveva detto. Significava che da quel momento il mondo per me non sarebbe più stato lo stesso, che tutto sarebbe cambiato, per sempre, e che per noi non ci sarebbe più stata pace. Sarebbe stata una vita di affanni, e io, Sofia, non me la sentivo.»

Tacque, forse attendendosi una risposta, ma Sofia rimase impassibile, la foto di suo padre stretta tra le dita.

«Quello di cui ti devi rendere conto» proseguì Beatrice «è che l'ho fatto per te. Non ero in grado di stare al tuo fianco. Non ero come voi, da questa faccenda ero completamente tagliata fuori. Come avrei potuto capirti quando a separarci c'era un abisso? Io ero una semplice umana e tu appartenevi a un altro mondo, cosa potevo darti? È per questo che me ne sono andata, perché sapevo che saresti stata meglio con tuo padre. Mi è costato molto, Sofia, moltissimo.»

Finalmente Beatrice abbassò lo sguardo sulla tazza, e tacque. Sofia contrasse la mascella. Contò fino a dieci, perché voleva essere certa che non fosse solo la rabbia a farla parlare, voleva essere sicura di farle più male possibile con le sue parole.

«Puoi darti tutte le scuse che vuoi, tutte le giustificazioni di questo mondo, ma la verità è che te ne sei andata. Le madri degli altri Draconiani sono rimaste al loro posto, hanno protetto fino alla fine i loro figli. Tu sola hai rinunciato prima ancora di provare. Non l'hai fatto per me, l'hai fatto per te. Altrimenti quando papà è morto saresti venuta a prendermi, e quando ho bussato alla tua porta, mi avresti accolta.»

Era scattata in piedi, paonazza. Si sentiva sopraffatta

da un'ira cieca, come non le era mai capitato in vita sua. Fissava Beatrice, all'altro capo del tavolo, che aveva le lacrime agli occhi. Ma non le faceva neppure un po' pena.

«Le cose sono complicate… c'erano anche altre persone coinvolte…» provò a dire sua madre, ma Sofia la interruppe.

«Ti odio, ti odio perché non mi hai voluta, e invece di chiedermi perdono accampi patetiche scuse! Ti odio e ti odierò sempre!»

Scoppiò in un pianto irrefrenabile, finché non si sentì abbracciare da dietro. Fabio.

«Va tutto bene, va tutto bene» le ripeteva.

Beatrice si alzò dal tavolo, in lacrime, ma si fermò un istante prima di abbandonare la stanza. «Sono stata una codarda, lo ammetto, ma… davvero, io ti voglio ancora bene, Sofia. Non ho mai smesso di volertene.»

Sofia ci mise un bel po' a calmarsi.

«Ce ne dobbiamo andare… Non voglio restare un istante di più sotto il suo stesso tetto» balbettò.

Fabio si sedette davanti a lei ostentando tranquillità. La cosa la irritò: perché non era arrabbiato anche lui? Perché non si affrettava a darle ragione, a dirle che sua madre era una persona orribile?

«Questo posto è speciale» disse infine lui «l'hai percepito anche tu.» Sofia non poteva negarlo. «Qui siamo al sicuro e, a meno che non sia necessario andarsene, penso sia meglio se facciamo base qui.»

«*È* necessario! C'è *lei*!»

Fabio allungò una mano e l'appoggiò su quella di Sofia. Lei sentì una specie di scossa. Toccarsi era ancora tabù. Si morse il labbro nervosa, poi si sporse verso di lui.

«Perché non mi dai ragione?»

«Servirebbe a qualcosa accanirsi su di lei?»

Sofia non lo aveva mai visto così: rassicurante, calmo, sereno.

Indurì lo sguardo. «Mi farebbe stare meglio.»

Fabio le lasciò la mano, si appoggiò allo schienale della sedia e distolse lo sguardo. «Ti assicuro invece che non ti farebbe sentire affatto meglio.»

«Tu non puoi capire: tua madre c'era, c'è sempre stata. È morta per te!»

Negli occhi di Fabio passò un lampo, e Sofia temette di aver parlato troppo.

«Hai detto bene. È morta. La tua invece è di là, e tutto quello che sai fare è odiarla.»

«Mi ha abbandonata! E quando sono andata a bussare alla sua porta ha finto di non conoscermi.»

«Sofia, forse mia madre non mi ha abbandonato, ma ti assicuro che di rancore me ne intendo. Mio padre ha fatto esattamente quel che ha fatto tua mamma. E non hai idea di quante energie abbia speso nella mia vita a detestare la gente, a sognare di potermi rivalere su chiunque mi avesse fatto soffrire. E l'ho anche fatto, lo sai. Mi sono vendicato parecchie volte. Adesso che guardo tutto da un'altra prospettiva, posso dirti che è stato tempo sprecato. Avrei potuto impegnarlo in modo diverso, avrei potuto provare ad essere una persona migliore, proprio quello che voleva mia madre per me. Lo sai che non mi ha mai parlato male di mio padre? Mai. Mi diceva di cercare di capirlo, e io la detestavo quando faceva così, perché lei aveva tutto il diritto di odiarlo, così come lo avevo io. Perché avrei dovuto perdonarlo?»

Sofia si fece piccola. «E allora perché non stai dalla mia parte, adesso?»

Fabio sospirò e le si avvicinò di nuovo. «E invece sto esattamente dalla tua parte. Odiare tua madre, cercare di farla soffrire, è inutile. Odiare lei significa odiare te stessa.»

Sofia ingoiò le lacrime. «Ma lei ha fatto una cosa tremenda...»

«È vero, ma a cosa serve recriminare? È qui da sola, terrorizzata, e tutto quello che ti ha detto...»

«Ci hai ascoltate...»

Fabio arrossì: «... tutto quello che ti ha detto dimostra

che ne è consapevole. Le sue scuse servono solo a lenire il senso di colpa. È una persona fragile, Sofia, nulla di più e nulla di meno. E una persona sola. Ha paura, l'ha sempre avuta, e questa paura ha eretto dei muri tra lei e il mondo. Lo capisci?»

Lo capiva, e faceva male. Perché odiare era molto più facile.

«Hai idea di quale tristezza debba avere in fondo al cuore una persona che fa vincere i propri timori sull'amore per la figlia? E il terrore che prova l'ha allontanata anche dalla sua nuova famiglia. È una donna spaventata, una donna che non è mai stata in grado di sconfiggere le sue paure. Non ti sembra che questa sia già una punizione sufficiente?»

Sofia pensò all'inizio dell'avventura, a quando il professore le aveva spiegato chi era, all'attacco di Mattia, il primo Assoggettato con cui si era scontrata. Anche lei aveva avuto una paura tremenda, e il primo istinto era stato quello di scappare. Cosa sarebbe successo se non avesse trovato dentro di sé la forza di andare avanti? Paura ne aveva anche adesso, paura ne aveva sempre; anche solo sfiorare Fabio la gettava in un abisso di paura.

«Non ti sto chiedendo di perdonarla. Ti chiedo solo di non perderti dietro un odio sterile, che fa male più a te che a lei.»

Fu come aprire una porta. Le lacrime trovarono la via facile, e Sofia non fece nulla per fermarle. Per una volta, non se ne vergognava. Scattò in piedi e si strinse a Fabio. In quel momento aveva bisogno di lui più di ogni altra cosa, e non l'aveva mai sentito tanto vicino. Fabio non si sottrasse. Dopo un primo momento di stupore, Sofia sentì le sue mani accarezzarle la schiena, e poi stringerla a sé, come aveva fatto a Edimburgo, una sera che sembrava lontanissima. Rimasero così, immobili, abbracciati stretti in quella notte infinita.

Sull'uscio, Beatrice li guardava in silenzio. Per la prima volta in vita sua aveva avuto il coraggio di confessare a se stessa in quale baratro l'aveva precipitata quell'unica, terribile decisione che quindici anni prima aveva cambiato la sua vita.

14
Una piccola chiesa d'oro

Il porto di Palermo era scomparso, sommerso dall'acqua che aveva invaso la città. Le navi erano accatastate lungo il bordo dei palazzi, alcune rovesciate su un fianco, altre sventrate dalle onde più impetuose. Continuavano a spingersi nell'entroterra a un ritmo incessante, infrangendosi contro i muri e insinuandosi lungo strade e piazze.

Lidja e Ewan guidarono la scialuppa in un'insenatura più riparata che si era creata tra gli edifici del porto, e rimasero a contemplare quello scenario apocalittico. A ogni ora, il mondo sembrava precipitare in un abisso sempre più profondo. Lo spirito di Nidhoggr aveva ormai contaminato ogni cosa.

«Dobbiamo trovare il frammento al più presto» disse Ewan. «Temo non ci resti più molto tempo.»

Lidja riprese a remare con vigore per entrare nella città allagata. Fortunatamente il moto ondoso li sospingeva nella direzione giusta, ma controllare la scialuppa non era facile, specialmente con un remo solo e in un mare agitato.

«Ci serve una vera barca, con due remi e anche un motore» decise Ewan.

Barche, ovviamente, ce n'erano in abbondanza: ma poche si trovavano in buone condizioni ed erano raggiungibili con la scialuppa. A fatica, riuscirono ad avvicinarsi a un gommone a motore, dotato anche di remi. Ewan stabilì che faceva al caso loro.

Lidja si limitò a obbedire. Le sembrava strano non essere lei il leader della situazione, soprattutto considerato che Ewan si era unito al gruppo da poco. Ma lui sembrava davvero esperto di barche e navigazione, mentre lei non ne sapeva nulla. E poi, in fondo, era piacevole non sentirsi il peso della responsabilità sulle spalle. Forse, non si fosse trattato di Ewan, sarebbe stata infastidita dalla sua intraprendenza e dal tono autoritario con cui le dava ordini. Ma era Ewan, e per una volta fare la damigella in pericolo non le dispiaceva affatto.

«Ecco, devi tenerli così» le disse lui spiegandole come impugnare i remi.

«Non mi dirai che hai fatto anche rafting» lo punzecchiò Lidja.

Ewan fece un sorriso spavaldo. «E invece sì, molte volte, con gli scout. Sono anche piuttosto bravo.»

Si spostarono dove la corrente era più forte, e a poco a poco non furono più in completa balia delle onde, ma iniziarono a cavalcarle. Ewan sapeva esattamente come sfruttare la loro spinta anziché farsene travolgere, e in breve, spediti e precisi, entrarono nella città. Lo spettacolo che si aprì davanti ai loro occhi era irreale. Tutto era sommerso dall'acqua. Le macchine erano ammassate l'una contro l'altra nelle piazze e lungo le strade; a volte occludevano il passaggio, costringendoli a lunghe deviazioni. Il silenzio era assoluto, l'acqua quasi del tutto immobile. Sembrava di stare in una specie di enorme palude cittadina. I riflessi violacei che illuminavano la superficie diedero a Lidja l'impressione di essere finita in una versione ancora più spaventosa delle Paludi Morte nel *Signore degli Anelli*.

I palazzi barocchi si alternavano alle palazzine moderne, che sommerse in quel mare facevano l'effetto di astronavi aliene finite nel bel mezzo di una città del Settecento. L'impressione complessiva lasciava spiazzati: quella mescolanza di stili era incomprensibile, a volte persino violenta. Inoltrandosi verso il centro della città, però, il panorama cambiava, e Palermo appariva sempre più come una vecchia dama bellissima ma un po' sfiorita. Gli splendidi palazzi antichi a volte erano fatiscenti, i muri scrostati e impiastricciati da brutti graffiti o dai resti di generazioni di manifesti attaccati l'uno sull'altro. Ma era proprio in questa bellezza sciupata e dolente che si celava il fascino della città. Doveva essere un posto meraviglioso, in condizioni normali.

Le strade, ormai trasformate in canali, a volte erano ampi viali costeggiati da palme, altre vicoli angusti e tortuosi in cui la scialuppa andava continuamente a sbattere contro i muri delle case. In uno dovettero fare lo slalom tra le tende di alcune bancarelle, le cui mercanzie galleggiavano sul pelo dell'acqua: arance, limoni, mandarini... E poi sacchetti di spezie, capperi, pomodori secchi, frutta e verdura. Alcuni erano andati a male, ma altri sembravano intatti e Lidja ne approfittò, pescandone alcuni al volo tra quelli che parevano ancora buoni. Mentre avanzavano ricordò cos'era quel posto: la Vucciria, il mercato inebriato di profumi e colori che tanto aveva amato quando, da bambina, l'aveva visitato con sua nonna. Sentì una stretta al cuore. Poi qualcosa passò sotto il gommone, facendola trasalire e lanciare un grido strozzato.

«Cosa succede?» chiese Ewan allarmato.

«C'è qualcosa sott'acqua!» disse Lidja attaccandosi istintivamente al suo braccio.

Poco distante emerse una testa. Aveva gli occhi rossi, e alle spalle due ali metalliche che entravano e uscivano dall'acqua, muovendosi lente, come le pinne di un pesce.

«Un Assoggettato...» mormorò Ewan. Appena parlò, quello si immerse di nuovo e sparì in un flutto. «Sembra che si siano adattati a questo nuovo ambiente.»

Tremando, Lidja trovò il coraggio di guardare ancora. Ne vide un altro scivolare nella corrente rapido e agile come una lontra. Aveva una lunga coda, e gli impianti metallici erano foggiati a formare pinne che coprivano mani e piedi. Il metallo circondava anche la bocca, probabilmente un sistema che permetteva a quegli esseri umani di respirare sott'acqua.

«Fantastico...» mormorò con un brivido.

«Se il ciondolo con il sangue di Nida continua a funzionare, ci ignoreranno» disse Ewan. «Ma non sappiamo quanto tempo ci rimane, dobbiamo sbrigarci.»

Lidja tirò fuori dalla sacca una guida di Palermo che aveva preso dalla libreria del professore e guidò Ewan attraverso il dedalo di vie.

«Dovrebbe essere in fondo a questa strada» disse, e si predisposero a una lunga traversata. Il silenzio era rotto solo dal rumore del motore e dallo sciabordio dell'acqua lungo le sue fiancate.

Dopo non molto si ritrovarono in una piazza ottagonale circondata da quattro palazzi barocchi in pietra. Sembravano quinte di un teatro, e i due ragazzi ne rimasero talmente affascinati che rallentarono l'avanzata.

Proseguirono ancora, sempre dritti, costeggiando palazzi, piazze e chiese. Una in particolare li colpì più delle altre: l'intera facciata era decorata da fregi a metà tra il gotico e uno stile che ricordava il mondo arabo, e l'effetto complessivo era quello di una specie di splendido merletto in pietra. Lidja era incantata. Nel buio quasi assoluto, la chiesa sembrava emanare luce propria e si rifletteva, perfetta, nell'acqua. Solo la prua del gommone frantumava quell'immagine in miriadi di schegge, replicate all'infinito dalle increspature causate dal loro passaggio.

Avanzarono ancora, fino a costeggiare un giardino. Gli alberi affioravano in superficie come sperduti isolotti verdi, e le cime delle palme davano perfino l'impressione di essere finiti in un atollo tropicale.

Poi, finalmente, intravidero un imponente palazzo che dominava la città da una bassa collina. Sembrava all'asciutto, come un naufrago che fosse riuscito a mettersi in salvo.

«Ci siamo» disse Lidja. «Il Palazzo dei Normanni. La Cappella Palatina è lì.»

Attraccarono col gommone sotto la porta e raggiunsero la grande piazza davanti al palazzo. Sembrava un miracolo essere finalmente sulla terraferma, anche se lo spiazzo era pieno di pozzanghere più o meno ampie.

«O ha piovuto tanto, o l'acqua del mare si è ritirata» osservò Ewan.

Lidja guardò il piazzale preoccupata. «In ogni caso, la Cappella è al primo piano, in alto, forse è stata preservata.»

Entrarono nel palazzo. Anche all'interno tutto era umido, e il pavimento era disseminato di pozze.

Dovettero girare un bel po', perché Lidja non ricordava esattamente dove si trovasse la Cappella. Attraversarono ampi saloni, passarono per un cortile circondato da portici disposti su tre ordini; il ritmo con il quale gli archi si susseguivano era di una perfezione tale che rimasero quasi ipnotizzati a guardarli. Infine, un po' per caso un po' per fortuna, si imbatterono nella scala giusta; Lidja la riconobbe all'istante.

«Di qua.»

Salirono i gradini di corsa e si ritrovarono in un chiostro, al primo piano. Lidja ricordava tutto, e straordinariamente bene: era piccola quando era stata lì, ma era l'anno prima che sua nonna morisse. Aveva iniziato a sentirsi male proprio poco dopo aver lasciato Palermo. Quanto aveva fatto in quella città le era rimasto dunque scolpito in mente, e la visita alla Cappella più di tutto. Non poteva dimenticare come brillavano gli occhi di sua nonna mentre percorrevano ori e fregi, e la devozione timorosa con cui le aveva indicato l'enorme mosaico del Cristo Pantocratore. Si era sentita in soggezione anche lei sotto il suo sguardo enigmatico.

La porta era aperta, e Lidja entrò. Rimase senza parole, esattamente come la prima volta. Si trovava in una delle tre navate di una piccola chiesa completamente ricoperta d'oro. Fatta eccezione per le colonne che dividevano le navate e per il pavimento, entrambi in marmo, tutto il resto era decorato da meravigliosi mosaici bizantini. Severe figure di santi dagli sguardi austeri, decori d'ogni genere e foggia travolgevano lo sguardo. Il luccichio dell'oro, i colori sfavillanti, l'accavallarsi di archi a sesto acuto davano l'impressione di qualcosa di troppo bello e sontuoso per essere raccolto in uno spazio così piccolo. Lidja ebbe la netta sensazione che i suoi occhi non fossero in grado di reggere tutta quella bellezza. Se ne sentiva il cuore traboccare, e come la prima volta ebbe quasi paura. Paura di tutta quella perfezione, di quel tripudio di colori e fregi che appariva identico a com'era quando gli artisti che ci lavoravano l'avevano finito, e per secoli, millenni, avrebbe continuato a emanare la stessa sfavillante meraviglia.

Si riscosse non appena Ewan la toccò. Aveva anche lui gli occhi fissi al soffitto decorato dalle *muqarnas*, un fitto intrico di stelle a otto punte che si aprivano su nicchie e spuntoni che davano allo spazio sopra di loro l'aspetto della volta di una grotta piena di stalattiti.

Spostarono lo sguardo dalle pareti e lo indirizzarono al pavimento. Le panche erano accatastate alla rinfusa, verso il fondo, alcune mezzo rotte, appoggiate in equilibrio precario alle pareti o davanti alla balconata che delimitava l'area dell'altare.

«Tu perlustri la navata di destra, io quella di sinistra» decise Lidja.

Cercarono ovunque, in ogni angolo, dentro ogni nicchia, sull'altare.

Quando si ricongiunse con Ewan al centro della navata, capì che la caccia non era andata bene neppure a lui. «Hai guardato dappertutto?» chiese. «Anche nel fonte battesimale?»

«Sì.»

«Cerchiamo di nuovo, dev'essere qui per forza» insistette Lidja, nervosa.

All'inizio del terzo tentativo infruttuoso, dopo che

ormai conoscevano ogni centimetro di quel posto, Ewan la prese per le spalle. «Stiamo perdendo tempo.»

«Fabio l'ha visto, *deve* essere qui.»

«Hai guardato a terra? Hai toccato i muri? È tutto bagnato. C'è stata l'acqua. Il mare dev'essere arrivato fin quassù e ha spostato il frammento.»

«Ma Fabio l'ha visto» insistette Lidja.

«Dev'essere successo dopo la visione. E non chiedermi come sia stato possibile, non lo so. Ma temo che l'acqua l'abbia trascinato via.»

Lidja gemette. «Quindi può essere ovunque, anche in mare aperto!»

Ewan si limitò ad annuire.

«Questa è una tragedia, è la fine della missione. Non *può* essere così!»

«Calmati» disse Ewan tranquillo. «Non è la fine della missione. Ho un piano.»

15

Due addii

Karl infilò rapido il frammento nella sacca e afferrò Chloe per un polso. Ma la loro fuga si interruppe subito: si erano affidati allo strumento di Karl e agli insetti, e non avevano fatto caso alla strada percorsa per arrivare fino alla stanza dell'uovo.

Si lanciarono alla cieca in quel dedalo infernale, lo zampettio metallico che si faceva sempre più forte, nonostante avessero ancora il ciondolo intorno al collo. Karl tolse rapidamente il suo dallo strumento e lo indossò di nuovo, ma non c'era niente da fare: gli inseguitori erano sempre più vicini.

«Perché non ci copre più?» gemette Chloe.

«No, avvertono il frammento! Abbiamo tolto il sangue per vedere se si trattava del frutto, e adesso il suo potere, per quanto debole, viene percepito dagli Assoggettati.»

Voltarono un angolo e imboccarono uno stretto cunicolo, ma si trovarono davanti un muro. Non avevano scelta: il neo sulla fronte di Karl brillò fulgido, e in un lampo il biondo ragazzino paffuto assunse le sembianze di Aldibah. Con la testa sfondò il soffitto di quello spazio asfittico e si divincolò con violenza, riuscendo ad aprire un varco sufficiente a far passare anche il corpo dell'altro drago.

Kuma premette contro le pareti, allargando ulteriormente lo spazio intorno a loro, ma solo le teste erano riuscite a sfondare il pavimento, mentre il resto del corpo era ancora bloccato nel cunicolo sotterraneo. Entrambi presero ad agitarsi più che potevano, ma le pareti del passaggio ferivano loro i fianchi.

Fu in quel momento che arrivarono. All'inizio si udirono solo i sibili affannati, poi il ticchettio sinistro degli artigli. Ne furono presto circondati, li sentirono aggrapparsi alla carne e una sensazione di insopportabile calore avvolse loro le membra. Ruggirono di dolore, ma furono le ferite a dare l'ultimo impulso. Si scossero con violenza inaudita e riuscirono finalmente ad arrampicarsi fuori dal tunnel, in uno degli ampi saloni del castello.

Karl salì per primo e tirò fuori Chloe afferrandola per gli artigli. La loro pelle era segnata da ferite simili a scottature, come se lame incandescenti li avessero colpiti ovunque.

Quando finalmente videro i loro nemici, rimasero senza fiato. Erano Assoggettati, ma di un tipo che non avevano mai incontrato. Gli innesti sul loro corpo erano incandescenti, accesi di un giallo sfavillante, e scagliavano getti di lava anziché lingue metalliche. Il potere di Nidhoggr aveva creato mostri diversi per ogni ambiente.

Cercarono una via di fuga, ma le finestre e le porte erano troppo piccole per passare e i loro corpi di drago, feriti, non riuscivano a sfondarle. L'unica possibilità era tornare alle sembianze umane.

Il primo a ritrasformarsi fu Karl, subito seguito dalla compagna. Spalancarono la porta e si precipitarono fuori, ma gli Assoggettati si lanciarono al loro inseguimento. Strisciavano a terra, volavano nella stanza, erano in tutto e per tutto simili nei movimenti agli insetti che brulicavano nel romitorio. Le loro ali sembravano di fuoco. Chloe evocò un forte vento e riuscì a scagliarne una decina contro le pareti, mentre Karl ne paralizzò altri con un getto di ghiaccio. Ma erano in numero spaventoso, decine, centinaia. Sbucavano da ogni dove, entravano dalle finestre, irrompevano dalle porte. Sembravano ovunque. I due Draconiani avevano un'intera città contro, che li fiutava come i cani con le volpi. Erano circondati.

Corsero a perdifiato, disperati, infilando le porte una dietro l'altra, cercando una via verso l'esterno.

Continuarono a scappare, colpendo i nemici con attacchi combinati di ghiaccio e di vento. Infine, riconobbero il corridoio per il quale erano entrati. Ma era completamente ingombro di nemici. Rimasero bloccati un istante, paralizzati dal terrore. Fu Chloe a reagire per prima. Urlò con tutto il fiato dei suoi polmoni ed evocò un violento tornado. Riuscì a liberare quasi del tutto la via. Karl si gettò in avanti.

«Bravissima! Andiamo, prima che ritornino!» gridò.

Ripresero a correre, calpestando i corpi rimasti a terra e saltando gli ostacoli. L'aria aperta distava ormai pochissimo, e con essa la libertà. Il rettangolo di cielo che riuscivano a intravedere parve loro bellissimo, allettante, nonostante l'oscurità. Chloe lo contemplava come un assetato nel deserto fissa il miraggio di un'oasi. Ma qualcosa interruppe la loro corsa. Chloe inciampò nell'ala di un Assoggettato e cadde a terra. Sbatté il mento e per lunghissimi istanti rimase intontita, incapace di capire dove si trovasse e cosa fosse successo. Karl si chinò su di lei e la sorresse, aiutandola a tirarsi su.

«Avanti, ci siamo quasi!»

Chloe si fece forza. Non era il momento di lasciarsi andare alla debolezza. Guardò Karl con decisione, fece per alzarsi. Poi qualcosa saettò fulmineo sopra la sua spalla: sembrava un lampo di luce, qualcosa che la sua retina fece appena in tempo a registrare, ma le conseguenze su Karl le si impressero a fuoco nella mente. Vide la testa del compagno scattare all'indietro: il neo sulla sua fronte era infranto, e la pelle intorno come ustionata. Un sottile rivolo azzurro iniziò a colare dal neo, lento e vischioso, scivolando intorno al naso e giù fino al labbro. Karl aveva gli occhi chiusi, ed era mortalmente pallido. Poi, piano, le cadde fra le braccia, inerte. Chloe urlò disperata. Sentì una lingua di fuoco stringersi intorno alle caviglie, e il dolore la riscosse. Non c'era tempo per aver paura, doveva agire immediatamente. Evocò una vera e propria tempesta, e scrosci di pioggia si abbatterono sul corridoio. L'aria si riempì di vapore caldo. Chloe sentì le creature stridere e gracchiare. Si tirò su, si mise Karl in spalla e corse nella direzione in cui aveva visto l'esterno l'ultima volta.

Il fresco la investì subito, una sensazione che sapeva di salvezza. Evocò Kuma e in un lampo schizzò verso il mare, quindi si alzò più in alto che poteva. Sentì le lingue di fuoco sibilarle accanto, percepì le grida di rabbia e impotenza degli Assoggettati. Volò ancora, verso l'oscurità perfetta del cielo, il vento che le sferzava il muso, volò finché non sentì le grida farsi stridii lontani. Solo allora si fermò, Karl stretto in uno degli artigli. Era ancora incosciente, pallido come quando era stato colpito, il rivolo azzurro che gli imbrattava la faccia come trucco sfatto. Il neo sulla fronte, il simbolo dei Draconiani, non era più blu, ma di un marrone spento, sporco di sangue. Chloe lo scosse delicatamente, cercò di chiamarlo, ma Karl era immobile nella sua stretta. Le salirono le lacrime agli occhi, si sentì sola e perduta. Singhiozzò senza ritegno, dando sfogo a tutta la sua paura. E non era ancora finita. Perché il frammento era nella sacca, e si trovavano a chilometri e chilometri da casa, con una torma di nemici alle calcagna. E doveva fronteggiare tutto da sola.

«Ewan...» mormorò sconsolata.

Doveva farsi forza, si disse tergendosi le lacrime. Piangere non aveva senso, e finché rimanevano in cielo non poteva fare niente per Karl. Doveva raggiungere la villa e mettere il frammento al sicuro, o tutto quello che avevano passato sarebbe stato inutile. Solo vicino alla Gemma Karl avrebbe potuto essere curato, lo sapeva. Però l'idea di volare di nuovo da sola sul Tirreno l'angosciava, era un'impresa che andava oltre le sue possibilità.

"Ma solo tu puoi farlo, e nessun altro. La vita di Karl è nelle tue mani. È stato ferito per proteggerti e adesso devi, *devi* salvarlo."

Prese coraggio e si mise a volare, cercando di mantenersi vicino alla costa. Nella sacca di Karl riuscì a trovare solo la bussola, e si affidò completamente a quella. Si dispose ad affrontare un lungo viaggio solitario. Il buio era fitto, il vento teso e gelido, il mare, sotto di lei, increspato da miriadi di onde violacee che da lassù sembravano piccole, ma dovevano essere alte svariati metri. Tutto era alieno, ancor più della prima volta. Le ali le dolevano, la schiena sembrava sul punto di spezzarsi, ma non c'era altro da fare se non andare avanti, senza fermarsi.

La sua costanza e il suo coraggio furono premiati. In neppure un'ora riconobbe il tratto di costa dal quale erano partiti. Fu tentata di atterrare, ma era troppo distante da Castel Gandolfo, ed era sola, con il frammento ad attirare tutti gli Assoggettati dei dintorni. Doveva proseguire.

Salì ancora lungo la costa. Karl, abbandonato sulla sua schiena, tra le ali, non dava segni di riprendersi.

Mezz'ora, e vide il litorale intorno a Roma. Riconobbe la grande pineta e la serie di stabilimenti balneari. Non poteva andare oltre, era il momento di scendere. Si fermò a mezz'aria, attanagliata dalla paura. Non appena toccata la riva, le sarebbero stati tutti addosso.

Rimase sospesa a lungo, le ali appesantite dallo sforzo. Doveva trovare al più presto una soluzione. La disperazione gliene suggerì una. Si abbassò più che poteva, lasciò che gli artigli tornassero mani e sfilò il ciondolo dal collo di Karl. Con un grande sforzo estrasse il frammento dalla sacca e vi ruppe sopra il ciondolo. Le poche gocce di sangue di Nida contenute nell'amuleto colarono sulla sua superficie. Chloe le spalmò il più uniformemente possibile. Lo strato grigiastro che ricoprì il frammento non era paragonabile a quello, spesso e scuro, che lo avvolgeva quando l'avevano preso, e sperò con tutta se stessa che bastasse. Prese un grosso respiro, chiuse gli occhi e planò decisa verso la spiaggia. Gli Assoggettati l'attendevano, gli occhi rossi puntati su di lei, urlando famelici. Chloe dovette fare ricorso a tutte le sue riserve di coraggio per scendere. Tornò umana a un paio di metri da terra, atterrando malamente sulla sabbia. Come aveva fatto Karl in precedenza, attaccò il suo ciondolo alla collanina più lunga, che avvolse a un polso di entrambi.

Gli Assoggettati l'annusavano confusi. Le erano tutti attorno, percepivano qualcosa, ma non la stavano attaccando: il ciondolo la proteggeva, invece l'aura del frutto non era schermata completamente ed emetteva un'energia percepibile dalle orribili creature. Chloe si alzò piano, Karl ancora inerte appeso a una spalla.

Un gruppo di Assoggettati la seguì. Le stavano intorno, la guardavano incerti, ma continuavano a non attaccarla.

Lei si avviò lentamente lungo la strada, seguita da quell'inquietante corteo. Era sfinita, Karl era un peso morto e gli Assoggettati le si paravano davanti da ogni dove. Sentiva le lacrime salirle agli occhi, ma continuò a camminare trascinando i piedi.

Davanti a lei, la via si srotolava dritta e implacabile. Non si voltava per non farsi prendere dallo sconforto, ma sapeva di aver percorso al massimo un paio di chilometri, ed era almeno a una trentina da casa.

Poi una sagoma si stagliò al margine della strada, qualcosa che le parve di riconoscere. Chloe accelerò il passo scansando un paio di Assoggettati che le coprivano la visuale. Quando arrivò vicino, non riuscì a credere ai propri occhi; appoggiato a un pino, mezzo rovesciato, c'era un sidecar. Ne aveva visti pochissimi in vita sua, e non avrebbe mai neppure osato sperare di riuscire a trovarne uno lì, nel bel mezzo del niente. Le venne da ridere, una risata a metà tra il sollevato e l'isterico. Appoggiò Karl di lato e, con le ultime riserve di energia, rimise in piedi la moto. Ewan a Edimburgo aveva un motorino, e ogni tanto l'aveva fatto guidare anche a lei. Era decisamente più piccolo del bizzarro mezzo che si trovava davanti ora, ma si disse che i comandi non dovevano essere poi troppo diversi, o almeno lo sperava. Riuscì a issare Karl sul carrozzino, quindi si mise in sella. La chiave era inserita: pregò ci fosse benzina. Prese un bel respiro e diede gas.

I primi due tentativi non andarono a buon fine, ma

al terzo, finalmente, il motore rombò. Chloe esplose in un'espressione di giubilo e partì con una sgommata. Era decisamente più potente del motorino di suo fratello, e pesava parecchio di più, ma aveva un mezzo, e sarebbe arrivata a casa!

Guidò a rotta di collo, seguendo i cartelli che incontrava lungo il percorso. Poteva farcela, se lo sentiva, l'incubo stava per finire.

A un tratto udì un mugolio. Karl si stava svegliando. Era pallido come un cencio, ma aveva gli occhi aperti.

«Karl! Come stai?» disse emozionata.

Lui la guardò senza capire. «Che è successo?»

«Sei stato colpito a Napoli, ma ti ho portato via, e adesso stiamo tornando alla villa!»

Karl tacque qualche istante, come a cercare di assimilare tutte quelle informazioni.

«E dov'è il frammento?»

Chloe indicò la sacca che lui aveva tra i piedi. «Lì dentro, al sicuro.» E gli spiegò come aveva fatto a camuffare in parte i suoi poteri.

Karl sorrise debolmente. «Sei stata proprio brava.»

Chloe arrossì. «Ma tu? Come ti senti?»

Karl prese del tempo per rispondere. «Come se mi fosse passato sopra un camion...»

Chloe lo guardò preoccupata, e proprio in quel momento il motore prese a singhiozzare. «*What the hell!*» imprecò.

Fecero qualche balzo in avanti, poi il motore tacque. Le ruote avanzarono qualche metro per inerzia, e infine si fermarono.

«La benzina» disse Karl.

«E adesso?»

Gli Assoggettati si erano già assiepati, in attesa. I più intraprendenti si avvicinavano.

Karl si guardò attorno. «Conosco questa strada» disse «mancano non più di cinque chilometri.» Si girò verso Chloe: «In volo sono pochi minuti. Siamo vicino a casa, ci vorrà pochissimo. Scatteremo verso l'alto, e poi giù in picchiata oltre la barriera.»

«Almeno lascia che ti porti» disse Chloe rassegnata.

Karl scosse la testa. «Ce la posso fare.»

Scesero dalla moto, si guardarono negli occhi. Karl a stento si reggeva in piedi.

«Sei ancora troppo debole» protestò Chloe.

Senza darle il tempo di replicare, Karl chiuse gli occhi e si concentrò. Ma non accadde nulla. Gli Assoggettati continuavano a guardarli. Karl provò di nuovo, con più intensità. Niente.

Aprì gli occhi, e per la prima volta da quando erano partiti, Chloe lo vide vacillare. Aveva paura.

«Non lo so… non riesco…» Provò ancora, ma sulla sua fronte il neo rimaneva inerte. «Non sento più Aldibah» sussurrò infine.

Chloe non indugiò oltre. Gli strinse un braccio intorno ai fianchi, si trasformò in Kuma e spiccò un balzo verso l'alto. Fu così rapida che gli Assoggettati non ebbero il tempo di reagire, e quando si accorsero di quello che era successo, loro due erano già troppo in alto.

«Sei solo stanco» disse Chloe in un soffio.

Finalmente la villa si profilò all'orizzonte. Chloe si lanciò in picchiata, le ali ripiegate contro il corpo, ma a un tratto sentì una specie di tremito, una sensazione di terrore e svuotamento. Il corpo di Kuma scomparve e al suo posto riapparve quello umano. Lei e Karl caddero ruzzolando a terra. Chloe si tirò su immediatamente e si portò una mano al petto. Qualcosa di orribile era successo, ne era sicura. D'improvviso si sentiva sola, come se un pezzo di sé l'avesse abbandonata, come se avesse perso qualcosa di inestimabile.

"Ewan!" fu il suo primo pensiero.

Karl si sollevò a fatica, stremato, confuso.

«Cosa…?» provò a chiedere, ma la domanda gli morì in gola. Chloe era davanti a lui, il viso sconvolto. Sulla fronte, tra le sopracciglia, dal suo neo colava un liquido violaceo misto a sangue.

16
Un ostacolo lungo il cammino

Fabio convinse Sofia a fermarsi ancora un po' nella vecchia casa di suo padre. In biblioteca c'erano alcuni libri sulla città, guide illustrate e grossi volumi di fotografie: avrebbero potuto cercare un luogo che ricordasse la visione senza andare in giro per Matera alla cieca, correndo inutili rischi.

Sofia si chiuse nella stanza di suo padre al piano di sopra, portando con sé due grossi volumi da sfogliare. Voleva concentrarsi, questa era la scusa ufficiale, ma la verità era che non sopportava di vedere sua madre un minuto di più, e aveva voglia di stare sola con i propri pensieri.

Beatrice, invece, si chiuse in cucina. La casa si riempì rapidamente di un intenso profumo di cibo. Era un'abitudine che aveva da sempre: quando era stanca, depressa, sfiduciata, cucinava. Quella sera aveva dato fondo alla dispensa, riscoprendo sapori che non frequentava più da tempo. D'improvviso, gli odori e gli aromi che si spandevano dalla cucina la riportarono indietro negli anni, a quelle lontane estati della sua infanzia, quando niente era ancora deciso e la vita era una promessa. Andò in soggiorno, ma ci trovò solo Fabio.

«La cena è pronta… dovete essere molto affamati. Potresti chiamare Sofia?»

«È sconvolta» rispose Fabio. «Non possiamo fermarci molto, ma le farà bene riposare un po'. Se posso darle un consiglio, la lasci stare per il momento. Ha bisogno di riflettere.»

Beatrice annuì triste, mentre si slacciava il grembiule consunto e tornava in cucina, seguita da Fabio.

Sorbirono una zuppa, mentre Fabio le spiegava la situazione nei dettagli. Beatrice lo interruppe diverse volte: dei Draconiani non sapeva davvero nulla, e il ragazzo dovette ragguagliarla su molte cose. Lei lo ascoltava interessata, ma Fabio leggeva nei suoi occhi un fondo di paura.

«Capisco» disse infine Beatrice rigirando il cucchiaio nella zuppa. Non aveva mangiato quasi niente.

«Quando avremo trovato il frutto, se vuole potrà venire con noi, abbiamo un posto sicuro in cui rifugiarci.»

Beatrice rise sarcastica. «Non credo proprio che Sofia ne sarebbe felice.»

«Le fa un torto, se la pensa così. Sofia non abbandonerebbe mai nessuno, neppure il peggiore dei suoi nemici.»

«Perché, c'è qualcuno che odia più di me?»

Fabio ripose il cucchiaio nel piatto vuoto. «Sofia non la odia. Sofia è delusa da lei e, mi creda, vorrebbe con tutto il cuore poterla amare.»

Raccolse i piatti e fece per riporli nell'acquaio, lasciando Beatrice sola al tavolo. Preoccupata e indecisa com'era in quel momento, assomigliava terribilmente a Sofia.

«Ha perso molto quando ha deciso di abbandonare sua figlia» le disse «ma pensare a tutto quello che vi siete lasciate indietro non ha senso, ormai. Deve decidere se vuole instaurare un rapporto con lei adesso, qui e ora, oppure, quando tutto sarà finito, tornare alla sua vita come se niente fosse stato.»

«Non so se sono ancora in tempo per rimediare» disse Beatrice.

«Io credo di sì» ribatté Fabio.

Nel silenzio ovattato della casa, Beatrice iniziò a piangere piano.

Sofia aveva riconosciuto subito la camera da letto di suo padre: aveva l'aspetto che hanno tutte le camerette dei ragazzi, e per certi versi somigliava alla sua, anche se i poster ai muri erano di film vecchi almeno di quindici anni e anche i CD erano di gruppi che andavano di moda prima che lei nascesse. L'ordine era esemplare: evidentemente sua nonna puliva ogni giorno quella stanza, come fosse una specie di reliquia del passato da conservare e proteggere dal tempo. C'erano foto di suo padre, da bambino e da ragazzo, da solo e in compagnia di amici. Accanto al letto, che sbucava dal poster dei Nirvana, c'era un'immagine che attirò la sua attenzione. Suo padre, abbronzato e sorridente, stringeva a sé una giovanissima Beatrice. Sofia notò che lui le assomigliava in modo a dir poco inquietante; la differenza principale era nello sguardo, deciso e sicuro. Erano così belli insieme, e sorridevano spensierati... Per un istante Sofia riuscì a non provare rancore verso sua madre. In fin dei conti, era sempre e comunque colpa di Nidhoggr. Se non fosse stato per lui, Andrea e Beatrice sarebbero stati una coppia di ragazzi qualsiasi. Si sarebbero sposati, avrebbero avuto lei, e chissà, magari anche altri bambini, e insieme avrebbero condotto una vita semplice e serena.

Stremata dal pianto e dalla discussione con la madre, e consolata dalle parole di Fabio, alla fine si addormentò vestita, senza infilarsi sotto le coperte. Disfare quel letto le sarebbe sembrato un sacrilegio, e così si era assopita, circondata dai ricordi di suo padre, quasi protetta dalla sua presenza che aleggiava tra quelle mura.

A svegliarla fu l'aroma della colazione. Si stropicciò gli occhi e si trascinò in cucina.

«Se vuoi ci sono biscotti... oppure fette biscottate e marmellata. Ho preparato il latte, ma se preferisci il tè...»

Le parole di Beatrice finirono in un borbottio confuso.

Il tavolo della cucina era coperto da una vecchia tovaglia, e sopra c'era ogni ben di Dio.

Sofia si sedette lentamente, confusa. Fabio sbucò dal soggiorno, con i capelli arruffati e l'aspetto di uno che non aveva dormito troppo.

Si infilò in bocca un paio di biscotti e afferrò una tazza di coccio fumante.

«Dobbiamo andare a cercare il frutto» disse Sofia, sorseggiando il suo latte. «Hai scoperto qualcosa sui libri?»

«No. Nulla di nulla» rispose Fabio. «Sono pieni di foto, ma nessuna mi ricorda il luogo della visione.»

«Se posso esservi utile in qualche modo...» si inserì Beatrice timidamente.

Fabio le spiegò per filo e per segno la visione, cercando di aggiungere più particolari possibili, comprese le sensazioni che aveva provato.

La donna rimase pensierosa qualche istante.

«Dentro ti sembrava semplicemente una grotta?» chiese.

«Be'... sì... c'era un pavimento di lastroni, e una volta a botte... e un paio di nicchie, ora che ricordo. E forse in un angolo una specie di affresco molto rovinato, con dei santi o qualcosa del genere. Ma tutto era spoglio, quasi abbandonato. C'erano anche dei sassi a terra...»

Beatrice rifletté ancora un po', poi disse: «Potrebbe essere Santa Maria de Idris. È una delle chiese rupestri più spoglie in assoluto, scavata all'interno di un picco roccioso che forse avrete visto arrivando qui. È quella specie di grosso sasso con sopra una croce di ferro.»

«Me lo ricordo!» esclamò Sofia, pentendosi quasi subito di quello slancio. Le dava fastidio dare importanza alle parole di sua madre, anche in modo indiretto. Comunque era vero, se lo ricordava bene: era un picco desolato e solitario, con quella croce severa e imponente che si alzava in cima. Le aveva fatto venire in mente un quadro evocativo che aveva visto una volta. Lo aveva persino studiato a scuola.

«Fossi in voi, comincerei da lì. Adesso vi spiego come ci si arriva.» Beatrice si alzò e andò a prendere carta e penna. Sembrava quasi eccitata. Fu prodiga di dettagli, e si offrì anche di accompagnarli sul posto.

«No, sei stata chiarissima» disse Sofia, prima che Fabio potesse costringerla a una mezza giornata gomito a gomito con sua madre. «Davvero, non ci possiamo sbagliare.»

Uscirono poco dopo aver finito di fare colazione, la mappa di Beatrice in mano. Sofia doveva ammettere che era davvero brava a disegnare e che conosceva straordinariamente bene quella città: la piantina sembrava uscita da uno stradario, dettagliata e chiara.

Matera era deserta e silenziosissima, proprio come la sera prima. Ogni tanto vedevano Assoggettati strisciare nei vicoli e tra i palazzi, ma non crearono loro problemi. Nonostante l'aspetto lugubre, Sofia era incantata da quella città. C'era qualcosa di magico e arcaico, quel silenzio così denso, il modo in cui la roccia si trasformava in pietra squadrata, e le case, senza soluzione di continuità, che si scioglievano di nuovo nella roccia, ma anche l'asprezza stessa del paesaggio... Tutto la inteneriva e l'affascinava.

Il picco descritto da Beatrice si presentò davanti a loro dopo neanche mezz'ora di camminata. Si stagliava contro il cielo nero, solitario e imponente come uno scoglio in mezzo al mare. La croce, eretta al centro della parte più bassa, aveva un aspetto imponente e severo. Da dove si trovavano, si intravedeva una specie di campanile a vela, forato da due strette finestre a tutto sesto.

Fabio guardò le indicazioni di Beatrice, poi additò il campanile. «Dovrebbe essere quella, la chiesa.»

Dovettero fare un giro lungo per riuscire a raggiungerla. L'accesso avveniva tramite una scalinata che conduceva alla piccola piazza sulla quale sorgeva l'edificio. La facciata era semplicissima, in pietra bianca. Era una costruzione austera esattamente quanto la croce che la sovrastava, e parlava di una religiosità semplice, senza fronzoli. In qualche modo, sembrava testimoniare della dura vita che per secoli la gente di quella città aveva condotto.

«Questo posto ti dice niente?» chiese Sofia.

Fabio percorse la facciata con lo sguardo. «Non ho visto l'esterno... dobbiamo entrare.»

Poi abbassò gli occhi e diede un piccolo calcio all'aria, quasi isterico. Sofia seguì il suo sguardo e si sentì gelare. Davanti a lui c'era un piccolo scorpione nero. Ne aveva già visti alla villa del professore – lì gli insetti abbondavano sempre, anche se Thomas riusciva miracolosamente a non far varcare loro la soglia di casa – ma le fece comunque impressione. Tanto più che c'erano anche altri animaletti di vario genere: formiche, cervi volanti, centopiedi. Sofia fece un istintivo passo indietro. Gli insetti procedevano verso la chiesa e si infilavano nella porta socchiusa.

«Cosa c'è là dentro?» mormorò.

«Quello che cerchiamo, credo» rispose Fabio.

Entrarono, e si ritrovarono in un piccolo ambiente spoglio. Il pavimento era di lastroni, la volta scavata nella roccia e sostenuta da un paio di colonne rozzamente sbozzate. Sulla destra, alcuni affreschi mal conservati mostravano figure di santi dagli sguardi enigmatici. In fondo, si stagliava quello che probabilmente era stato un altare, e che adesso era ingombro di pietre. Il pavimento brulicava di insetti che zampettavano veloci in quella direzione, mentre sulle pietre si arrotolavano serpenti di varie dimensioni. Sofia ebbe l'istinto di fuggire, ma si impose sulle gambe che volevano portarla lontano da lì.

«È questo il posto?» chiese con voce tremante.

«È identico alla visione» rispose Fabio con sicurezza. «Quanto ci scommetti che il frammento è tra quelle pietre?»

Sofia si lasciò sfuggire un lamento strozzato. «Non ci possiamo infilare la mano... e se fossero velenosi?» provò a dire.

«In effetti mi pare di vedere almeno due vipere.» Sofia iniziò a sudare. «Tu aspetta qui.»

Fabio scattò fuori e ritornò con un bastoncino di legno. Quindi avanzò sicuro verso il fondo della chiesa. Gli insetti erano tanti che non poté fare a meno di calpestarne qualcuno. Il suono crocchiante dei carapaci schiacciati dai suoi scarponi fece rabbrividire Sofia. Con delicatezza, Fabio iniziò a prendere i serpenti e a scansarli. Quelli soffiavano non appena venivano spostati.

«Vieni a darmi una mano.»

Sofia, a malincuore, si avvicinò.

«Lo vedi?»

Sofia si sporse. Tra tutte quelle pietre biancastre, se ne scorgeva una nerissima. Sembrava coperta da uno strato di catrame, che però non era uniforme, e in molti punti appariva scrostato, lasciando intravedere quel che c'era sotto: una specie di granito verde e liscio.

«Dici che sia quello?» chiese Sofia.

«Ne sono sicuro. È quello che ho visto. Mentre io tengo lontani i serpenti, tu lo prendi, va bene?»

Sofia si sentiva paralizzare dalla paura, ma annuì. Fabio si aiutò anche con gli scarponi e finalmente riuscì a spostare tutti i serpenti, ma non gli insetti. Sofia dovette affondare le mani in un osceno brulichio. Chiuse gli occhi, represse il disgusto e afferrò il frammento con una mano.

«Ferma!» strillò Fabio, e Sofia lo lasciò cadere. L'aveva sentito anche lei. Appena l'aveva toccato, una specie di scossa le aveva attraversato il braccio. Quando aprì gli occhi, la parte verde del frammento si stava lentamente spegnendo.

«Si è illuminato appena l'hai preso in mano!» disse Fabio esterrefatto.

Sentirono grida lontane, urla inequivocabili.

«Tu sta' qua» ordinò Fabio, mentre andava a sbirciare all'esterno. «Un paio sono appostati qua fuori e fiutano l'aria» disse. «Altri si stavano avvicinando, ma ora sono fermi. Dannazione, il frammento si attiva se lo tocchi, e quando succede, gli Assoggettati lo percepiscono.»

Le serpi, lentamente, stavano riguadagnando il pezzo di frutto.

Fabio rimase pensieroso qualche istante. «In te vive lo spirito di Thuban, e i tuoi poteri di Draconiano sono più forti. Forse, se lo tocco io... dammi una mano, tieni lontano i serpenti.»

Sofia si mise a pestare il terreno intorno al frammento. Alcuni serpenti tirarono su la testa. Provò a insistere, ma era terrorizzata. Intanto, con estrema delicatezza, Fabio provò a prendere il frammento tra due dita. Bastò sfiorarlo, e si accese di nuovo. Stavolta un Assoggettato entrò nella chiesa. Fabio e Sofia rimasero gelati al loro posto. Si trattava di una donna, le ali ripiegate intorno al corpo. Fiutò l'aria, avanzò piano fino al gruppo di pietre in cui si trovava il frammento. Le smosse con gli artigli, fiutò ancora, poi si allontanò lentamente. Sofia e Fabio ripresero fiato.

«Che facciamo ora?» chiese lei.

«Non lo so, maledizione… Qualcosa ci inventeremo.» Fabio rimase immobile dove si trovava, gli occhi fissi al frammento. «Ma ora dobbiamo andarcene. Cercheremo una soluzione fuori di qui.»

Quando uscirono, ai lati della scalinata d'accesso due file di Assoggettati li scrutavano sospettosi, in attesa. I due Draconiani sfilarono indisturbati, ma sentivano che quegli sguardi rossi erano colmi di un'oscura minaccia. Tornarono a casa, sconfitti e preoccupati.

17

La chiesa sommersa

«È assolutamente fuori discussione!» protestò Lidja.

Erano ancora nella Cappella Palatina, seduti a terra, e Ewan le aveva appena spiegato la sua idea su come recuperare il frammento del frutto.

«È molto meno rischioso di quanto sembri» disse.

«Fabio si è potuto iniettare il sangue di Nida solo perché Karl era pronto a intervenire con l'antidoto, eppure hai visto quanto ha sofferto.»

«Nel ciondolo c'è solo una goccia di sangue, è meno di quello che si è iniettato Fabio. E comunque questo è l'unico modo per rintracciare il frammento. Potrebbe essere ovunque.»

Lidja continuò a scuotere la testa. «È troppo pericoloso.»

«Io non ho nessuna vocazione a fare l'eroe, Lidja. A me piace suonare la chitarra, stare con gli amici e godermi la vita. Ho sedici anni, *abbiamo* sedici anni, ed è giusto che sia così. Ma abbiamo anche delle responsabilità, e ora ci siamo dentro fino al collo. Se vogliamo che un giorno tutto questo finisca, dobbiamo trovare il frammento a ogni costo.»

«Non ti sto dicendo che voglio venire meno ai miei doveri di Draconiana, è il contrario: se ti inietti quel veleno, non porteremo mai a termine la missione.»

«Non abbiamo scelta.»

Lidja tacque qualche istante, poi puntò su Ewan uno sguardo pieno di determinazione. «Allora lascia almeno che sia io a farlo. Ho più esperienza di te, so gestire meglio i miei poteri. Ho più possibilità di sopravvivere.»

«No, non voglio» disse secco Ewan.

«Non sottovalutarmi» replicò Lidja.

«Non lo sto facendo.»

«E allora perché non vuoi che ci provi io?»

«Lo sai.»

Nel silenzio che seguì, Ewan la guardò con tanta intensità che Lidja arrossì.

«Stiamo perdendo tempo prezioso» tagliò corto lui. «E poi non sarò il solo a rischiare, se è questo che temi. Io troverò il frammento, ma sarai tu ad andarlo a recuperare mentre io distraggo gli Assoggettati.»

«Io… non voglio che ti succeda niente di male» disse Lidja abbassando la testa.

Ewan le si avvicinò piano, le prese il mento tra le mani e le sollevò il viso. «Andrà tutto bene» le sussurrò. E la baciò sulle labbra. Fu un bacio lungo e dolcissimo, che lasciò Lidja senza fiato. E lo sguardo con cui Ewan accompagnò quell'affermazione era così fermo e sicuro che lei capì di non poter più obiettare nulla. Fece di sì con la testa, e fu deciso.

Ewan preparò il necessario per l'operazione. Aprì il coltellino svizzero che aveva portato con sé e depose il ciondolo sul pavimento.

«Adesso cercherò di trovare il frammento. Appena lo vedo, tu scatti a prenderlo.»

«Va bene» disse Lidja a malincuore.

«Non c'è bisogno che usi i tuoi poteri, per cui il ciondolo ti proteggerà e non dovrebbero seguirti.»

«Ma tu come farai, se romperai il tuo ciondolo?»

«Mescolerò il contenuto al mio sangue, dovrebbe proteggermi ancora di più. Ora basta con le domande, dobbiamo muoverci!»

Lidja sentì una stretta al cuore.

«Okay… vado?» disse Ewan. I suoi occhi non erano più limpidi come prima.

Lidja gli afferrò una mano e gliela strinse in segno di assenso.

Ewan afferrò il coltellino e tese un braccio pallido e magro. La mano gli tremava, ma cercò di tenerla salda e riuscì a praticare un'incisione abbastanza precisa sulla pelle verso metà dell'avambraccio. Dopo un istante, dal taglio uscì una grossa goccia rossa.

«Fin qui tutto bene» sorrise. «La conosci quella storiella?»

«Quale storiella?»

Ewan posò il coltellino e prese il ciondolo. «Racconta di un uomo che cade da un palazzo di cinquanta piani.» Guardò il ciondolo in controluce: era nerissimo, e la luce si fermava sulle pareti sottili di vetro. «A ogni piano dice: "Fin qui tutto bene, fin qui tutto bene."» Strinse il ciondolo tra l'indice e il pollice e lo mise a pochi centimetri dalla ferita. Il sangue scorreva in un rivolo sottile che scendeva lungo il braccio fino a cadere in una goccia sul pavimento. «Il problema non è la caduta, ma l'atterraggio.» Ewan fece una pressione più forte e il ciondolo si infranse, ferendogli i polpastrelli. Lo spalmò sulla ferita con un leggero massaggio, poi abbassò entrambe le braccia, i gomiti appoggiati alle ginocchia intrecciate. «E direi che ormai siamo decisamente vicini a terra.»

Proprio come era accaduto con Fabio, per alcuni, lunghissimi istanti sembrò non accadere nulla. Lidja si sorprese a sperare che non funzionasse, che al sangue di Nida fosse successo qualcosa mentre era chiuso nel ciondolo, o che fosse troppo poco per fare effetto. In quel momento le sembrava che niente avesse più importanza di Ewan.

Poi, all'improvviso, lui si piegò di scatto in avanti, trattenendo un gemito. «È... tutto okay» mugugnò, ma il suo volto era contratto dal dolore.

Lidja lo prese per le spalle, cercando di fargli forza. «Rimani con me! Resisti!»

Ewan si contraeva sotto gli spasmi di dolore e teneva gli occhi ostinatamente chiusi.

Poi, a un tratto, parlò: «Viola... rosso... lampade che pendono dal soffitto... una chiesa... Rosalia...» Le parole gli morirono in bocca per l'ennesima fitta.

"La cappella di Santa Rosalia!" si disse Lidja. Era nella cattedrale della città, c'era stata con sua nonna in quel lontano viaggio. Ricordava il suo velluto rosso, la luce viola sulla cupola, e quei turiboli che pendevano dal soffitto come grani di una collana.

Corse fuori e si lanciò giù per le scale, attraversando di volata il piazzale.

Dal muro di cinta del Palazzo dei Normanni si gettò direttamente sul gommone e partì di volata, cercando di ricordare cosa le aveva detto Ewan sul controllo di una barca.

Fu costretta a lasciare il gommone nella grande piazza davanti alla chiesa che avevano incontrato durante il tragitto dal porto. L'ingresso era completamente sommerso, e non poteva attraversarlo se non a nuoto. Non appena si tuffò in acqua, un Assoggettato le sfiorò una gamba con il suo corpo freddo, sgusciando nell'acqua lesto come un'anguilla. Lidja sentì un brivido scorrerle lungo la schiena.

Dentro, la chiesa era completamente allagata e l'acqua arrivava fin quasi ai capitelli delle colonne. Per nuotare verso la cappella, dovette immergere di nuovo la testa. La chiesa, sommersa com'era, aveva l'aspetto di un relitto affondato. Ogni cosa stingeva in un verde spento e uniforme; le sedie erano ammassate qua e là, alcuni arredi sacri galleggiavano in superficie e i paramenti stavano sospesi a mezza altezza, come lugubri aquiloni.

Lidja riemerse proprio sotto la cupola, più o meno all'altezza dei turiboli sospesi, che per metà galleggiavano sull'acqua, le catene che li sostenevano intrecciate tra loro. Il panno di velluto dietro l'altare si era staccato e fluttuava sulla superficie, rosso cupo, come una grande macchia di sangue rappreso. Non c'era molta luce, e Lidja non aveva neppure chiesto a Ewan se avesse visto come era fatto il frammento. Si guardò intorno, frugando tra gli oggetti che galleggiavano sotto il panno di velluto, ma nulla le ricordava la forma degli altri quattro frutti che avevano trovato nel corso dei loro viaggi.

Forse il frutto di Thuban era andato a fondo, e doveva

spingersi sott'acqua per cercarlo. Prese un bel respiro e si rituffò. Il silenzio attonito della cattedrale sommersa l'accolse di nuovo. Scese verso il basso, l'acqua che le premeva dolorosamente sui timpani. Si mise a frugare sul pavimento, ma la ricerca era complicata dal fatto che parte degli arredi erano stati trascinati dalla corrente ed erano ammassati sul fondale, alla rinfusa. Sentiva i polmoni bruciarle e riemerse per prendere fiato, e poi ancora giù, per tre volte. La testa cominciava a girarle, quando finalmente vide una forma tondeggiante adagiata in un angolo. La raggiunse e scorse qualcosa di nero, come un pezzo di catrame. Se lo girò tra le mani, ricordando la metà del frutto di Kuma che avevano recuperato dal corpo di Ewan qualche mese prima, e si disse che doveva essere quello: la spessa crosta nera che lo ricopriva poteva essere il sangue di Nidhoggr. L'aveva trovato, aveva trovato il frammento!

Salì in superficie rapidissima, nuotò verso l'esterno e riguadagnò l'imbarcazione. Fece ripartire il motore, la prua del gommone che beccheggiava con violenza sull'acqua, e andò letteralmente a sbattere contro il muro del Palazzo dei Normanni.

Corse più rapida che poteva verso il colonnato che immetteva nella Cappella Palatina, ma vide un gruppo di Assoggettati sgusciare fuori dalla porta. Quando entrò, si sentì gelare. Ewan era steso a terra, pallidissimo. Nel suo abbandono c'era un languore mortale, e dal neo sulla fronte colava un liquido viola misto a sangue.

«Ewan!» urlò sgomenta. Corse da lui, provò a sollevarlo. Non dava segni di vita. Lo chiamò ancora, e ancora. D'istinto gli mise due dita sulla carotide, e sentì il pulsare del sangue. Era vivo, almeno era vivo!

Bastò questa consapevolezza a ridarle quel minimo di lucidità necessario ad agire. Si mise un braccio di lui intorno al collo e guadagnò l'uscita.

"Quegli Assoggettati devono aver percepito la sua aura. Il sangue di Nida mescolato al suo non l'ha protetto" si disse. "È come aveva detto Karl: il sangue di viverna si degrada con il tempo, e i nostri poteri tendono ad assorbire il suo. Bene: sono cinquecento chilometri al buio e al freddo, e dovrò farli tutti da sola con Ewan in spalla" pensò mentre scorreva una delle mappe che Karl aveva dato loro ed estraeva la bussola dalla sacca.

Ora l'animava una disperata ostinazione: arrivare era indispensabile, il sacrificio di Ewan non poteva essere vano.

Raggiunse il porto, protetta dal ciondolo. Poi un istante di concentrazione, e si trasformò in Rastaban. Davanti a lei, l'oscurità del cielo e del mare l'attendeva minacciosa. Strinse i denti e spiccò il volo per quel lungo viaggio solitario.

18
Sacrificio

Sofia e Fabio si sedettero su un muretto lungo la strada, pensando a una soluzione. Gli Assoggettati non li degnavano di uno sguardo: l'interesse nei loro confronti era svanito non appena avevano lasciato la chiesa e il frammento.

«Forse, se cospargessimo il frutto con il sangue di Nida potremmo prenderlo senza farci notare» propose Sofia.

«C'è già quello di Nidhoggr, e non è sufficiente.»

«Intendo sulle parti scoperte, sono quelle ad attirare gli Assoggettati.»

«Il sangue di Nida è troppo poco, non basterebbe neppure se mettessimo insieme entrambi i ciondoli. A giudicare dalla forma, e ricordando le dimensioni che avevano i precedenti frutti, sembra il frammento più grosso. Il frutto dev'essersi spezzato in parti diseguali quando ha infranto il sigillo, e il pezzo che abbiamo trovato noi è più della metà.»

Sofia ripensò alla superficie del frutto, e non poté che concordare. «Dato che è il contatto con la nostra pelle ad attivare il frammento» osservò «potremmo provare a toccarlo con una protezione... dei guanti, per esempio.»

«Aspetta, proviamo con questo» disse Fabio togliendosi il giubbino. «Se lo prendiamo attraverso la stoffa...»

Rientrarono nella chiesa e provarono con quel sistema, ma bastava sfiorare il pezzo di frutto perché gli Assoggettati si assiepassero di nuovo all'ingresso.

A sera, rincasarono senza aver risolto nulla.

«Forse uno di noi potrebbe prendere il frutto mentre l'altro distrae i nemici. Poi dovremmo semplicemente volare via. Possiamo farcela.»

«La chiesa è molto piccola, e gli Assoggettati verrebbero a frotte. È troppo rischioso. Sembrano attirati come calamite da questo frammento» disse Fabio. «E poi c'è tua madre. Non possiamo lasciarla qui.»

«Qui è più al sicuro di noi due messi insieme.»

«È spaventata. E sola.»

Sofia tacque. Sapeva che Fabio aveva ragione, ma parlare di sua madre le metteva addosso ogni volta una sensazione spiacevole. Questo era Beatrice per lei:

un'ombra inestinta, una questione irrisolta che la tormentava come un pungolo continuo.

Appena varcarono la soglia di casa, li investì un buon profumo. La tavola era imbandita, e Beatrice era ai fornelli, con un atteggiamento tra il lieto e il timido.

«Ero sicura che foste stanchi e affamati» disse.

Sofia rimase qualche secondo immobile. Quella era una scena che si era immaginata infinite volte: sua madre che cucinava per lei. Quando era ancora in orfanotrofio, si abbandonava spesso a quella fantasticheria, specie quando in tavola c'era qualcosa che non le piaceva, e succedeva quasi sempre. Nella sua fantasia, la scena era accompagnata dal sorriso dolce di sua madre che, prima di iniziare a mangiare, le schioccava un bacio sulla fronte. Tutto era circonfuso da un'aria di casa, da un calore che le scaldava il cuore. Ora, invece, le faceva solo rabbia.

Suo malgrado si sedette e prese una piccola porzione di melanzane e carne.

Mentre mangiavano, Fabio spiegò quel che era successo. Beatrice sembrava sinceramente interessata.

«Quindi avevo ragione, si trattava davvero di Santa Maria de Idris.»

«Già» disse laconico Fabio.

«E se provaste a farvelo portare da un animale? Che so, un cane?»

«In ogni caso, dopo lo dovremmo comunque prendere, quindi lo attiveremmo. Ma a te che interessa?» disse acida Sofia.

Sua madre arrossì all'istante, mentre Fabio le scoccò un'occhiata significativa. «Niente... è che... volevo solo essere utile.»

«Non hai fatto niente per quattordici anni, ed è andata benissimo così. Ti consiglierei di continuare.»

Sofia prese una fetta di focaccia e scomparve nell'altra stanza.

Mangiò in silenzio e velocemente, con rabbia. Non avrebbe voluto essere così severa. Perché più pensava alle parole di Fabio, più si rendeva conto che aveva ragione. Ma era più forte di lei. Il rancore velava tutto, impedendole di vedere in Beatrice nient'altro che la donna che l'aveva abbandonata e ignorata per anni. Si sentiva meschina, ma non riusciva a trattenersi.

In cucina, il resto della cena si consumò in silenzio. Beatrice sembrava completamente annichilita dalle osservazioni della figlia.

Fu Fabio a parlare per primo. «Ha pensato al da farsi?»

Beatrice si voltò verso l'acquaio. «Io... non voglio dare fastidio in nessun modo.»

«Non si tratta di dare fastidio, ma di tornare al posto che le spetta. So che l'ha negato per tanti anni, ma lei fa parte di questa storia, come noi. Non è una persona normale, e la prova è che non è stata assoggettata come il resto dell'umanità...»

Beatrice si girò, interrompendolo: «Cosa dovrei fare? Mia figlia non vuole più saperne di me.»

«Venire al sicuro con noi, nel nostro quartier generale. Solo finché non rimettiamo a posto le cose.» Fabio si alzò. «In ogni caso, domani dobbiamo agire. Abbiamo perso fin troppo tempo. Per cui ci pensi stanotte, e poi ci faccia sapere. Io le consiglio di venire, per la sua sicurezza. E comunque, sappia che anche sua figlia la vorrebbe con noi.»

Poi uscì dalla stanza, e Beatrice fu di nuovo sola con i propri pensieri.

Sofia e Fabio erano già andati a dormire, Sofia nella stanza di suo padre, Fabio sul divano del soggiorno, come la sera prima. Beatrice, invece, non aveva sonno. Non riusciva a togliersi dalla mente le parole della figlia. A mezzanotte si coricò, ma sebbene si sentisse stanca, la mente non voleva saperne di riposarsi. Pensava a Sofia da bambina, pensava ad Andrea, al giorno in cui li aveva lasciati entrambi, al terrore che aveva dominato le sue azioni. Rifletteva sulla sua vita fino a quel momento, a quanto la paura l'avesse sempre governata, a come l'avesse spinta ancora una volta lontana da ciò che amava. I suoi cari si erano trasformati in mostri, e lei era lì, a migliaia di chilometri di distanza, di nuovo a nascondersi come una vigliacca. Quante cose aveva perso, a causa della paura? Quante altre ne avrebbe perse se avesse continuato a fuggire?

Si tirò su di scatto, si vestì quasi senza pensarci. La casa era immersa nel silenzio. Non prese altro che una torcia, infilò una giacca, poi si fermò sull'uscio di casa, pensierosa.

Entrò piano nella stanza che era stata di Andrea. Sofia dormiva vestita, sopra le coperte. Addormentata, sembrava più piccola di quanto fosse in realtà. Beatrice la trovò bellissima. Pensò a quanto si fosse persa di lei in quei quattordici anni.

Aprì piano l'armadio, estrasse un plaid e glielo mise addosso. Indugiò un istante, poi, impacciata, le sfiorò la fronte con un bacio delicatissimo. Sofia neppure si mosse.

Beatrice chiuse la porta e uscì di casa.

Da quando era tornata a Matera, non aveva fatto neppure una passeggiata. Terrorizzata dagli Assoggettati, si era rintanata in casa.

Erano anni che mancava, eppure ritrovò tutto esattamente com'era tanto tempo prima, quando viveva lì con Andrea. Camminare per quelle strade le trasmetteva una sensazione strana, quasi di irrealtà. Non sembrava cambiato niente, eppure era cambiato tutto.

Non si era mai davvero soffermata a riflettere sulla morte di Andrea. Se ci pensava adesso, a mente fredda, l'aveva sempre negata. Appena era successo, si era sentita annichilita, anche se in quel momento si erano già lasciati. Poi, semplicemente si era imposta di non pensarci. Presto si era fatta un'altra vita e aveva costruito un'altra famiglia lontano da lì. Matera, Andrea e Sofia erano diventati ricordi sbiaditi. Ora però, circondata dalle memorie del passato, non poteva impedirsi di sentire l'assenza di chi tanto aveva amato, perché aveva amato Andrea, moltissimo, e altrettanto ne era stata amata. Una sensazione di lacerante rimpianto l'avvolse.

Strinse i pugni, si disse che non era tardi per rimediare.

Lungo la strada incontrò pochi Assoggettati, e tutti erano indifferenti alla sua presenza. Si muovevano lenti per la città, annusando di tanto in tanto l'aria. Beatrice era terrorizzata, ma cercò di farsi forza. Ogni volta che ne vedeva uno, pensava a suo marito e a sua figlia, e provava uno straziante desiderio di rivederli.

"Stai facendo questo anche per loro, per salvarli. Quando tutto sarà finito, torneranno come prima" pensò.

Ben presto arrivò alla piccola spianata davanti a Santa

Maria de Idris. Rimase per un istante immobile davanti alla facciata severa. Era una delle chiese preferite di Andrea, anche se lei non ne aveva mai capito il perché. Così piccola e spoglia, le metteva tristezza. Lui invece ne era entusiasta, e nel breve periodo in cui avevano pianificato il matrimonio, più di una volta aveva accennato al fatto di volersi sposare lì.

Beatrice prese un profondo respiro, quindi entrò. L'interno lo ricordava più grande, e quello spazio angusto le trasmise una sensazione di soffocamento. Il desiderio di scappare si fece impellente quando, abbassando lo sguardo, si accorse che il pavimento brulicava di insetti.

"Non ce la farò mai, è più di quanto io possa sopportare."

Si impose di ricordare a se stessa il motivo di quella missione.

"Forse, se sono io a prendere il frutto, non si attiverà, e potrò portarlo fino alla villa viaggiando lontano dai ragazzi e mettendolo in salvo."

Le sfuggì un singhiozzo, ma lo soffocò. Chiuse gli occhi, e quando guardò di nuovo l'interno della chiesa, una insolita determinazione accendeva il suo sguardo.

Non c'era bisogno di cercare: tutti gli insetti avanzavano verso un unico punto. Stando a quando Fabio le aveva detto riguardo al frammento e all'aura maligna che lo circondava, quello doveva essere il nascondiglio.

Con tanta buona volontà e coraggio, Beatrice riusciva a immaginarsi mentre infilava le mani tra gli insetti per prendere il frammento. Quello che però era certa di non poter fare era toccare i serpenti che si contorcevano sulle pietre vicino all'altare. Per fortuna, a terra c'era un ramoscello di legno che sembrava fatto apposta per scostarli via.

Lo prese, la mano che le tremava, e piano, tra piccoli strilli di disgusto, riuscì ad allontanarli tutti, vincendo la paura e il ribrezzo che le provocavano i loro soffi inferociti.

Finalmente, quando il campo fu abbastanza sgombro, infilò la mano tra i sassi e li smosse a uno a uno, cercando allo stesso tempo di tenere lontani gli insetti con i piedi. Quasi subito le balzò agli occhi una forma nera, del tutto diversa dai sassi calcarei ammassati lì in fondo.

Rimase interdetta: in effetti, non aveva idea di come fosse fatto il frammento. Di tutte le cose che Fabio le aveva spiegato in quei due giorni, questa le mancava completamente. Il nero di quell'oggetto però l'attirava: era troppo diverso da tutto il resto, e poi c'erano quegli insetti che sembravano impazziti...

Prese il sasso tra le mani. A prima vista appariva come un pezzo di catrame, ma la crosta nera che lo avvolgeva sembrava quasi rocciosa, come se una colata lavica l'avesse ricoperto e poi si fosse cristallizzata. A ben guardare, però, non tutta la superficie era coperta. C'erano dei larghi tratti in cui il colore originario era visibile: la superficie libera era liscia, fatta eccezione per un lato, che sembrava fratturato. Il colore era quello di un bel granito verde. Beatrice ci passò un dito sopra. Il polpastrello scorreva quasi senza attrito.

Rimase qualche istante ferma con quel sasso in mano. L'attirava in modo irresistibile. La superficie così liscia, così piacevole da sfiorare, quel colore che non aveva eguali, e la sensazione di reggere tra le mani qualcosa di leggendario, qualcosa che – lo sentiva – portava in sé un potere straordinario, la catturavano completamente. Aveva passato una vita intera a negare che cose del genere potessero esistere, aveva cercato di tenersene lontana il più possibile, e adesso che finalmente toccava con mano quanto aveva così tanto temuto, non ne aveva più paura.

Cominciò a grattar via dalla superficie la crosta nera. Era più forte di lei. Voleva vederlo, quell'oggetto sovrannaturale dal quale dipendevano così tante vite. Voleva vedere in tutto il suo splendore quello per cui Andrea e Sofia erano pronti a dare la vita, quello che aveva segnato in modo così drammatico anche la sua esistenza. E poi, si disse per giustificarsi, voleva essere sicura di aver preso la cosa giusta.

A mano a mano, le croste nere caddero a terra, e la superficie del frammento le si mostrò in tutta la sua perfezione. Era davvero un oggetto proveniente da un altro mondo. Quando l'ultima crosta cadde, e il frammento fu finalmente libero, Beatrice lo vide pulsare, accendersi di una luce verde purissima. Un istante solo, che la lasciò attonita. Poi si spense, e tornò mera pietra. Da lontano, un unico grido animò la città di Matera.

Sofia si sollevò di scatto. Era successo qualcosa, lo sentiva. Tirò via la coperta, domandandosi per un istante da dove fosse uscita fuori.

Andò in soggiorno, e trovò Fabio già in piedi.

«Hai sentito anche tu?»

Lui si limitò ad annuire. Andò alla porta d'ingresso, la socchiuse e fece appena in tempo a vedere un paio di figure nere correre urlando. Assoggettati.

«Cosa succede?» chiese Sofia.

Fabio si stava vestendo rapidamente. «Gli Assoggettati sono eccitati, e non ci sono le scarpe di tua madre.»

Sofia si mise a chiamare Beatrice a gran voce, cercò in tutta la casa, ma non c'era. Fu come ricevere uno schiaffo in faccia. Le tornarono in mente le parole con cui l'aveva aggredita, la sera prima: "Non hai fatto niente per quattordici anni, ed è andata benissimo così."

Si vestì anche lei e uscì di casa a rotta di collo. «È andata a prendere il frammento e l'ha attivato!» urlò sgomenta. «L'ho sentito! E l'hanno sentito anche gli Assoggettati!»

«Devi stare calma, okay? È l'unico modo per salvarla» le disse Fabio stringendole un braccio.

Quelle parole la gettarono nel panico. Si divincolò dalla stretta e si mise a correre come una furia. Le vie erano tutto un brulicare di Assoggettati. Alle sue spalle, Fabio la chiamava disperato, ma lei non poteva fermarsi. Le sembrava di essere lentissima, le sembrava che la chiesa, invece di avvicinarsi, si allontanasse, e allora non ci pensò due volte. L'Occhio della Mente le sfavillò sulla fronte, le ali le esplosero sulla schiena, e spiccò il volo.

«Sofia, no!» imprecò Fabio, ma non c'era niente da fare. Era partita, e già un gruppo di Assoggettati la inseguiva. Non poté fare altro che trasformarsi a sua volta e lanciarsi in volo dietro di lei.

Sofia atterrò sul piazzale della chiesa, e con la forza della disperazione lanciò liane ovunque, ricoprendo il pavimento di un intrico verde che bloccò al suolo tutti gli Assoggettati. Tornò umana, si precipitò dentro.

«Mamma!» urlò.

La chiesa era gremita di nemici. Erano tutti raccolti

in fondo, là dove c'era il frammento del frutto. Sofia evocò gli artigli e spazzò via gli Assoggettati con una furia sconosciuta. Non aveva mai combattuto così, non aveva mai guardato ai nemici con più odio. Colpiva alla cieca, e sentiva le lame con cui gli Assoggettati si difendevano e l'attaccavano. Ma il dolore delle ferite era nulla rispetto al pensiero di cosa fosse accaduto a sua madre.

Infine la intravide, dopo un tempo che le parve infinito. Era a terra, rannicchiata, il frammento tenacemente stretto al petto, coperta di sangue.

«Mamma!» urlò di nuovo, disperata. Sembrava svenuta. Aveva ferite ovunque, la più brutta era un taglio slabbrato al fianco. Era pallida, e il rosso dei capelli risaltava lugubre sul colore cereo della pelle. Sofia la scosse chiamandola tra le lacrime.

Fabio nel frattempo teneva a bada gli Assoggettati, menando colpi feroci e lanciando fiamme alte fino al soffitto.

Alla fine, Beatrice aprì gli occhi. Sofia provò un senso di sollievo. Sorrise tra le lacrime, la strinse al petto.

«Mamma...» mormorò. In quel momento pensò che avrebbe dato qualsiasi cosa pur di riuscire ad andarsene di lì sani e salvi, pensò che avrebbe barattato il frutto e tutti i suoi poteri perché lei si salvasse.

Beatrice sorrise debolmente, le accarezzò una guancia, la carezza più dolce e struggente che Sofia avesse mai ricevuto. Poi, con l'altra mano, le porse il frammento.

«Non dovevi, mamma, non dovevi...» mormorò Sofia.

Sentì Fabio accanto a sé che ansimava. «Dobbiamo andare» le disse, ma lei lo ignorò.

«Ho combinato un pasticcio...» sussurrò Beatrice, la voce rotta.

«Sei stata bravissima, invece» replicò Sofia.

Poi Beatrice prese a tossire. Le labbra le si macchiarono di sangue.

Fabio si fece avanti, la guardò più attentamente. «Ce ne dobbiamo andare, Sofia.»

Lei annuì, fece per prendere in braccio sua madre, ma la donna si scostò. Aveva il volto sofferente. La guardò con intensità, scosse la testa.

«No, non mi puoi chiedere questo...»

Beatrice scosse ancora il capo, provò a divincolarsi, ma era troppo debole. Il maglione che aveva indosso era intriso di sangue, Sofia sentiva il suo calore penetrare anche la propria maglia.

«Ti prego, non farmi questo...»

Beatrice la guardò a lungo. «Va'...» mormorò infine. «Perdonami, se puoi.»

Poi chiuse gli occhi.

Sofia tentò di tirarla su, ma Fabio le afferrò un braccio. «Non c'è più niente da fare.»

«Dobbiamo portarla vicino alla Gemma, la Gemma la guarirà. Dammi una mano, avanti!»

«Sofia…»

«O forse con i miei poteri, con la linfa!»

«Sofia, è finita!» urlò Fabio. «Vuoi che il suo sacrificio sia stato vano? Qui è pieno di nemici, ce ne dobbiamo andare. La barriera di fiamme che ho eretto davanti all'ingresso sta per spegnersi, tra poco entreranno!»

«Non può andare così, non può!» urlò Sofia.

Poi qualcosa la colpì a un braccio. Gli Assoggettati avevano ripreso a invadere la chiesa, erano circondati. Guardò il volto serio di Fabio, poi quello terreo di sua madre. E fu costretta a capire. Scoppiò in singhiozzi irrefrenabili. Sentì Fabio che la stringeva a sé, mentre il corpo di sua madre le scivolava via dalle mani. Vide Fabio trasfigurarsi, le sue fiamme bruciare tutto intorno, le sue ali spiccare infine il volo e portarla lontano, verso casa. L'ultima immagine fu il corpo di sua madre che scompariva sotto gli artigli degli Assoggettati.

19
Ritorno

Chloe e Karl rimasero a guardarsi per qualche istante, confusi. Chloe si portò una mano sulla fronte, a toccarsi l'Occhio della Mente, e vedendola sporca di sangue lanciò un grido. Karl si trascinò fino a lei con le poche forze che gli restavano.

«Dobbiamo entrare in fretta, o ci saranno addosso» disse. In soli tre giorni la massa di Assoggettati assiepata fuori dal cancello della villa si era almeno quintuplicata. Continuavano a gettarsi contro la barriera, per esserne respinti tra miriadi di scintille verdi, ma non si fermavano. Alcuni di loro erano chini a terra, intenti a eroderla con le mandibole, e in quei punti la barriera sembrava brillare di una luce più intensa.

Karl capì che non era affatto un buon segno: afferrò Chloe per un polso e, zoppicando, riuscirono a entrare nella villa. La porta si aprì, poi rapidamente si richiuse dietro di loro.

«Bentornati a casa» disse Nida con un sorriso beffardo.

Chloe e Karl scesero immediatamente nel dungeon. Erano così stanchi e provati che Gillian dovette aiutarli ad arrivare fino alla sala della Gemma. Tutto sembrava identico a come l'avevano lasciato. Thomas era ancora incosciente, e il professore era legato al sedile, poco discosto dalla Gemma. Era dimagrito, il volto scavato e l'incarnato terreo. Nonostante questo, li salutò con un sorriso.

«Karl, Chloe! Non avete idea di che immenso piacere sia rivedervi!»

I due ragazzi caddero a terra, il fiato mozzo. Chloe alzò su di lui uno sguardo disperato. «Professore, è successa una cosa terribile! Non lo sento più» disse. «Non sento più Kuma.»

Lidja giunse in vista del Parco dei Colli Albani quella notte stessa. Era stremata: le si chiudevano gli occhi e la schiena le infliggeva fitte atroci. Eppure non poteva semplicemente scendere, perché la zona intorno alla villa pullulava di Assoggettati, e le sarebbero stati addosso all'istante.

Cercò di individuare il punto in cui erano sbucati dal passaggio sotterraneo che dal dungeon conduceva all'esterno. Si mise a volare in circolo, spendendo le ultime forze che le erano rimaste. Il bosco era immerso nell'oscurità, il silenzio assoluto. Aguzzò lo sguardo più che poteva, ma con tutto quel buio e la stanchezza che sentiva addosso, capire dove fossero usciti tre giorni prima era pressoché impossibile. Cercò allora la strada che li aveva condotti fino al mare, l'unico ricordo nitido che le rimaneva del viaggio di andata.

Ewan, abbandonato sulle sue spalle, era inerte. Non si era ripreso neppure per un istante nel loro infinito viaggio di ritorno. Era ancora pallido come quando l'aveva trovato sul pavimento della Cappella Palatina, e respirava a fatica. Il sangue e il liquido violaceo avevano smesso di colare dal suo Occhio della Mente, e si erano seccati sulla fronte.

Lidja riconobbe la strada e planò in una zona libera da Assoggettati, recuperando le proprie sembianze umane non appena ebbe messo piede a terra. Spremette le meningi, cercò di ricordare ogni momento di quella lunga marcia nel bosco e avanzò lungo la strada, finché non le parve di identificare il punto in cui l'avevano imboccata. Tirò fuori la bussola e cercò di seguire al contrario la direzione che avevano preso all'andata. Ewan ormai era un peso insostenibile, ma strinse i denti e riprese il cammino. La teneva in piedi solo la forza della disperazione, e la consapevolezza che l'unico modo per salvare Ewan era arrivare il prima possibile al dungeon.

Non seppe dire dopo quante ore le apparve, seminascosto dalla vegetazione, l'ingresso del passaggio segreto. La semplice vista di quel rettangolo di oscurità nel buio del bosco fu sufficiente a darle l'ultima spinta. Quasi di corsa fece gli ultimi passi e si inoltrò nel passaggio, ma non riuscì a fare molta strada. Cadde bocconi poco dopo che l'uscita del passaggio era scomparsa, alle sue spalle. Provò a sollevarsi, ma seppe che non ce l'avrebbe fatta. Era esausta. Tirò a sé Ewan, si mise il suo capo in grembo e gli accarezzò piano la fronte. Sotto le dita, sentiva pulsare una vita debole, forse compromessa. Desiderò ardentemente di essere in grado di alzarsi e portarlo via, verso la salvezza, ma le gambe non le rispondevano.

Così, vinta dalla stanchezza, appoggiò la testa al muro e si addormentò.

Chloe e Karl si erano svegliati da poco. Gillian aveva preparato loro un'abbondante colazione. La consumarono nel dungeon, vicino alla Gemma, perché nessuno dei due si era ancora ripreso.

La sera prima non avevano avuto modo di parlare col professore in modo approfondito di quanto era successo.

Stavano mangiando in silenzio, in attesa di trovare la forza di raccontare quel viaggio infernale, quando sentirono un rumore provenire dal fondo della sala. Karl scattò in piedi, pronto a evocare i suoi poteri, ma non accadde nulla. Il neo sulla fronte rimase inerte, e il suo aspetto restò quello di un pingue ragazzino biondo. Non si era mai sentito così impotente in tutta la sua vita. Il tempo di riflettere su quanto stava accadendo, e cercare un'arma con cui difendersi, che la natura del pericolo si manifestò.

Sul fondo della stanza, sfinita e zoppicante, un corpo inerte appeso alle spalle, c'era Lidja.

«Ewan!» urlò Chloe fuori di sé.

Lidja cadde a terra, e Karl si affrettò a soccorrerla, mentre Gillian si chinava sul figlio.

«Stai bene?» le disse scuotendola per le spalle. Lidja annuì lentamente, infilò una mano nella sacca che aveva a tracolla e ne tirò fuori un oggetto nerastro.

Karl lo riconobbe al volo. «Lo abbiamo preso anche noi» disse con un sorriso trionfante.

Ma Lidja rimase seria e lo guardò negli occhi. «È successo qualcosa… qualcosa di grave a Ewan.»

Quando finalmente anche Sofia e Fabio arrivarono al dungeon era sera inoltrata, e misero fine a un'attesa snervante.

«Sofia! Fabio!» esclamò il professore trattenendo la commozione. «Cominciavamo a pensare al peggio!»

«Anche noi temevamo di non arrivare più» disse Fabio. «Siamo stravolti. Ma... dove sono gli altri?»

Il professore sospirò, il volto tirato. «Non stanno bene» rispose. «Sono andati a riposare... Ma vi racconteranno loro com'è andata.»

Fabio si morse il labbro, lo sguardo rivolto a terra.

«E voi, come state?» chiese il professore guardando Sofia. Era pallidissima, e tremava leggermente.

«Credo che anche noi abbiamo bisogno di riposo, ma stiamo bene. Grazie al cielo siamo sani e salvi» rispose.

Fabio accompagnò Sofia nella sua stanza. Gillian doveva aver messo a posto, perché del disastro della sera in cui Nidhoggr era tornato in vita non era rimasto niente. I mobili distrutti erano stati portati via, persino i tagli sulla carta da parati erano stati coperti da poster.

Sofia si lasciò guidare senza dire una parola, poi rimase immobile al centro della stanza, il capo chino. Da quando erano scappati da Matera, non aveva detto una parola.

Fabio restò in piedi davanti a lei. «Hai bisogno di dormire» le disse, ma Sofia sembrava paralizzata. Lui prese allora l'iniziativa: le sfilò le scarpe, la fece sedere sul letto, l'aiutò a sdraiarsi e le stese una coperta addosso. Poi si sedette sul pavimento.

La guardò a lungo, in silenzio.

«Non è stata colpa tua» disse infine. «Non è stata colpa di nessuno. Ci sarebbe andata comunque, perché sentiva di doverlo fare, lo capisci?»

Sofia non rispose. I suoi occhi erano vuoti e trapassavano Fabio come se neppure lo vedessero, come se attraverso di lui, in trasparenza, fissassero il muro alle sue spalle.

«Ha ritrovato se stessa, Sofia. Lo so che è difficile da accettare, e che forse queste parole ti faranno arrabbiare, ma ha sconfitto le sue paure. L'ha fatto per te e per sua figlia, per chi ha amato e in tutti questi anni non è riuscita a proteggere. Tu questo devi ficcartelo bene in mente: la sua non è stata una sconfitta. Ha vinto su se stessa, la vittoria più alta che una persona possa raggiungere nella vita. E ti ha dimostrato quanto ti amava.»

Sofia continuò a fissare imperterrita il muro. Fabio sospirò guardandosi le mani. Era incredibile come, nonostante quello che provava per lei, non fosse mai in grado di consolarla davvero, di aiutarla ad essere più serena.

"Come sempre, so solo farla soffrire."

Si alzò sconfitto. Poco prima di raggiungere la porta, però, un singhiozzo lo trattenne.

«Sono stanca della gente che rischia la vita e muore per me. Io non lo voglio questo affetto, non l'ho mai voluto.»

«Eppure te l'hanno dato. A questo punto puoi decidere di voltare le spalle e macerarti nel dolore. Oppure vivere, e fare tesoro di tutto questo amore.»

Sofia finalmente spostò lo sguardo su di lui. «E proprio tu vieni a farmi questo discorso?» disse dura.

«Proprio io.»

Sofia affondò la testa nel cuscino. «Se solo non le avessi detto quelle cattiverie, se solo non avessi buttato il poco tempo che abbiamo passato insieme a recriminare, a ferirla...»

Scoppiò in un singhiozzo convulso, che le mozzò il fiato in gola. Fabio si chinò su di lei, le accarezzò piano i capelli.

«Non ho fatto altro che insultarla! L'ho giudicata senza conoscerla, le ho gettato in faccia tutto il mio disprezzo, e adesso non c'è più, e non potrò mai più rimangiarmi quel che ho detto, non potrò più neppure litigare con lei! Se n'è andata, se n'è andata per sempre!»

In quel momento Sofia desiderava solo scomparire, fondersi con il cuscino che stringeva tra le mani e smetterla di soffrire. Non era stata capace di perdonare, meritava di dissolversi in quel preciso istante.

«Ma l'hai chiamata mamma» sussurrò Fabio. Sofia sollevò piano il volto, stupita. Nei suoi occhi vide qualcosa che conosceva, il riverbero di un dolore che adesso era anche suo. Erano simili, ora, e vicini come mai lo erano stati. «Lei questo l'ha sentito e, credimi, quella parola vale più di tutto quello che le hai detto.»

Sofia appoggiò la guancia al cuscino. Le lacrime continuavano a rigarle il volto, ma piano, con minor violenza. Prese una mano di Fabio e se la portò sotto il volto, stringendola.

«Non mi lasciare» sussurrò «non adesso.»

«Non lo farò mai più.»

Fabio si sedette a terra, al suo fianco, e lì rimase finché Sofia, dopo aver pianto tutte le sue lacrime, non scivolò in un sonno esausto.

La mattina seguente si ritrovarono finalmente tutti assieme nella sala della Gemma, per fare il punto della situazione. I frammenti del frutto giacevano a terra, inerti.

Ewan si era ripreso nel corso della notte. Portava una vistosa fasciatura sul capo ed era bianco come un lenzuolo, ma era cosciente e stava in piedi. Sofia, per parte sua, aveva trovato la forza di unirsi ai compagni, anche se si sentiva devastata. Il sonno non era riuscito a lavare via il dolore, che le gravava nel petto come un peso immenso.

Fu Fabio a prendere la parola, e raccontò il viaggio che avevano affrontato, senza fare menzione di Beatrice. Sofia gliene fu intimamente grata.

Ciascuno mise a parte gli altri della propria impresa.

Quando Karl prese la parola e raccontò dell'Occhio della Mente, rimasto inerte al centro della sua fronte, tutti ammutolirono.

«Ora come ti senti?» chiese Fabio.

«Vuoto» rispose Karl.

«Esattamente come mi sento io» aggiunse Chloe.

«Ieri, quando Lidja e Ewan sono tornati e non li abbiamo riconosciuti, nonostante mi sembrasse una situazione di pericolo non sono stato in grado di evocare Aldibah» disse ancora Karl.

Fabio si inquietò. «Mi state dicendo che non percepite più i vostri draghi?»

«Stamattina, per curiosità, ho usato il draconoscopio su di me» disse Karl con tono grave. «Non ha rivelato niente. È stato come passarlo sul corpo di una persona normale. Ma prima di giungere a qualsiasi conclusione, vorrei analizzare anche Chloe e Ewan. Del resto, loro si sentono come me.»

Si spostarono nel laboratorio di Karl. Chloe fu la prima a sottoporsi all'analisi. Il draconoscopio, come tutti temevano, rimase assolutamente inerte. Lo schermo era spento, nessuna traccia dell'intrico di vene luminose che era il tratto distintivo dei Draconiani.

Karl provò allora a sintonizzare la frequenza dello strumento sulle emissioni delle viverne, ma ugualmente non ottenne nulla.

«Ewan» chiamò secco.

Chloe si alzò e il fratello si sdraiò al suo posto. Il risultato fu identico: nulla su tutta la linea.

Karl si tolse gli occhialoni collegati al draconoscopio e contrasse la mascella: «Credo che io, Chloe e Ewan abbiamo perso i nostri poteri. Ci hanno colpiti sull'Occhio della Mente, e i nostri draghi sono morti.»

20
Di nuovo insieme

«Magari è solo una reazione momentanea. Avete affrontato un grandissimo sforzo» disse Lidja.

«Ma il nostro Occhio della Mente non è mai stato così, mai! Lo vedi, il mio? Era viola, fino a ieri, e ora è diventato un comunissimo neo» ribatté Chloe.

«È tutto finito, è stato tutto inutile» le fece eco Karl.

Le voci dei ragazzi si sovrapponevano, caotiche e preoccupate. In quella confusione, solo Sofia se ne stava zitta, le braccia conserte. Le sembrava di guardare un palazzo che crolla al rallentatore. Tutto quello che avevano costruito in quegli anni si stava sgretolando sotto i suoi occhi. Nulla di quanto avevano fatto per contrastare Nidhoggr aveva funzionato; ogni volta qualcosa era andato storto. E ora l'ultimo atto, la disfatta definitiva.

«Ragazzi, per favore!» intervenne il professore. «Così

non andiamo da nessuna parte. Non ha senso piangersi addosso. Cerchiamo piuttosto una soluzione.»

I Draconiani smisero di parlare, poi, lentamente, spostarono lo sguardo su Sofia. "È naturale" pensò lei. Era il capo. Solo che adesso le mancava la forza di sperare. Sentiva di non potercela fare a sostenere di nuovo il peso del comando. Era terribilmente stanca, e voleva solo riposare. Forse arrendersi era la soluzione migliore. Sarebbero diventati Assoggettati anche loro, e sarebbe finita. Non avrebbero più avuto consapevolezza di quel che accadeva intorno a loro, nessuna volontà autonoma, non avrebbero più provato dolore.

«Sof... che ne pensi?» chiese infine Lidja, dando voce al pensiero di tutti.

Sofia si portò le dita alla radice del naso, massaggiandola piano.

«Non lo so, davvero... non lo so!» rispose infine. «Se Karl dice che lui, Ewan e Chloe non sentono più i loro draghi, io non so cosa rispondere, non so neppure cosa pensare. Ho bisogno di tempo.»

«Non ce ne resta molto, purtroppo. Là fuori gli Assoggettati stanno erodendo la barriera, non so se ve ne siete accorti» aggiunse Lidja.

«Tutto è cambiato da quando è arrivato quel tizio che Nida chiama Ofnir» intervenne il professore. «Non so cosa abbia fatto, ma sotto il suo comando è come se gli Assoggettati fossero più forti.»

Fabio imprecò a bassa voce.

«Non è tutto» continuò Schlafen. «La Gemma ha cominciato a brillare più debolmente. La barriera regge ancora, ma il mondo è pregno del potere di Nidhoggr, e questo influisce su di essa. Anche se nessun Assoggettato è ancora in grado di forzare il cancello, i loro continui tentativi la stanno indebolendo.»

«Fantastico...» disse Lidja.

«Sei hai una soluzione, proponila tu» sbottò Fabio.

«Non ho soluzioni. Solo che Sofia... mi sembra fuori fase. E noi abbiamo bisogno di lei.»

Sofia si accorse che Fabio era sul punto di parlare, e lo bloccò con un braccio. Non aveva voglia che raccontasse cosa era successo a Matera, e comunque Lidja aveva ragione: gli altri avevano bisogno di lei, doveva farsi forza.

«Ragazzi, io credo che non dobbiamo perdere la speranza. Non *possiamo* farlo.» Tutti ammutolirono e la guardarono. «È vero, non percepiamo più Kuma e Aldibah, ma non sappiamo se questa sia una cosa permanente o meno, giusto?» e guardò il professore.

«Qualsiasi ipotesi al momento vale quanto un'altra» rispose lui.

«Perfetto. E allora non staremo a interrogarci oltre.

Abbiamo ancora tre draghi dalla nostra, ce la caveremo.»

«Sì, ma per evocare Draconia ci vogliono tutti i Draconiani» obiettò Ewan.

«Noi ci siamo tutti, o no? Ragazzi, so che le cose sembrano andare sempre peggio, ma non possiamo arrenderci. Abbiamo dato tanto per questa missione, e le vittorie che abbiamo conquistato le abbiamo sempre pagate a caro prezzo. È proprio per questo che non possiamo rinunciare.» Sofia tacque un istante. «Non voglio che il sacrificio di tutte le persone che ci hanno permesso di arrivare fin qui sia stato vano. Effi ha dato la vita per aiutarci a conquistare il frutto di Aldibah. Vogliamo che la sua morte sia stata inutile? E tutto quello che ha passato Fabio, prima di diventare uno di noi? Per non parlare delle difficoltà che hanno affrontato Ewan e Chloe, le rinunce di Gillian, la sofferenza che il prof sta provando anche ora. E poi mia madre...»

S'interruppe, e gli altri non chiesero. Fabio rispose con uno sguardo eloquente all'espressione interrogativa di Lidja.

«Cosa facciamo?» chiese Karl.

«Innanzitutto dobbiamo mettere insieme i pezzi del frutto. E questo è qualcosa che potete fare solo tu e il prof. Quando il frutto di Thuban sarà di nuovo intero, evocheremo Draconia.»

«E come faremo se Kuma e Aldibah non si manifestano più?» domandò Ewan.

«Affrontiamo un problema alla volta.» Poi Sofia guardò Karl. «Pensi di riuscire a trovare un modo per rimettere insieme i frammenti?»

«Non credo sia un problema» intervenne Fabio. «Il frutto di Kuma era già rotto, no?»

«È diverso» rispose Karl. «In quel caso era ospitato all'interno di due Draconiani, e questo in qualche modo ne aveva preservato il potere, inoltre il legame tra i gemelli in qualche modo ha permesso di unire le due metà. Stavolta il frutto è stato proprio rotto, infranto e prosciugato da Nidhoggr per spezzare il sigillo. Purtroppo è una cosa diversa.»

«E quindi?» concluse Sofia.

«E quindi mi metto subito al lavoro» rispose lui, e si fiondò nel suo laboratorio.

«Quanto a noi, non ci resta che aspettare» disse Sofia, e si sforzò di prodursi in un sorriso stanco, ma convincente. Gli altri la guardarono speranzosi.

Passarono un altro pomeriggio di attesa. Ognuno cercò di ingannare il tempo come poteva, mentre Karl e il professore lavoravano davanti alla Gemma. Sofia andò nella sua stanza perché si sentiva terribilmente stanca.

Non le riusciva di recuperare del tutto le forze, era come se ci fosse qualcosa che gliele succhiava via.

Si mise a letto al buio, con le imposte chiuse per non sentire le grida degli Assoggettati.

Sonnecchiò, ma per lo più rimase in uno stato sospeso di dormiveglia, in cui la realtà aveva un aspetto sfumato, e al tempo stesso non sfociava del tutto nei sogni.

La porta si aprì piano e una lama di luce tagliò la stanza, per scomparire quasi subito. Sofia udì passi felpati sul pavimento, passi che avrebbe riconosciuto tra migliaia di altri.

Lei e Fabio non riuscivano a vedersi, con tutta quell'oscurità, ma non aveva importanza. Percepivano la presenza l'uno dell'altra, e tanto bastava.

Lo sentì sedersi a terra, e per qualche tempo rimasero in silenzio.

«Sei stata bravissima» disse lui infine. Sofia sussultò. Era la prima volta che le faceva un complimento così diretto, che apprezzava il suo operato.

«Era mio dovere» disse imbarazzata.

«No che non lo era. Abbiamo tutti diritto alla stanchezza, al dolore, anche alla debolezza, e tu più di tutti. Per questo sei stata straordinaria.»

Lei rimase senza parole. Allora lui si alzò e si sedette sul letto accanto a lei. Le prese una mano, e Sofia sentì il cuore battere a mille. Ma se la paura e l'emozione erano fortissime, più forte ancora era la consapevolezza che doveva approfittare di quel momento, doveva fare ciò che sentiva, o di nuovo sarebbero caduti nelle incomprensioni, nelle insidie del non detto, nelle trappole delle loro paure. Così, di slancio, lo abbracciò. Il buio sembrò amplificare ogni sensazione: il maglione di lui che pizzicava sulla guancia, il rumore del suo respiro, il tocco deciso ma al tempo stesso un po' tremante delle sue mani sulla schiena.

«Sono contenta che tu sia di nuovo qui» disse piano.

Fabio la strinse più forte, poi si staccò delicatamente. Le prese il mento tra pollice e indice e la baciò. Fu diverso dalle altre volte: non c'era più lo stupore del primo bacio, né quel senso di agitazione. Sofia non poté fare a meno di pensare che si erano infine trovati. Dopo una via lunga e tortuosa, erano finalmente vicini, come non lo erano mai stati prima, e stavolta sapeva che né le sue incertezze né le paure di Fabio sarebbero riuscite a dividerli ancora.

Nel buio, si abbracciarono stretti stretti.

21
L'ultima difesa

Cenarono tutti assieme al piano di sopra, fatta eccezione per Karl e il professore, che continuavano a lavorare nei sotterranei. Sembrava la classica tavolata delle feste. Era un trionfo di zuppe, secondi piatti e dolci. Quell'opulenza finiva per sembrare quasi grottesca, se appena si alzava lo sguardo sull'oscurità che regnava fuori dalla finestra. Ma Sofia capiva: ognuno cercava di distrarsi come poteva, e Gillian e Chloe si rilassavano dedicandosi alla cucina.

Nida, abbarbicata su una sedia in un angolo, aveva già iniziato ad aggredire le pietanze con voracità. In quei giorni era stata insolitamente collaborativa: spesso aveva persino aiutato Gillian a cucinare, e un paio di volte si era cimentata nelle pulizie di casa. C'era qualcosa di strano nel vederla comportarsi come una ragazza normale, anche se la sua vera natura emergeva comunque di tanto in tanto, in un gesto brusco o in una battuta sferzante.

Si accorse che Sofia la guardava e sorrise altera. «Ho saputo che siete tornati con i frammenti» disse.

«Già.»

«Non ti illudere che servano, sono solo pezzi di qualcosa che ha perduto ogni potere.»

«Già, come te» commentò Fabio.

Nida si fermò col boccone a mezz'aria. I suoi occhi divennero due fessure.

Sofia prese Fabio per un braccio e lo fece voltare verso di lei. «Smettila.»

«Perché la difendi? Non fa che provocarci e abbuffarsi col nostro cibo.»

«Ci ha dato il suo sangue, non lo dimenticare.»

«Mangiate, su, che si raffredda!» disse Gillian per distoglierli da quella conversazione. Lentamente, la tavolata si animò di una mesta allegria, quella sorta di lieve serenità che a volte si riesce a creare anche nei momenti più bui. Per qualche minuto, l'oscurità del mondo dominato da Nidhoggr rimase relegata fuori dalle mura della villa. Erano stati tristi troppo a lungo, avevano portato sulle spalle un peso insostenibile che non vedevano l'ora di posare per un po'.

Mangiarono i dolci, lodarono la bravura delle cuoche. Quando ebbero finito, si riunirono tutti in salotto. Gillian aveva cercato di rimettere le cose a posto anche lì: via i mobili rotti, e la carta da parati era stata rattoppata alla meglio con poster. In mezzo all'arredamento ottocentesco, austero ed elegante, ora sbucavano locandine colorate di film e fotografie di cantanti. Sofia soffocò un sorriso non appena entrò.

Si sedettero tutti sul divano e rimasero in silenzio.

«Che danno stasera in tv?» scherzò Ewan.

«*Il buio oltre la siepe*» gli fece eco Lidja.

Tutti si abbandonarono a una lieve risata. Con quello che stava accadendo, il televisore era diventato un inutile pezzo di plastica e vetro.

«Ho un'idea» disse Fabio alzandosi. Andò verso la libreria in fondo, miracolosamente scampata allo scontro. I libri erano più o meno tutti al loro posto, e da uno scaffale prese *Il Signore degli Anelli*, uno dei preferiti di Sofia. Cominciò a leggerne la parte finale, il viaggio di Frodo e Sam verso il Monte Fato, uno dei passi più tristi. Eppure, in qualche modo fece loro bene. Perché sapevano come andava a finire, sapevano che per quanta sofferenza ci fosse in quelle pagine, tutto sarebbe andato per il meglio. È questa la forza delle storie che si amano, l'eterno potere delle favole.

Sofia guardò Fabio per tutto il tempo. Era come aveva sempre sperato che fosse: uno di loro, davvero e fino in fondo. Era tutto così bello, così perfetto, che le veniva quasi da piangere. Piano gli passò una mano sotto il braccio e si strinse a lui. Ma anche gli altri pendevano dalle sue labbra. Si sentivano finalmente uniti, come non lo erano mai stati. Soli, abbandonati in quel mondo alieno, rappresentavano l'ultimo baluardo contro la follia di Nidhoggr. E ora non contava quello che era appena accaduto, non aveva importanza che i nei sulle fronti di Karl, Ewan e Chloe fossero spenti: c'era qualcosa in loro che rimaneva acceso, il riverbero di una speranza.

«*La Missione è compiuta, e tutto è passato. Sono felice che tu sia qui con me. Qui, alla fine di ogni cosa, Sam*» lesse infine Fabio, e chiuse il libro. Un silenzio denso avvolse il gruppo. Ma non c'era rassegnazione, in quel silenzio; c'era anzi un'energia nuova, e Sofia la sentiva pulsare, la vedeva passare di sguardo in sguardo. Persino Nida doveva averla percepita, perché aveva perso la solita espressione impassibile.

Fabio si tirò su, quasi imbarazzato, rimise il libro sullo scaffale e si infilò i pugni in tasca, recuperando la sua aria noncurante.

«Okay… Io me ne andrei a letto.» Sofia si alzò.

«Aspetta» disse la voce di Karl. Era salito in salotto

insieme al professore e tutti si voltarono a guardarli.

«Allora?» chiese Sofia.

«Avete trovato una soluzione?» aggiunse Fabio.

«Forse. Venite di sotto» rispose il professore.

Tutti scesero nel dungeon e si disposero attorno alla Gemma.

«Credo ci sia modo di rimettere insieme i pezzi» annunciò Karl.

«Magari finalmente le cose iniziano a girare per il verso giusto!» esclamò Ewan.

Sofia notò che Karl e il professore continuavano però ad essere tesi. «Cosa c'è che non va?»

Il professore si schiarì la gola: «Abbiamo fatto un tentativo con la piccola quantità di linfa della Gemma che avevamo da parte, abbiamo provato ad attaccare un frammento piccolo e sembra funzionare.»

«Quindi abbiamo una soluzione» disse Fabio.

«No» replicò Karl. «La linfa che abbiamo da parte non basta a tenere insieme il frutto: è troppo grande.»

«Ma ci provate gusto a darci le notizie così, a spizzichi e bocconi?» intervenne Lidja.

Sofia sospirò. «La soluzione? Perché c'è una soluzione, vero?»

«Sì. Possiamo produrre nuova linfa triturando la Gemma» disse il professore.

Tutti proruppero in esclamazioni stupite.

«Ma la Gemma è l'unica protezione che abbiamo da quella gente là fuori!» insorse Chloe.

«Se abbiamo resistito, è merito solo della Gemma: niente Gemma, niente villa» sintetizzò Lidja. «Gli Assoggettati entrerebbero subito.»

«Vuol dire offrirci mani e piedi legati ai nemici» insistette Fabio.

«È l'unico modo» sentenziò Karl.

«Anche la barriera è unica» protestò Lidja. «Non possiamo rinunciarvi.»

«Tanto crollerà ugualmente» disse Sofia. «Giusto, prof?»

Calò il silenzio. Il professore tossicchiò ancora. «È così. Non posso darvi il tempo esatto, ma è questione di giorni.»

«Nidhoggr è tornato, e l'unica cosa che lo separa dal dominio assoluto sul mondo siamo noi» aggiunse Sofia. «Se non facciamo niente è destinato a vincere... La Gemma è potente, certo, ma non così tanto da riuscire a contrastare il suo potere. Del resto, i Guardiani hanno dovuto dare la vita per riuscire a sconfiggerlo e imprigionarlo con il sigillo.»

«Ragazzi, so che può sembrare tremendo e, credetemi, sono più spaventato di voi» disse il professore. «Tutta la mia vita si è consumata all'ombra della Gemma, l'ho custodita per anni come una reliquia... Ma se non attacchiamo per primi, lo farà Nidhoggr. Dobbiamo rimettere insieme il frutto ed evocare Draconia.»

«Perderemo questo posto. La villa. La nostra casa» osservò Lidja.

«Se Nidhoggr vince, non ci sarà più alcun posto sicuro in tutta la Terra» replicò il professore.

«E tu che farai?» chiese Sofia, e la voce le tremava.

Lui abbassò gli occhi. «Non è il mio destino che è in gioco, qui.»

«E invece sì: se la Gemma scompare, diventerai un Assoggettato come gli altri.»

D'improvviso tutti sembrarono cogliere il senso di quell'implicazione, che nessuno a parte Sofia aveva considerato.

«Tutti gli uomini sono Assoggettati, uno in più o uno in meno non fa alcuna differenza» dichiarò il professore.

«La fa, invece!» gridò Sofia. «Tu sei un Custode, tu ci hai cercati, svegliati, addestrati, protetti! Noi abbiamo bisogno di te!»

«Sofia, il mio tempo con voi è finito. Ho fatto quanto potevo, vi ho raccolti e indirizzati, ma adesso ho esaurito il mio compito. Ora è tutto in mano vostra.»

Sofia stava per dire qualcos'altro, ma non ci riuscì e si gettò tra le braccia del professore, stringendolo a sé.

Lui le accarezzò la testa. «Non è per sempre, mi capisci? Ci ritroveremo, alla fine di quest'ultima, tremenda avventura, e finalmente tra noi non ci saranno più missioni o destini, saremo solo un padre e una figlia.»

Sofia si staccò, lo guardò a lungo. Le era impossibile non pensare a sua madre. Dopo Beatrice, ora stava per perdere anche lui. E se gli fosse successo qualcosa di brutto? Se non l'avesse mai più rivisto?

«Prof, mi devi giurare che ti salverai, mi devi giurare che farai di tutto per tornare da me.»

«Hai qualche dubbio in proposito?»

«Giuramelo lo stesso.»

«Certo che te lo giuro.»

Sofia si tirò su, cercò di tornare presente a se stessa, poi si girò verso gli altri. «Questa operazione va condotta con la massima attenzione. Appena prenderemo la Gemma, i nemici irromperanno da ogni parte, dobbiamo organizzare la difesa.»

«Io posso darvi un po' di tempo» disse Nida, apparendo sulla soglia.

«E tu come diavolo ci sei arrivata qui sotto?» sbottò Fabio.

Nida sorrise sarcastica. «Per favore... Credevate che i vostri trucchetti potessero fermarmi?» Poi si fece seria. «Il mio aiuto lo vuoi o preferisci farti ammazzare da Ofnir?»

«Abbiamo bisogno di tutti» tagliò corto Sofia. «E ti saremo grati dell'aiuto che vorrai darci.»

Nida indicò con il mento il professore e Thomas. «So anche come fare con quei due.»

Il volto di Sofia si illuminò.

«Non compio miracoli» precisò Nida, mettendo le mani avanti «ma posso fare in modo che non escano da qui. È già qualcosa, no?»

«Perché lo fai?» chiese Lidja.

Nida esitò. «Se cadete voi… cado anch'io.»

«D'accordo» disse infine Sofia «d'accordo. Lo faremo. Tritureremo la Gemma. E poi, saremo nelle mani del destino.»

22
Le ultime vestigia del passato

Il piano era semplice. Thomas e il professore sarebbero stati chiusi in una delle stanze del dungeon e lì sarebbero rimasti incoscienti almeno per un po', perché Karl avrebbe dato loro tutte le scorte della pozione che aveva somministrato a Thomas per tenerlo addormentato. Nida si sarebbe assicurata che non uscissero.

«Sono in grado di evocare sigilli magici» aveva spiegato. «Non si tratta certo di sigilli particolarmente forti, ma Nidhoggr è tornato e io condivido parte dei suoi poteri. Credo di potervi garantire almeno una settimana. In quel periodo nessuno potrà entrare o uscire dalla stanza in cui saranno rinchiusi il professore e l'altro tizio.»

«E… finita quella settimana?» aveva chiesto Sofia.

«Se in una settimana non siete in grado di battere

Nidhoggr, siamo tutti spacciati. Sta diventando più forte di ora in ora, non lo sentite?»

Il pensiero del professore sigillato in una stanza, probabilmente in preda allo stesso furore che aveva visto negli occhi di Thomas ogni volta che in quei giorni si era svegliato, non le piaceva neppure un po', ma era decisamente più facile da sopportare della possibilità di trovarselo davanti come nemico. Perché era quello che sarebbe accaduto, se non l'avessero imprigionato. Era stata quella considerazione, più di ogni altra, a far decidere Sofia.

Scelsero la stanza nella quale, fino a quel momento, avevano custodito i frutti. Era un locale che si trovava sotto la Gemma, coperto da una botola. «Questo posto adesso non ci serve più» spiegò il professore con un sospiro.

A Sofia girò la testa. Tutto ciò che aveva dato per scontato fino a quel momento si stava sgretolando. Erano veramente alla fine dell'avventura: tutto si sarebbe giocato nei prossimi giorni, forse nelle prossime ore.

Karl spostò alcune assi di legno, sotto la teca della Gemma, e portò alla luce quello che sembrava il portellone di un sottomarino. Era un oblò di bronzo, rotondo, con sopra un grosso volano.

«È là sotto» disse il professore.

Per aprire dovettero impegnarsi sia Karl sia Fabio.

Il volano gemette, ruotando prima lentamente, poi più spedito. L'ambiente, sotto, era piccolo, a malapena sufficiente per due persone. Sul pavimento, di grossi mattoni di tufo, era steso un panno di velluto viola. Sopra, brillavano i quattro frutti già in loro possesso.

Era la prima volta che li vedevano tutti assieme, e l'immagine aveva in sé qualcosa di rassicurante e potente, la promessa che la speranza non era del tutto perduta. I frutti pulsavano debolmente, e ciascuno era acceso di una luce tiepida: rosa, oro, azzurro e viola. Mancava solo l'ultimo, il verde di Thuban.

Karl e Fabio li presero e li avvolsero nel panno di velluto.

Poi tolsero la Gemma dalla bolla in cui era sospesa e ve la adagiarono accanto. Fuori dalla sua teca, sembrava ancora più piccola, e brillava di una dolce luce verde pulsante. Era davvero la fine di un'era. Nessuno di loro l'aveva mai toccata prima.

Prepararono il nascondiglio come meglio poterono, rifornendolo di acqua e cibo a volontà, quanto poteva entrare lasciando libero uno spazio per i corpi di Schlafen e di Thomas.

L'aria, garantì il professore, passava attraverso alcune prese che si vedevano sul portello e da alcuni sfiatatoi sulle pareti.

Calarono il corpo di Thomas, addormentato. Karl aveva già provveduto a somministrargli la pozione.

Sofia non pensava che sarebbe stato così penoso, ma adesso che vedeva quella stanzetta, e il corpo abbandonato di Thomas, le sembrava che quell'incombenza le fosse intollerabile. Fabio dovette capire, perché, passandole accanto, le strinse un braccio. Lei si sentì attraversare da un calore confortante, e sorrise.

Il professore si fece avanti e Karl gli porse la boccetta con la pozione.

«Se non ti spiace, preferirei berla quando sarò di sotto» disse lui. «Voglio salutarvi per bene.»

Karl si limitò ad annuire. Il professore li abbracciò a uno a uno, ed ebbe qualche parola per ognuno di loro.

«Grazie per quello che stai facendo per Sofia» mormorò a Fabio.

Lui abbassò lo sguardo. «È più quello che sta facendo lei per me» rispose.

«Già, lei è così, non è vero?» sorrise il professore. Poi strinse con forza Lidja. «Io e Thomas ce la caveremo, il piano funzionerà.»

Lei annuì, cercando di trattenere le lacrime. «Grazie, prof... Senza di te io davvero... Ero così sola, prima...»

«Shhh» le fece Schlafen. «Grazie a te per tutto, ci vediamo dall'altra parte, okay?» disse strizzandole l'occhio.

Infine guardò Sofia. Rimasero l'uno davanti all'altra, a lungo. Poi l'abbracciò stretta.

«Stai facendo la cosa giusta» le disse.

«Lo spero, prof» rispose lei con un sospiro.

Il professore scese nella piccola stanza. Sembrava tranquillo, ma la mano stretta spasmodicamente intorno alla boccetta con la pozione rivelava tutta la sua ansia. Quando fu sul fondo, seduto sul materasso che avevano trascinato lì sotto, li guardò un'ultima volta. Sorrise e li salutò con la mano.

«Forza, è ora» disse.

Fabio e Karl accostarono lentamente il portello. Il tonfo che produsse quando si chiuse aveva qualcosa di irreparabile e definitivo.

Nida si fece avanti. Evitò accuratamente i frutti, girandone alla larga, poi rimise le assi di legno al loro posto, sedendosi sul portellone. Chiuse gli occhi, alzò le mani, e parlò in una lingua che suonò immediatamente sgradevole alle orecchie dei Draconiani; aveva qualcosa di sibilante e osceno che li faceva inorridire. Dalle sue dita si dipartirono lunghi filamenti neri, che sembravano quasi collosi. Iniziarono a ricoprire il legno, disponendosi come fili di una ragnatela, al centro della quale Nida stava seduta proprio come un ragno. Infine si alzò, fece un passo fuori dal cerchio delle assi e lasciò che venissero interamente ricoperte. Quando smise di parlare e abbassò le mani, al posto della botola di legno c'era una superficie completamente nera.

«Ecco qua. I vostri compari sono al sicuro» disse.

Sofia si accovacciò e sfiorò con le dita quella sostanza. Appiccicava davvero come colla. Il professore era là sotto, ma già le sembrava infinitamente lontano, perduto.

Chiuse gli occhi, si alzò in piedi. «Muoviamoci» disse secca.

Ewan, Chloe e Gillian presero in consegna i frutti e li misero in tre borse che si infilarono a tracolla. Fu Karl ad accompagnarli al sottomarino, quello che il professore aveva usato per perlustrare il fondo del lago di Albano durante la prima missione alla ricerca del frutto di Rastaban. Karl non l'aveva mai usato, ma si era fatto spiegare tutto da lui. Quando vide quello strano marchingegno a forma di pesce, rimase a bocca aperta.

«Non vedo l'ora di guidarlo!» disse estasiato, prima di far entrare la famiglia MacAlister e spiegare loro i comandi fondamentali.

«Noi non ce ne andremo senza di voi» dichiarò Gillian perentoria.

«Se fosse necessario, invece, dovrete farlo» replicò Karl. «Se entro due ore non saremo qui, scappate, chiaro?»

Gillian lo abbracciò con fare materno. «Sono sicura che ce la farete... *I'm sure*!»

Karl fece il percorso a ritroso più veloce che poteva. Quando ritornò nella sala della Gemma, tutto era pronto. Lidja era seduta in un angolo, a gambe incrociate. Aveva salutato Ewan con un bacio plateale, che aveva lasciato Gillian con un palmo di naso, sul volto un'espressione indecisa tra la contentezza, lo stupore e una certa dose di disapprovazione.

Per un istante Lidja era perfino sembrata commossa, ma adesso era la ragazza di sempre. Decisa, sicura, pronta.

«Tenete d'occhio la bambolina che ci ha dato Nida; le illuminerò gli occhi quando sarà l'ora di scappare» disse Sofia non appena Karl fu arrivato.

Fabio la tirò fuori dalla tasca e gliela fece vedere. «È tutto a posto» disse, cercando di essere rassicurante, e insieme a Nida si avviò alla porta.

Nella stanza rimasero solo Sofia, Karl e Lidja. Il silenzio che calò improvviso aveva qualcosa di minaccioso. In quei giorni c'era sempre stata confusione, là sotto, essendo il posto in cui si riunivano e discutevano.

«Lidja, sei pronta?» chiese Sofia. L'amica annuì. «Allora iniziamo.»

Lidja chiuse gli occhi e si concentrò profondamente.

Doveva chiamare a raccolta tutto il potere che scorreva nelle sue vene, lo stesso che le aveva consentito di erigere una barriera attorno alla casa di Gillian, a Edimburgo. Karl e Sofia percepirono il potere della barriera investirli e avvolgere lentamente tutta la casa. Non era forte e benefico come quello della Gemma, ma speravano sarebbe bastato.

Sofia raccolse i frammenti del frutto, li mise davanti a sé.

«Ci sei?» chiese a Karl. Lui annuì. «Allora vai.»

Karl afferrò un paio di cesoie. La mano gli tremava visibilmente mentre recideva la Gemma dal piccolo ramoscello che la sosteneva. Cominciò col legno. Lo triturò con un grosso coltello che aveva preso dalla cucina, fino a ottenerne una specie di poltiglia. Poi la pestò energicamente in un mortaio e ne spremette una sostanza vischiosa, che emanava un profumo pungente ma buono. La Gemma, posata sul velluto, emetteva una luminescenza più flebile.

«Si sta indebolendo» osservò.

Sofia gettò uno sguardo a Lidja. La sua fronte era imperlata di sudore.

Karl prese quella sostanza e cominciò a spalmarla sui primi due frammenti del frutto. Provò ad accostarli, e per un po' rimasero attaccati, ma appena lasciava le mani, tendevano a scollarsi.

«Non funziona, maledizione...» imprecò Sofia.

«Calma. Il potere è principalmente nella linfa della Gemma... Non possiamo dire niente fino a quando non avremo triturato quella. Speravo non fosse necessario, e invece dobbiamo proprio sacrificarla.»

Karl guardò Sofia, e lei indugiò un istante. Era arrivato il momento, non potevano più tirarsi indietro. La Gemma pulsava quasi morente. Una goccia di linfa, dietro il gambo reciso, sembrava una minuscola perla.

«Vai» disse Sofia.

Karl prese la Gemma, la appoggiò sul piano davanti a sé, quindi prese il coltello. Rimase immobile per un secondo ancora. Poi, con un movimento netto, la tagliò in due.

Fu allora che iniziò.

23
La fine

Ofnir osservò la barriera con stupore. Nell'ultimo giorno non si era impegnato in prima persona nei dintorni della villa. La situazione non era cambiata dal suo ultimo sopralluogo, e lui aveva lasciato che gli Assoggettati continuassero il loro assedio, indebolendola lentamente. Ma adesso, all'improvviso, aveva percepito qualcosa. La barriera si era trasformata, e si era sensibilmente affievolita. Lanciò al cielo una risata raggelante e rientrò nel rifugio che le schiere di umani asserviti a Nidhoggr avevano preparato per lui, nei pressi della villa.

«Ci voleva proprio» disse, mentre percepiva l'adrenalina scorrergli nelle vene. L'inattività cominciava a fiaccarlo, quel cambiamento improvviso giungeva al momento opportuno. Prese l'elmo e se lo calò sulla testa.

Stavolta non si sarebbe fermato prima di aver assaggiato carne di drago.

Fabio percepì il cambiamento all'istante. Fu come una vibrazione nell'aria, e dovettero coglierla anche Nida e gli Assoggettati. Le creature smisero di erodere la barriera e alzarono la testa: i riflessi verdi che si accendevano là dove le loro fauci la toccavano si spensero, e apparve un velo traslucido. Pareva la sottile pellicola delle bolle di sapone, con gli stessi riflessi iridescenti. Tremolava al più piccolo spostamento d'aria, e sembrava fragile come una membrana. Ma quello era il massimo che Lidja potesse fare, sforzando i suoi poteri al limite.

«Tutto qua?» disse Nida con un sorriso di scherno. «Non ci facciamo niente con questa roba!»

Gli Assoggettati fiutarono l'aria, poi le loro bocche si aprirono in un ghigno crudele, in preda a una sorta di grottesca euforia. Il primo addentò letteralmente la barriera. Bastarono un paio di morsi e riuscì a lacerarla, rotolando con una capriola al di là della protezione. Il velo si riformò alle sue spalle quasi all'istante. L'Assoggettato volò oltre il cancello, atterrando sul prato antistante il portone d'ingresso. Nida e Fabio si trasformarono all'unisono e si scagliarono su di lui. Lo misero fuori combattimento con facilità e lo lanciarono nel bosco, oltre il cancello della villa. Nel frattempo, però, altri due erano riusciti a entrare.

«Sarà una lunga nottata» ruggì Nida, e nella sua voce c'era una sfumatura di piacere.

Sofia e Karl cercarono di triturare la Gemma il più rapidamente possibile. Karl usò lo stesso sistema che aveva già applicato per il tronco e ottenne una pasta verde brillante, vellutata e compatta. Sofia sentì una stretta al cuore al pensiero che la Gemma non esisteva più, che su tutta la faccia della Terra non c'era più nulla che ricordasse quanto splendido e rigoglioso fosse stato l'Albero del Mondo al tempo dei draghi. Ma non c'era posto per la nostalgia. Con le mani prese la pasta e si mise a spalmarla sui frammenti. Poi, con l'aiuto di Karl, provò a farli combaciare. Dietro di loro sentivano Lidja gemere per lo sforzo. Sofia la guardò: era pallida e madida di sudore.

«Ci stiamo mettendo troppo» disse tra i denti.

«Ci stiamo mettendo quanto ci vuole!» borbottò Karl, e le porse uno dei frammenti.

«Non voleva essere una critica... lo so che stai facendo del tuo meglio» disse Sofia, e provò a incollare un altro dei frammenti, il più grosso. Le due parti combaciarono alla perfezione, e per un istante la pasta della

Gemma si accese di una luce verde brillante. Karl e Sofia premettero i due pezzi assieme, poi li lasciarono andare. Finalmente rimasero incollati, e Sofia stava già per abbandonarsi a un'esclamazione di gioia, quando i due pezzi si separarono di nuovo.

«Perché non funziona?» chiese angosciata.

Karl passò un dito sulla pasta. «Deve seccarsi» rispose.

«Ma non abbiamo tempo di aspettare!»

«Tu rimani qui, vado a cercare qualcosa che ci aiuti» disse lui, e si precipitò nel suo laboratorio.

Fabio e Nida seguitavano ad abbattere Assoggettati l'uno dopo l'altro, ma quelli non finivano mai, si susseguivano a ritmo continuo, inarrestabili. Per di più, la barriera si stava assottigliando a vista d'occhio, e retrocedeva di minuto in minuto. Se avessero avuto il tempo di fermarsi a osservare, l'avrebbero vista spostarsi, lenta ma inesorabile, sull'erba del giardino.

Non parlavano, limitandosi a lottare, ma erano perfettamente coordinati, come se si intendessero alla perfezione. Fabio ne trasse una sensazione di straniamento. Nida era una nemica, eppure era lì, a combattere al suo fianco come la migliore delle alleate. Iniziava quasi a credere di potercela fare, quando vide la folla degli Assoggettati che si apriva. Nida imprecò nella sua lingua oscena. In fondo al varco che si era creato, apparvero un paio di gigantesche ali membranose. Erano diverse da quelle di tutti gli altri. Fabio sentì un lungo brivido percorrergli la spina dorsale. Ofnir.

La massa degli Assoggettati si dischiuse come un sipario, e la figura del mostro apparve in tutta la sua spaventosa interezza. Indossava una spessa armatura nera. Era opaca, scura come una notte senza luna né stelle, e aveva un aspetto solido, inattaccabile, quasi fosse costituita da uno strato di basalto. Ofnir avanzava solenne, un sorriso da vincitore stampato sul volto, e gli Assoggettati si inchinavano fino a terra al suo passaggio. Tra le mani reggeva un grosso tridente nero e lucido, dalle punte affilate come rasoi.

Istintivamente, Nida e Fabio si avvicinarono l'uno all'altra.

«E adesso?» mormorò Fabio.

«Adesso speriamo che i tuoi amici ci chiamino al più presto.»

Ma Ofnir fermò la sua avanzata proprio sotto la barriera. Vi avvicinò una mano e la sfiorò con il palmo. Chiuse gli occhi, come concentrandosi, poi li riaprì sorridendo. Di colpo, caricò lanciando il tridente. La sua punta, accesa di riflessi scuri, perforò la barriera come fosse fatta di nulla. Fabio ne seguì la parabola sopra la sua testa, e solo quando la vide perforare anche il tetto della villa capì.

«No!» urlò lanciandosi in avanti, ma era già troppo tardi.

Karl gettò all'aria tutto nel laboratorio. Frugava tra gli scaffali con violenza. Le boccette caddero a terra, e così gli alambicchi, e molta della strumentazione che aveva costruito in quei mesi. Prese alcuni piccoli contenitori e tornò di corsa da Sofia, che continuava a tenere strette le due parti del frammento.

Spalmò quel che restava della pasta di Gemma anche sull'ultimo pezzo, e lo mise al suo posto.

«Stringi» impose a Sofia, poi prese il sacchetto di plastica con dentro una sostanza biancastra che aveva portato con sé.

«Cos'è?» chiese Sofia.

«Ghiaccio istantaneo. Se funziona, dovrebbe congelare la linfa.» Premette il sacchetto al centro, lo scosse e lo passò lungo le linee di frattura del frutto. All'inizio non sembrò succedere niente. Dietro di loro, Lidja si lamentava a voce sempre più alta. Sofia si girava verso di lei a intervalli regolari, e la vedeva sempre più pallida e provata, i muscoli contratti.

Quando si girò l'ultima volta verso il frutto, si accorse che finalmente la pasta verde iniziava a cristallizzare.

Si trasformava lentamente in un composto duro, della consistenza simile al materiale di cui era fatto il frutto stesso, che si accese per un istante di una debolissima luce verdastra.

«Funziona! Sei un genio!» esultò Sofia.

«Grazie» disse Karl, continuando a passare la busta su tutta la superficie del frutto.

«Chiamo Fabio e Nida» disse Sofia, mollando finalmente il frutto: aveva le mani indolenzite. Stava per prendere la bambolina, quando percepì qualcosa, una sensazione di pericolo incombente. Si slanciò verso Lidja nell'istante stesso in cui il tridente di Ofnir bucò il soffitto sulle loro teste. Sofia quasi non lo vide. Con un urlo abbracciò l'amica e si gettò sul pavimento insieme a lei: il tridente la sfiorò appena e cadde a terra con un clangore assordante.

«Sofia! Lidja!» gridò Karl.

Sofia si tirò su scuotendo la testa, ma Lidja rimase a terra, pallida come un cadavere. Un lungo taglio le attraversava la fronte; sembrava superficiale, poco più di un graffio, ma aveva colpito in pieno il suo neo. L'Occhio della Mente era spento, tagliato in due da una striscia di sangue. Ed era diventato marrone. Un semplice, comunissimo neo.

Nida afferrò Fabio per un braccio, impedendogli di correre verso la villa. «Mi servi qui» ruggì.

Non fece neppure in tempo a dirlo, che i nemici dilagarono per ogni dove. Doveva essere successo qualcosa a Lidja, e la barriera si era dissolta.

«Occupati degli Assoggettati, io me la vedo con Ofnir» aggiunse Nida, ma Fabio la scansò senza dire una parola. Spiccò il volo, e si mise davanti al capo degli Assoggettati.

«Da qui non passi» disse.

Ofnir gli rispose con un sorrisetto. «È da tempo che non ammazzo un drago: sarà un piacere cominciare proprio da te. Mi hanno detto che hai ucciso uno dei nostri. Spero tu sia all'altezza della tua fama, perché io lo sono molto della mia, più di quanto immagini.»

«Lidja! Lidja!» Sofia continuava a scuoterla e a chiamarla, invano.

Karl cercò di mantenere la calma ed esaminò la ferita che aveva sulla fronte. «È poco più di un graffio...»

«E allora perché non si riprende? Lidja!» continuò a implorare Sofia. Era fuori di sé. Ce l'avevano quasi fatta, dannazione, erano a un passo dal ricomporre il frutto di Thuban e dalla fuga. Perché doveva succedere tutto proprio ora?

Il volto di sua madre si sovrappose a quello di Lidja, e per un istante ci fu posto solo per una paura cieca, che la bloccò con le mani strette convulsamente intorno alle spalle dell'amica.

"Non posso veder morire un'altra persona cara, semplicemente non posso..."

Le mancava l'aria, il mondo intorno prese a girare. Poi, dal fondo dell'animo, sentì la voce di Thuban e fu di nuovo presente a se stessa. «Il frutto è ricomposto?» chiese a Karl.

Il ragazzo lo sollevò piano: con indescrivibile sollievo, Sofia vide che stava insieme, e brillava di una luce vivida.

«Ce l'abbiamo fatta!» mormorò Karl.

«Adesso prendi Lidja e il frutto e vai al sottomarino. Se non arrivo in venti minuti con Fabio e Nida, scappate» ordinò Sofia.

«Ma...»

«Non è il momento di discutere. Obbedisci.»

Karl sospirò e annuì. «Stai attenta.»

Sofia corse fuori.

Ofnir iniziò l'attacco lanciando furenti raffiche di lampi viola. Fabio riuscì a schivarne la maggior parte e bloccò gli altri con un muro di fiamme. Approfittò di un istante di distrazione di Ofnir e lanciò una fiammata violenta, ma quello mosse un braccio, e dal nulla comparve una barriera trasparente, intessuta di venature nere. Fabio insistette, aumentando la violenza e il calore degli attacchi. L'erba del giardino prese fuoco e le scintille iniziarono a propagarsi, ma il sorriso beffardo sul volto di Ofnir non mutò e la sua barriera resistette.

Allora Fabio si lanciò contro di lui e lo gettò a terra, cominciando a colpirlo ovunque con gli artigli avvolti dalle fiamme. L'armatura di Ofnir sembrava però animata di vita propria; si allargava e si ritirava a comando, coprendo di volta in volta le parti del corpo che Fabio cercava di colpire. I suoi artigli producevano scintille, ma non facevano danni al nero durissimo di quella corazza impenetrabile. Fuori di sé dalla rabbia, provò ad addentare il torace del nemico, ma le sue zanne di drago non riuscirono a scalfire la protezione dell'armatura.

«Basta con questi giochetti... mi sono divertito abbastanza» disse Ofnir. Dall'armatura proruppero teste di serpi, che avvolsero il capo di Fabio e lo allontanarono dal corpo dell'avversario. La presa dei serpenti era ferrea e implacabile: gli serrarono la mascella e si avvolsero intorno alle narici, fino a togliergli ogni possibilità di respirare. Fabio si dibatteva disperatamente.

Poi, di colpo, la presa si allentò e lui cadde a terra, urtando dolorosamente la mascella. Quando si tirò su, vide che le serpi di Ofnir erano strette nella presa di lunghe liane verdi. Davanti alla porta della villa era apparsa Sofia.

«Sofia!» urlò Fabio con tutto il fiato. Si levò in volo, approfittando di quell'istante di impaccio di Ofnir, ma non appena ebbe guadagnato altezza intravide il corpo nero di Nida, quasi del tutto avvolto dagli Assoggettati, la coda che si agitava scompostamente. Non ci pensò un attimo: evocò un muro di fuoco e gli Assoggettati retrocessero quel tanto che bastava per permettergli di raggiungere Nida e risollevarla.

«Ma che diavolo fai?» disse lei, tra lo stupito e lo scandalizzato.

«Ti porto in salvo.»

Corsero lungo il prato, mentre Sofia cercava di tenere a distanza le serpi di Ofnir lanciando fasci di liane. Riuscì a bloccarle quasi tutte, tranne una, che strisciò subdola sull'erba, afferrò Fabio alla caviglia e lo fece cadere.

«Va'!» urlò Fabio. Nida rimase incerta. «Scappa, dannazione!»

Le serpi si moltiplicarono e gli avvolsero il corpo. La loro presa era intollerabilmente stretta, tanto da toglierli il fiato. Una gli salì fino alla testa e prese a strisciare viscida lungo le guance e sul naso, fino alla fronte. Poi, d'improvviso, Fabio avvertì un dolore lancinante, giusto al centro della fronte, là dov'era l'Occhio della Mente. I piccoli, affilati denti della serpe si erano stretti attorno al neo, e lo stavano svellendo dalla carne.

Con un urlo, Sofia si trasformò in Thuban e si lanciò contro i serpenti. Iniziò a trafiggerli ovunque con gli artigli, ma non bastò. Un urlo di Fabio, e la serpe staccò dalla sua fronte un frammento sanguinolento.

«Ora!» urlò Nida, ed evocò una rete di filamenti neri che avvolse Ofnir. Sofia ruggì e colpì nel medesimo istante con tutta la forza che aveva. Finalmente recise le teste delle serpi, e il corpo di Fabio si accasciò al suolo.

Fu Nida a raccoglierlo. «Andiamo!» urlò. Sofia si riscosse e fuggì con loro verso la villa, ma lo spettacolo che li accolse era infernale. Le fiamme di Fabio avevano attecchito all'interno, e l'ambiente cominciava a riempirsi di fumo; dal piano di sopra si intravedeva il rosso baluginante di un incendio.

«Da che parte andiamo?» chiese Nida. Zoppicava, ma cercava di procedere spedita.

«Di qua» rispose Sofia. Corsero verso l'ingresso del dungeon proprio mentre sentivano la porta d'ingresso che cedeva di schianto, poi il rumore metallico delle protesi degli Assoggettati, e una presenza più oscura, più potente, dietro di loro.

Corsero e corsero, disperate, Fabio completamente abbandonato nella loro presa. A ogni bivio, toccava a

Sofia decidere. Sceglieva d'istinto, perché le sembrava di non ricordarsi neppure più la strada che conduceva al sottomarino. Ogni pensiero era annullato dall'immagine della testa della piccola serpe, tra le zanne un lembo di pelle di Fabio.

Il fumo iniziava a farsi denso anche là sotto. Sofia pensò al professore e a Thomas, chiusi sotto la Gemma, pensò alla villa avvolta dalle fiamme, pensò alla sua vita che collassava su se stessa.

Finalmente davanti a loro comparve una grande porta di bronzo a tenuta stagna. Era socchiusa, e oltre li attendeva il sottomarino. Sembrava un enorme giocattolo di bronzo, con la sua forma di pesce, con tanto di pinne e occhi. Karl li aspettava allo sportello. «Cos'è successo?»

«Chiudi!» gli intimò Sofia gettandosi dentro il sottomarino. «Portaci fuori di qui, subito!»

Karl si mise ai comandi senza fare domande, aprì la prima paratia esterna e l'acqua lentamente irruppe nell'ambiente, mandando il sottomarino a sbattere contro le pareti.

«Spalanca quella maledetta chiusa!» gridò Sofia.

Karl obbedì e fece alzare la chiusa che separava i sotterranei dal lago.

L'acqua li investì violenta e per un istante si sentirono

completamente in balia della sua forza, mentre il sottomarino veniva sballottato come un tappo di sughero in un bacile d'acqua.

Poi Karl riprese il controllo del mezzo, infilò la chiusa, e finalmente furono nel buio calmo e rassicurante del lago.

24
Sott'acqua

Le luci del sottomarino riuscivano a penetrare l'oscurità solo per pochi metri. I fari illuminavano un panorama alieno di acqua torbida, popolata da steli lunghissimi di alghe rossastre che si tendevano verso la superficie. Il fondale era un ripido dirupo roccioso e il silenzio era rotto solo dal dolce ronzio del motore.

Chloe era china su Lidja, mentre Sofia si occupava di Fabio. Si era strappata un brandello di maglietta e ne aveva fatto una compressa che gli premeva sulla fronte. Era già quasi del tutto rossa di sangue: il suo odore dolciastro e metallico le sembrava riempire lo spazio della piccola cabina. Poche volte si era sentita così disperata e impotente come in quel momento. Aveva la sensazione di dover arginare il mare a mani nude. Per quanto premesse, per quanto stringesse con forza la testa di Fabio, la ferita continuava a sanguinare, e lui era sempre più pallido.

Karl si alzò dal posto di guida, facendosi dare il cambio da Gillian. «Il professore è un tipo previdente, sono sicuro che qui dentro, da qualche parte, c'è un bel kit di pronto soccorso» disse.

Si mise a frugare mentre Sofia continuava a tenere il pezzo di stoffa premuto sulla fronte di Fabio. Quando tornò, aveva tra le mani una scatolina di legno chiusa da ganci in ottone, con una piccola croce rossa in un tondo bianco disegnata sul coperchio. Dentro c'era tutto l'occorrente: garze, compresse di ovatta, disinfettante, cerotti, forbici, ago e filo.

«Avevo ragione» disse. Poi guardò meglio Sofia. «Sofia... tutto bene?» le chiese.

«Perché?»

Karl le indicò la bocca. Sofia se la toccò: era bagnata. Si guardò le dita e vide che era sangue: si era morsa le labbra fino a farle sanguinare.

«È solo un graffio. È Fabio che mi preoccupa.»

«Adesso lo sistemiamo» cercò di rassicurarla Karl. Piano, ma con fermezza, le scostò la mano dalla fronte di Fabio. Poi ispezionò la ferita e quindi la pulì con del cotone e disinfettante. «Va suturata» disse. «Altrimenti non smetterà più di sanguinare.»

Sofia sentì la testa che le girava. «Sai farlo?»

Karl la guardò. «Non ho neanche mai rammendato un calzino… Dimmi che tu te la cavi meglio.»

Sofia annuì. All'orfanotrofio aveva seguito un corso di ricamo, una delle poche cose che ricordava con piacere di quel periodo della sua vita. Era rilassante stare lì sedute e comporre piccoli disegni a punto croce. Ma l'idea di ferire deliberatamente la pelle di Fabio, di cucirla come fosse un fazzoletto… Sentì la nausea montare. Eppure non c'era altra scelta.

«Dammi ago e filo» disse.

«Sei sicura di sentirtela? Sei impallidita, magari Gillian…»

Sofia scosse la testa. «Ce la posso fare.»

Fu più difficile del previsto. Le sue mani erano percorse da un tremito convulso che non riusciva a dominare, e come se non bastasse non c'era molta luce a illuminare i suoi gesti. Già imbroccare la cruna dell'ago fu un'impresa.

Scostò con una mano i riccioli di Fabio, guardò la ferita. Era una specie di buco rosso cupo dai contorni slabbrati. Aveva un aspetto osceno, sulla sua pelle candida, coperta da un sottile velo di sudore. Sofia scacciò la nausea, quindi pizzicò la pelle con l'ago. Procedette ripetendosi che era solo un pezzo di stoffa, nient'altro che un pezzo di stoffa. Tutto aveva un aspetto irreale, ma continuò finché non suturò la ferita. Tremando, tagliò il filo con le forbici. Karl la coprì prontamente con una compressa di garza e poi con dei cerotti.

«Sei stata fantastica» le disse con ammirazione, e Sofia avrebbe voluto saltargli al collo e abbracciarlo. «Ora occupiamoci di Lidja.»

Con lei le cose furono molto più semplici. Bastò disinfettare e mettere sul taglio un po' di cerotti che accostassero i lembi di pelle. Bendarono il tutto, ed ebbero finito.

Non appena terminate le medicazioni, Sofia sentì un violento giramento di testa e si ritrovò appoggiata alla parete del sottomarino, piegata in due dalla nausea.

«Tutto a posto?» le chiese Karl.

Sofia annuì, pallidissima. «È stato solo un po' impegnativo» rispose. «Ma ho paura che non basti. Hanno perso molto sangue, e poi le ferite non sono normali, ma causate da creature di Nidhoggr. Sento che quel maledetto sta ancora agendo su di loro, per questo non si svegliano.»

«La barriera è caduta, non c'è modo di proteggerli ora» disse Karl.

«Invece possiamo. Al centro del lago» spiegò Sofia «dovrebbe esserci una specie di bolla d'aria, vicino al fondo, dove c'è il luogo in cui Nidhoggr è stato prigioniero per tutti questi secoli. Dobbiamo andare lì.»

«In bocca al nemico?» esclamò Ewan, esterrefatto.

«Nidhoggr non c'è più, mi sembra che ne abbiamo le prove» e Sofia guardò di sottecchi Nida. «Lì sotto c'è un tempio, o almeno c'era, a quanto ci ha raccontato il prof. Forse laggiù ci sarà ancora una traccia di Thuban, un'eco del suo sigillo... Forse basterà per proteggere Lidja e Fabio, perché altrimenti...» non riuscì ad andare oltre.

«È una pazzia» disse Karl.

«È l'unica soluzione» insistette Sofia.

Karl tornò ai comandi, il sottomarino accelerò. Continuarono a procedere cercando di costeggiare il fondo. Non si vedeva quasi niente. Sofia se lo ricordava completamente diverso, quel lago. L'ultima volta che c'era stata, l'acqua non era così torbida, né il buio così completo. Tutto lì intorno sembrava parlare di disperazione.

Poi i fari illuminarono qualcosa che brillava debolmente.

Sofia si sporse in avanti per guardare attraverso l'oblò. «È quella!» esclamò.

Un paio di metri davanti a loro, vibrava un'enorme bolla che riluceva cangiante alla luce dei fari.

«Entra» disse Sofia.

«Ma se non c'è acqua il sottomarino non può navigare» obiettò Karl.

«Abbiamo soltanto due scafandri, e noi siamo in otto.

E anche volendo, non potremmo farli indossare a Fabio e a Lidja. Striscia sul fondo ed entra nella bolla.»

Karl obbedì. Avvicinò il sottomarino il più possibile al fondo, finché non sentirono il bronzo che strisciava sulla sabbia. La videro sollevarsi in pigre volute nere. Karl avanzò lentamente e attraversarono la superficie della bolla. Fu come oltrepassare una cortina d'argento. La luce dei fari si riflesse un istante, poi d'improvviso fu libera di spaziare su un panorama lunare; roccia basaltica a perdita d'occhio e, in fondo, rovine di antichi palazzi. Non appena il muso sbucò fuori dall'acqua, il sottomarino cadde in avanti e la parte anteriore cozzò violentemente a terra, strisciando lungo la roccia, spinta dai propulsori. Karl li spense subito, ma proseguirono per inerzia alcuni metri. Il rumore del bronzo che strusciava sulla roccia fu assordante, e temettero che si fosse rotto qualcosa. Poi si fermarono di botto, e Chloe e Gillian caddero in avanti.

«Ci siamo» disse Karl dopo qualche secondo di silenzio. «E speriamo di essere tutti interi, o qua sotto ci resteremo per sempre.»

Fu sempre lui ad aprire il portellone. Si sporse di fuori, e un forte odore di acqua stagnante riempì l'abitacolo.

«Scendete» disse Sofia. «Tu, Karl, no: mi servi qui. Dobbiamo portare fuori Fabio e Lidja.»

In due presero prima Fabio poi Lidja, attenti a non far loro male, e li posarono sul fondo sabbioso della bolla. Le cose, là sotto, all'apparenza non sembravano cambiate molto da quando Sofia c'era stata l'ultima volta, a parte... Rimase interdetta. La sagoma del tempio all'orizzonte era sparita.

Sempre sorreggendo i feriti, avanzarono lungo la piana. Laggiù, un tempo, sorgeva Draconia. La città, ormai in rovina, aveva assistito all'ultimo scontro fra Thuban e Nidhoggr e, quando infine il drago era morto, si era staccata da terra e aveva preso il volo. Al suo posto, si era formato il lago. Un po' alla volta cominciarono a imbattersi nelle rovine del tempio. La piana nerastra era disseminata di minuscoli frammenti bianchi. Sofia sentì un colpo al cuore. Sapeva perfettamente di cosa si trattava, ma aveva sperato che per qualche miracolo il tempio si fosse *spostato*, oppure di essersi sbagliata sulla sua collocazione. Avevano un disperato bisogno di un posto sicuro, e se anche il tempio non lo era più, dove avrebbero potuto rifugiarsi?

Quando arrivarono nel luogo dove sorgeva, ogni dubbio fu spazzato via. La piccola costruzione circolare non esisteva più. Dal suolo si innalzavano i tronconi delle colonne, disposti in circolo. Si levavano da terra per poche decine di centimetri: sembravano zanne scheggiate, sbilenche e bianchissime. Il tetto era scomparso, e anche il pavimento sembrava esploso. Della pietra nera che chiudeva la prigione di Nidhoggr non c'era più traccia. Al suo posto, restava un profondo buco, imbrattato di una sostanza catramosa ormai cristallizzata: il sangue della viverna.

«Il tempio non esiste più...» constatò Ewan. «Percepisci qualcosa?» chiese poi rivolto a Sofia.

Lei si guardò intorno smarrita. No, non sentiva niente, a parte quell'acuta sensazione di disagio che le trasmetteva l'ombra del potere di Nidhoggr. Tutto sapeva di lui, là sotto.

«La bolla c'è ancora...» disse. «Quindi il potere di Thuban non può essersi dissolto. Non è normale che ci sia una bolla del genere sotto un lago.»

«Magari è il potere di Nidhoggr, magari è una trappola.»

«Se fosse una trappola sarebbe già scattata» osservò Sofia. «Comunque, anche se non fosse rimasta neppure una traccia del potere di Thuban, ci conviene rimanere qui sotto. È pieno del sangue di Nidhoggr, e credo che questo schermi i nostri... i miei poteri. Da fuori non saprebbero individuarci... giusto?» E guardò Nida in cerca di conferma. Lei annuì. «Ma la pietra su cui era imposto il sigillo che bloccava Nidhoggr sottoterra è scomparsa. Adesso voi state qui, e io vado a cercarla, d'accordo?»

Non aspettò una risposta, e si avviò. Sentiva un disperato bisogno di restare in azione, perché aveva il terrore che, se si fosse fermata, sarebbe crollata.

Batté la piana a palmo a palmo, frugando tra le rovine del tempio. I ruderi sopravvissuti erano miseri, e per buona parte il marmo era stato disintegrato in una specie di sabbia bianchissima. Eccolo, il potere di Nidhoggr, un potere che aveva attraversato indenne i secoli, i millenni. Poi vide un oggetto semisepolto nella sabbia, dalla forma stranamente regolare. Quando si avvicinò, esultò: era indubbiamente un frammento della pietra. Era completamente incrostato del sangue di Nidhoggr, ma era quello senza dubbio. Cercò ancora, e trovò gli altri due. Accostandoli, si accorse che la lastra ridiventava quasi integra, segno che non si era sgretolata quando Nidhoggr l'aveva forzata. Quindi il suo potere aveva dei limiti, oppure...

"Oppure il potere di Thuban è ancora attivo."

Tornò dai suoi compagni con un barlume di speranza. Erano seduti in circolo, i due feriti sdraiati a terra, sotto la testa un paio di magliette a mo' di cuscino.

«Ecco la pietra su cui Thuban ha posto il sigillo» disse Sofia posandola a terra. «Sopra c'è il sangue di Nidhoggr, è quello a schermarne il potere.»

Fece per grattarlo via con le mani, ma Chloe la bloccò afferrandole il polso. «Quando eravamo a Napoli, Karl ha fatto così... E quando il frammento fu ripulito, ha cominciato a brillare e ha richiamato i nemici» disse spaventata.

Sofia rivide in un flash sua madre: doveva aver fatto lo stesso, perché quando avevano preso il frammento era del tutto pulito. Era stato quello, a perderla, il suo desiderio di vedere, per una volta, un pezzo del mondo di sua figlia.

«A noi quel potere serve» disse. «Serve perché Lidja e Fabio stanno male, e credo possa proteggerci.»

«Lo faccio io» intervenne Nida facendosi avanti. Prese i frammenti della lastra e iniziò a pulirli.

«Credi che li attirerà?» le chiese Sofia.

«Questo posto ha tenuto prigioniero Nidhoggr per millenni, ed è stato infranto solo grazie alla rottura del frutto... Stiamo parlando di un potere che ha travalicato quello di Nidhoggr per tantissimo tempo, e che comunque lui non sarebbe stato in grado di superare, non fosse stato per il frutto. No, non li attirerà.»

Le ci volle poco per terminare il lavoro, nonostante l'operazione le causasse un evidente disagio. Dunque era vero, c'era ancora qualcosa del potere di Thuban su quella lastra. Quando anche l'ultimo residuo di sangue cadde a terra, Sofia finalmente lo sentì; il potere del sigillo. Era benefico, e prometteva protezione.

«Mettete i frammenti sotto le teste di Lidja e Fabio» disse, e i ragazzi obbedirono.

Ewan si sistemò vicino a Lidja, mentre gli altri entrarono nel sottomarino a prendere quello che poteva servire. Trovarono alcune coperte, che portarono nei pressi del tempio.

Sofia rimase accanto a Fabio per tutto il tempo. Ne studiava ossessivamente il volto, alla ricerca di un segnale qualsiasi che le facesse capire che era fuori pericolo, che si sarebbe salvato. Il suo colorito rimaneva però cereo, e il suo respiro lievemente affannoso. Cercò di non lasciar trasparire dal volto alcuna emozione. Vedeva come gli altri la guardavano, percepiva quanto avessero bisogno di lei, della sua decisione, della sua speranza.

Lentamente, la stanchezza prese a uno a uno i suoi compagni, finché non fu sola, là di fronte alle macerie che parlavano del fallimento di Thuban.

25
L'ora più buia

Nell'attesa, Sofia dormì un sonno agitato. Si assopiva ogni tanto, ma una sensazione di costante pericolo e angoscia la costringeva ad aprire di continuo gli occhi. A intervalli regolari, guardava Fabio. Da quando aveva suturato la ferita, la benda era rimasta di un bianco immacolato. Lui continuava però ad essere pallido, anche se il respiro si era regolarizzato. Non si era ancora ripreso, e lo stesso poteva dirsi di Lidja, che però sembrava in condizioni migliori. Tutti gli altri dormivano, fatta eccezione per Nida, che si era allontanata in esplorazione.

«Io non ho quasi mai bisogno di dormire» le aveva spiegato prima di andarsene.

«E cosa fai di notte?»

«Quando combattevo ancora per Nidhoggr, ero spesso in giro in missione, ma adesso...»

Sofia l'aveva vista sparire lungo la desolazione della piana.

D'un tratto si sentì sfiorare la mano e capì di essersi appisolata; si riscosse dal torpore, e ad accoglierla vide gli occhi verdi di Fabio. Era provato, ancora non del tutto in forze, ma era sveglio. Le sorrise, il solito sorriso un po' sfrontato che tanto le scaldava il cuore. Se non avesse avuto paura di fargli male, gli sarebbe saltata al collo. Invece si limitò a chinarsi su di lui e ad accarezzargli piano i capelli, come fosse una cosa fragile. Non ci poteva credere. Era salvo, salvo! Allora non era stato tutto inutile!

«Dove siamo?» chiese Fabio sussurrando per non svegliare gli altri.

«In fondo al lago di Albano. Siamo al sicuro, non ti preoccupare.»

«I frutti?»

«Anche quelli sono tutti al sicuro. Ma tu come ti senti?»

Il suo sorriso si velò, e il cuore di Sofia si strinse.

«Vuoto» mormorò. «È andato via, Sofia.»

«Troveremo il modo di farlo tornare, te lo giuro» disse lei continuando ad accarezzargli la fronte. Era salvo, le parlava, e questo per il momento bastava.

«Mi dispiace di averti lasciata sola...»

Sofia scosse la testa con decisione. «Non l'hai fatto,

non l'hai *mai* fatto. Finché sarai al mio fianco, io non sarò mai sola.»

«Avrei voluto starci fino alla fine e risparmiarti questo dolore.»

Tese una mano verso di lei e con un dito raccolse un'unica, piccola lacrima.

«Ti aiuterò comunque» insistette «hai capito?» E la guardò con intensità.

Sofia non poté fare altro che annuire. «Adesso pensa a riposare. È stata una giornata pesante.»

Gli rimase accanto finché non si assopì, poi si alzò cercando di non fare rumore.

La piana, alla luce fredda dell'unica lampada che erano riusciti a rimediare – il professore, previdente come sempre, l'aveva messa accanto alla cassetta del pronto soccorso, nel sottomarino – sembrava ancora più desolata. Le rovine del tempio rilucevano di un candore innaturale, mortale. Sembravano ossa sbiancate dal fuoco, i resti scarnificati di un essere vivente massacrato.

Sofia camminò piano verso quel che restava del tempio, verso l'ampia voragine che si apriva al posto del pavimento. Nel silenzio di quella notte profondissima, non era più Thuban, non era più l'ultimo Draconiano rimasto sulla faccia della Terra. Era solo Sofia, la ragazzina che all'orfanotrofio nessuno voleva adottare, la figlia fifona del professor Schlafen. Se ripensava a quegli anni trascorsi con lui, non si capacitava di come avesse potuto fare quanto aveva fatto. Tutto le sembrava avvolto da un'atmosfera di sogno, come se non si fosse trattato d'altro che di una lunga visione, meravigliosa e terribile.

Non erano passati neppure due anni da quando, proprio sulle sponde di quel lago, aveva scoperto la sua vera natura. Anche l'incontro con il primo Assoggettato le sembrava qualcosa di irreale. E adesso che era sola, come pensava di cavarsela? Come aveva anche solo potuto sperare di vedersela con un potere così tremendo e soverchiante come quello di Nidhoggr? Non si era trattato davvero di una lunga illusione, di un sogno senza speranza? Per un istante si augurò di poter tornare a quella sera in cui aveva scoperto tutto, e il professore le aveva dato la possibilità di scegliere. Se avesse rifiutato il suo destino allora... Chissà, a quest'ora forse non sarebbe stata là sotto, a vivere la sua ora più buia, ma in mezzo agli altri esseri umani, ridotta a un fantoccio nelle mani di Nidhoggr. Un Assoggettato, un essere senza volontà, certo, ma anche senza coscienza, senza dolore. Era poi un destino così terribile?

Si inginocchiò davanti alla voragine che segnava il punto in cui Nidhoggr era stato confinato sottoterra per millenni. Poggiò le mani sulla terra smossa, nel petto un'angoscia che non aveva mai provato prima. Non cercò di contrastarla; l'aveva seppellita in fondo al cuore per troppo tempo, non si era concessa un istante di debolezza da quando era morta sua madre. Da allora gli eventi l'avevano avvolta in un unico turbine, e non c'era stato tempo per riflettere o anche solo abbandonarsi al lutto, se non per breve tempo. Ma adesso, adesso aveva bisogno di lasciare spazio alle domande, ai dubbi, alla disperazione, persino. Chiuse gli occhi, li strinse con forza.

"Ti prego, so che qualcosa di te deve essere rimasto in questo luogo, oltre che in me. Io... io davvero sono stanca e disperata. Non mi sono mai sentita così sola in tutta la mia vita. Tu ci sei sempre stato, ogni volta che ho avuto bisogno di te, ogni volta che si è trattato di combattere. Ma adesso... non lo so se sono in grado di andare avanti. Lui è forte, più forte di quanto immaginassi, e lo sento ovunque, come se avesse già vinto. Dimmi cosa devo fare."

Strinse le dita sulla terra smossa. Il sangue di Nidhoggr le bruciava le palme.

Andare avanti, come hai sempre fatto, rispose una voce dal profondo del suo cuore.

"Non so se ne sono capace. Ho cercato di farmi forza e incoraggiare gli altri, ma adesso sono io ad aver bisogno di conforto!" Chissà come, Sofia percepì che Thuban stava sorridendo.

Anche Lung pensava di non farcela, e guardati: la sua forza era tale che è sopravvissuta ai secoli, ai millenni, ed è arrivata fino a te.

"Lung era diverso, Lung era stato addestrato dai draghi..."

Lung era un ragazzo come te.

"Dovevamo essere in cinque, anche Lung non era solo come me ora..."

Non è finita, Sofia, non è finita fino a quando non deciderai di arrenderti. Non è un caso che siate qui, non è un caso che i frutti siano qui. Devi aver fiducia in te stessa e nei tuoi poteri.

"È possibile evocare Draconia, anche se gli altri non sentono più i loro draghi?"

Il potere di Nidhoggr ha bloccato la voce dei draghi nei tuoi compagni Draconiani. Non siete abbastanza forti per evocare i poteri dei frutti.

"E allora che cosa ci rimane?"

Forse nulla, forse tutto. Ma devi essere pronta ad accettare questa prova, a muovere un difficile passo per vincere. Devi usare tutta la tua forza. Adesso. Da sola. In questo luogo. Il tempio è dotato di un enorme potere. Anche se Nidhoggr l'ha ridotto a pezzi, il potere rimane in ogni sua pietra. Se ti concentri, puoi riuscire a percepirlo.

Era vero, pensò Sofia. A mano a mano che la voce di Thuban la guidava, riusciva a sentire ogni briciola del tempio sparso sul terreno, ogni suo frammento.

"Sì, lo sento."

Devi usare la tua energia per mettere questi frammenti in connessione, Sofia. Devi far sì che per un attimo il tempio torni a vivere. È un compito difficilissimo, ma se ci riuscirai, io potrò aiutarti a combattere ancora.

"E se non ci riuscirò?"

Allora sarà la fine di tutto.

Sofia rimase gelata. Quello che si celava nelle parole di Thuban era evidente. Se avesse fallito sarebbe morta, e subito dopo di lei sarebbero morti tutti i Draconiani. Fabio… Il professore.

"È troppo! Non sono in grado di farlo."

Sei l'unica che possa riuscirci. E sei molto più forte di quello che credi. Ma sei tu che devi decidere.

Sofia ripensò a tutto quello che aveva avuto da quando aveva incontrato il professore, alle gioie e alle sconfitte. Pensò alla morte della madre, agli abbracci di Fabio. Al primo bacio. Valeva la pena rischiare per tutto questo? Sì, mille volte sì.

"Va bene." Si concentrò come non aveva mai fatto in vita sua. Sentì l'Occhio della Mente diventare rovente, e per un attimo le parve di rivedere davvero il tempio com'era prima, ma fatto di pura energia che fluiva da lei come acqua. Fu solo un attimo, poi la magia scemò e la forza cominciò a disperdersi.

"È tutto inutile" pensò. Una cupa disperazione iniziò a sommarsi alla fatica fisica. "Non mi abbandonare, Thuban, non ora..." pregò.

Le restava un ultimo barlume di forza; sapeva che se avesse speso anche quello, non sarebbe riuscita a restare cosciente ancora a lungo, ma gridò, e liberò quell'ultima traccia di potere che le era rimasta. All'improvviso ogni cosa le parve illuminarsi e risplendere di un potere nuovo. La sua forza risuonava con i frammenti del tempio e arrivava più lontano, sino ai frutti ancora conservati nel sottomarino, che cominciarono a risplendere, lanciando raggi di luce accecante che avvolsero tutto e svegliarono i Draconiani distesi accanto ad essi.

«Cosa sta succedendo?» chiese Karl ancora assonnato.

«Sofia» mormorò Fabio. I frutti esplosero di luce, viola, verde, rosa, azzurra e oro. I cinque colori si fusero in un bianco accecante che riempì per intero la bolla, e un potere devastante li attraversò tutti da capo a piedi. La forza della deflagrazione fu tale che furono spinti lontano, tramortiti.

Fabio fu il primo ad aprire gli occhi, seguito dagli altri. La piana sembrava la stessa, e così la voragine da cui Nidhoggr era scappato: fatta eccezione per un unico, significativo particolare. Fabio sentì la bocca seccarsi all'istante.

«Dove sono i frutti? E dov'è Sofia?»

Ma, per quanto li cercassero ovunque all'interno della bolla, non furono in grado di trovarli.

26

Ritorno a casa

La prima cosa che Sofia percepì fu il vento sulla pelle. Non era il vento cattivo, teso, che nei giorni d'inverno faceva impazzire i suoi capelli crespi. Era una leggera brezza primaverile, piacevole, invitante.

Aprì gli occhi piano, e quel che vide fu il verde intenso di un vasto prato. Il profumo dell'erba era quasi inebriante. C'era molta luce, così tanta che quasi l'accecava e le impediva di vedere più chiaramente dove si trovasse. Si tirò su piano strofinandosi gli occhi. Si sentiva confusa, come dopo un lungo sonno pomeridiano. L'ultimo ricordo era la sensazione di ogni forza che l'abbandonava. Si era sentita precipitare, posseduta dalla terribile sensazione che non ci fosse fine alla caduta.

Il cuore fece un balzo. Se metteva insieme i pezzi – contando anche che quanto vedeva intorno a sé era il blu del cielo, il verde del prato e il bianco di alcune costruzioni che sfumavano nella luce abbacinante – le veniva in mente un solo pensiero.

"Non sarò morta davvero?"

Nonostante tutto, però, avvertiva nel cuore una sensazione rassicurante, di profondo benessere, come non provava da tempo. Intanto i suoi occhi si erano abituati a tutta quella luce. Solo ora che vedeva il sole si rendeva conto di quanto le fosse mancato: giorni e giorni di buio le avevano quasi fatto dimenticare l'azzurro profondissimo e terso di cui poteva brillare il cielo, o quanto fosse piacevole il tepore dei raggi sulla pelle. Tutto le sembrava meraviglioso, splendente di una luminosità quasi mistica.

Nel frattempo andavano delineandosi i contorni del luogo in cui si trovava: intorno a lei c'erano delle costruzioni bianchissime, probabilmente in marmo. Sofia distinse il profilo di un grande palazzo, sulla cui facciata si ergeva un lungo portico composto da archi a tutto sesto. Era decorato da un motivo geometrico di marmo bianco e grigio, elegante e raffinato. Al centro si innalzava una cupola di vetro e metallo, che però era in parte in rovina: se ne distingueva solo metà profilo, mentre il resto era crollato. Il prato nel quale si trovava doveva essere stato un giardino, diviso in quattro grosse aree da vialetti di lastre di marmo sconnesse. Tra pietra e pietra affioravano piante infestanti, e all'incrocio dei sentieri c'era una piccola fontana prosciugata. La vasca era a forma di conchiglia, e l'acqua doveva uscire da una sfera decorata posta al centro, dalla quale spuntava un tubo di metallo roso dalla ruggine. Su un lato, una balconata di vetro sembrava dare sul vuoto.

Si incamminò fino al balcone e, titubante, si sporse. Fu allora che comprese ogni cosa: il panorama che vide si sovrappose a ricordi sepolti, e a quelli, più vicini, dei sogni che aveva fatto fin da quando era piccola e ancora viveva all'orfanotrofio. Ai suoi piedi si stendeva un'intera città di marmo e vetro, abbacinante nel suo candore; le costruzioni sembravano accavallarsi l'una all'altra, pur mantenendo un'impressione di ordine estremo. Molti tetti erano sfondati, il profilo delle torri sbrecciato, alcuni palazzi erano in rovina e ne rimanevano solo ruderi pericolanti. Nonostante fosse mezzo distrutto, quel luogo manteneva una bellezza sofferta, che commuoveva nel profondo, e che non esisteva in nessun'altra città al mondo. Il cuore prese a batterle fortissimo: finalmente, dopo tutto quel tempo, e contro ogni aspettativa, era tornata a casa. Era a Draconia.

Camminò piano tra le vie della città. Man mano che si addentrava tra i palazzi, ricordava moltissime cose.

Ogni angolo le riportava alla mente qualche dettaglio: la casa in cui aveva trascorso la sua infanzia di drago, la terrazza dalla quale per la prima volta aveva spiccato il volo, il palazzo nel quale, assieme ai suoi compagni, aveva ricevuto la sua educazione. Era come se quella città le appartenesse profondamente. Non si era mai sentita a casa da nessuna parte, meno che mai a Roma, che per tanto tempo era stata per lei nulla più di una cartolina che spiava dal cancello dell'orfanotrofio. Draconia, invece, era davvero *sua*, era un posto in cui riusciva a riconoscersi, in cui si sentiva nuovamente completa. Mai si era trovata così a suo agio come in quel momento lungo quelle vie, che pure a un umano dovevano apparire aliene. Tutto infatti era gigantesco: i palazzi, le strade, le porte. Nei suoi ricordi, tutto invece le appariva di misura normale, perché erano i ricordi di Thuban, le cui dimensioni di drago erano perfettamente commisurate a quelle del luogo. Così, anche adesso niente le sembrava davvero troppo grande, perché la sua mente popolava quel posto delle immagini dei draghi che vi erano vissuti. Li poteva vedere muoversi per le vie, entrare e uscire dai palazzi, consumare in quelle strane costruzioni le loro vite.

Ogni tanto, però, c'erano dei quartieri in cui tutto tornava a misura d'uomo. Erano le aree di Draconia abitate dagli umani. L'alternanza tra le case enormi, simili a grossi chiostri, e le piccole abitazioni degli uomini non aveva nulla di strano né di artificioso; il passaggio dall'uno all'altro tipo di costruzione era armonico e naturale.

L'attenzione di Sofia fu attratta da una grossa arena. Si fermò, la guardò a lungo. Rivide gli altri draghi, ancora giovani e inesperti, che lì si addestravano assieme a Thuban. E rivide anche l'Anziano, di cui a lungo non aveva avuto memoria. Ricordò d'un tratto quanto l'amasse, e di come per Thuban fosse stato un vero e proprio padre. Sentì il cuore stringersi, e più ancora quando rivide Nidhoggr, bello e forte com'era prima che il desiderio di potere lo facesse impazzire. Com'erano stati piacevoli quegli anni, e com'era bella l'esaltazione nella quale vivevano. Erano giovani, ed erano convinti che l'avvenire riservasse loro cose meravigliose; Draconia allora sembrava immortale, un posto di splendente bellezza che mai nulla sarebbe stato in grado di scalfire.

E invece di lì a pochi anni la città sarebbe stata distrutta della guerra. Se ne intravedevano ancora i segni: il nero del fuoco sulle mura di alcuni palazzi, i colpi delle terribili armi che Nidhoggr aveva fatto costruire a uomini e viverne, e che aveva usato per riprendersi ciò che riteneva suo.

Ogni tanto Sofia si affacciava dalle balconate, ed ebbe

così modo di capire che Draconia non era affatto tornata sulla Terra, come aveva pensato in un primo momento. Vicino alle mura, al livello più basso della città, che si sviluppava tutta intorno a una dolce collina, aveva visto sotto di sé quella che era inequivocabilmente una gigantesca zolla di terra sospesa in aria. Si vedevano sporgere perfino enormi radici, che pendevano su uno strato compatto di nubi nerissime, increspate come un mare appena mosso. Le nuvole si dispiegavano a perdita d'occhio, senza alcun varco che permettesse di scorgere cosa ci fosse sotto. Draconia si librava nei cieli, volava.

Sofia continuò a percorrere la città e si accorse ben presto di procedere verso la sommità; qualcosa le diceva che era il posto giusto dove andare. Quando giunse in cima, rimase senza fiato davanti allo spettacolo del palazzo reale: era immenso, irto di pinnacoli e guglie, decorato da marmi policromi, a differenza del candore assoluto degli altri edifici. Era decisamente a dimensione di drago, ma al tempo stesso ispirava un'aria di leggerezza, grazie ai minuziosi decori e alle ampie vetrate. Davanti si apriva un enorme giardino. Le siepi apparivano disordinate, ma gli alberi erano sani, imponenti, e l'erba verdissima, rorida di rugiada.

Sofia avanzò lungo uno dei viali, fino a quando non si trovò in un ampio spazio recintato da un basso muretto di marmo scolpito. Al centro, sorgeva un albero enorme, morto. Le dimensioni sembravano quelle di una sequoia, col tronco così largo che ci sarebbero volute almeno sei o sette persone per abbracciarlo tutto, ma l'aspetto era quello di un salice piangente. I rami si dipartivano dal tronco, separandosi a raggiera, fino a formare la cupola di una chioma immensa, con i ramoscelli più sottili che sfioravano terra. Nonostante avesse un aspetto imponente, era secco: alcune radici erano esposte, mezzo fratturate, e il colore del tronco era un grigio malato. Inoltre, i rami erano del tutto spogli, e a terra c'era un tappeto di foglie. Non erano del giallo o del rosso delle foglie autunnali, ma di un marrone rinsecchito, e scricchiolavano morte sotto i piedi. Sofia lo guardò con un misto di ammirazione e pena; non potevano esserci dubbi: era l'Albero del Mondo.

"Non ha funzionato... È morto, come è sempre stato, e Draconia non è tornata sulla Terra. È tutto perduto..."

A cosa era servito allora il sacrificio di sua madre, del prof, di tutti loro? Si accucciò sul terreno e nascose il volto tra le ginocchia, finché non sentì una mano poggiarsi sulla sua spalla. Trasalì e si voltò di scatto.

Lì davanti c'era un ragazzo poco più grande di lei, magro e slanciato. Indossava una corta tunica senza maniche, verde tenue, stretta in vita da una sottile cintura di cuoio; un paio di calzoni attillati, di cuoio anch'essi, che arrivavano appena sotto il ginocchio; e sandali dorati. Aveva lunghi capelli biondi, stretti in una coda, e occhi azzurri limpidissimi. Era pallido, il volto affilato, e tra le sopracciglia aveva un neo che brillava di una rassicurante luce verde.

Sofia lo guardò a lungo a bocca aperta. «Lung...» mormorò.

Lui si limitò a sorriderle e a porgerle una mano. Sofia la prese, e il ragazzo l'aiutò a tirarsi su.

«Ti stavo aspettando.» Aveva una bella voce, pacata e profonda. «Ti stavo aspettando da molto tempo.»

Si sedettero vicino all'Albero, su una panca semicircolare di marmo. Sofia respirò a pieni polmoni l'aria primaverile, poi si girò verso Lung.

«Scusami se sono così diretta... ma tu non dovresti essere morto?»

Lung scoppiò in una risata cristallina che faceva bene al cuore, e Sofia divenne rossa fino alla radice dei capelli.

«In effetti sì, dovrei... e forse lo sono.» Sofia impallidì, e Lung si affrettò a spiegare. «Non sono un fantasma, non ti preoccupare. Quando Thuban morì e Draconia si staccò dal resto del mondo, io rimasi a terra. Tutto era diverso, dopo la scomparsa dei draghi, tutto era improvvisamente terribile e desolato. Consumai la mia esistenza terrena, vissi come vivono tutti. Poi, quando venne il mio momento, tornai nel posto in cui un tempo si trovava Draconia. Il lago aveva già iniziato a formarsi, e il tempio che avevo costruito era già quasi del tutto sommerso. Sentii come una voce chiamarmi, ed entrai in acqua. Fu strano, perché là sotto non avevo bisogno di respirare e non dovevo neppure fare fatica per rimanere sul fondo. Quando arrivai alla pietra nera, quella che sigillava Nidhoggr, ricordo solo una grandissima luce, e poi mi ritrovai qui, giovane com'ero quando Thuban morì.»

«E sei rimasto qui trentamila anni?»

Lung guardò lontano. «Già.»

«Da solo?»

«Da solo.»

«Non dev'essere stato bello...»

«Tu sai quanto ho amato questo luogo, quanto sono stato felice qui, quando ancora c'erano i draghi. Se ripenso alla mia vita, tutto ciò che c'è stato tra la distruzione di Draconia e il mio ritorno mi sembra solo un lungo incubo: mi sentivo fuori posto, sulla Terra, nonostante i miei affetti e la vita che là mi ero costruito. Era questo il posto cui appartenevo, e perciò non mi è mai pesato vivere qui da solo. Sono certo che tu mi capisci.»

Era vero, Sofia capiva perfettamente. Aveva la sensazione che se esisteva un posto in cui avrebbe potuto essere davvero felice, quello era Draconia, poco importava se in rovina e desolata. La sua bellezza era qualcosa che andava oltre le mura sbrecciate e lo stato di abbandono.

«Hai detto che mi aspettavi...»

«Da sempre. È per questo che sono qui, che sono stato qui tutti questi anni. Sofia, quando Thuban morì, quel giorno lontanissimo, non stava finendo una storia: era solo l'inizio. Per tutta la vita mi sono sentito incompleto, come se mancasse qualcosa al mio cammino, ma solo quando sono tornato qui ho capito cos'era: la storia di Thuban e Nidhoggr non si era ancora chiusa. Sebbene uno fosse morto e l'altro seppellito nelle viscere della Terra, il loro scontro non era finito. Ho capito che fino a quando il loro destino non si fosse compiuto, neppure io sarei arrivato al termine del mio cammino. Ed è per questo che sei qui, Sofia: tu sei la fine di ogni cosa.»

Sofia si sentiva la gola secca. «Ma perché io? E perché io sola?»

«Credimi, anch'io mi sono posto questa domanda tantissime volte. C'erano molti uomini schierati con i draghi, trentamila anni fa, ma Thuban ha scelto me: perché? Cos'avevo di particolare? Una risposta non c'è. Questo è il nostro destino, possiamo solo accettarlo o rifiutarlo, e se tu sei qui è perché a un certo punto hai detto sì, e hai continuato a dirlo, e ancora, e ancora, una battaglia dopo l'altra.»

Sofia si guardò le mani. «Sì, questo lo capisco… e lo accetto. Ma non so se sono in grado di compiere la missione fino alla fine. Eravamo in sei, e adesso qui ci sono solo io.»

«Ho avuto una vita lunga, sono stato l'ultimo ad andarmene, per cui anch'io sono rimasto solo. Non è stato facile non poter condividere con nessuno quello che avevo vissuto, sapere di essere il solo a ricordare Draconia, la sua bellezza, la sua perfezione. Ma l'ho fatto, perché ho dovuto. Io credo che tutti siamo capaci di grandi imprese, dobbiamo solo avere la volontà di fare quanto ci viene chiesto. Nessun compito è troppo gravoso, per nessuno di noi.»

Sofia sospirò. «Ma la situazione è grave: i miei amici non sono più Draconiani, i loro nei sono stati infranti, e non percepiscono più i draghi dentro di loro, non hanno più poteri. Rastaban, Eltanin, Aldibah, Kuma non sono più sulla Terra. Ci sono solo io, e Thuban. Ho dovuto fare appello a tutti i miei poteri per arrivare fin quassù. Ma forse tu questo lo sapevi già.» Lung sorrise in segno di assenso. «Mi avevano detto che per attivare i frutti sarebbero serviti i poteri di tutti i Draconiani, e che una volta che fossero stati attivati, Draconia sarebbe tornata sulla Terra, e l'Albero del Mondo avrebbe recuperato i suoi poteri. Invece siamo quassù, tra le nuvole, e l'Albero...» Lo indicò sconsolata. «Non so neppure dove siano finiti i frutti.»

«Sei sicura di averli persi?» disse Lung.

«Quando mi sono svegliata non c'erano, probabilmente saranno rimasti a...» Sofia si bloccò. Mentre stava parlando si era guardata attorno, e all'improvviso, ai suoi piedi, aveva visto i cinque frutti; brillavano dolcemente, e sotto la luce calda di quel sole primaverile sembravano ancora più splendenti, colmi di potere. «Ma prima non c'erano!»

«E invece sono sempre stati con te» disse Lung alzandosi. «Credo sia arrivato il momento di ridare all'Albero ciò che gli appartiene, non credi?»

Sofia sentì il cuore fare una capriola. Si alzò e prese tre frutti, mentre Lung raccolse gli altri due. Si avvicinarono piano all'Albero, e Sofia ebbe la netta sensazione di partecipare a qualcosa di sacro. Le sembrava di essere in processione, come le era capitato qualche volta nella sua infanzia da essere umano. Non era mai stata molto religiosa, ma ogni volta che si trovava insieme ad altre persone per celebrare qualche rito, percepiva la sacralità del momento, la corrente sotterranea di speranza e spiritualità che percorreva le persone riunite con lei.

Guardò la cupola quasi perfetta della chioma, sopra la

sua testa, mentre le foglie secche scricchiolavano sotto i piedi. Tra le fronde, il sole faceva capolino. Riconobbe all'istante i rami sui quali si trovavano originariamente i frutti, e capì anche a quale ramo appartenesse ciascuno. Alzò il frutto di Rastaban, il primo di cui si erano impossessati. Le venne da sorridere al pensiero di quanto era ingenua e impaurita all'epoca. Il globo si staccò da solo dalle sue mani, salì fino al suo ramo e si depose dolcemente al posto che gli spettava. Non appena il frutto toccò il ramo, quello iniziò a coprirsi di minuscole gemme verdissime. Qualcuna divenne persino una foglia.

Sofia alzò dunque il frutto di Eltanin, quello alla cui storia era probabilmente più affezionata; era grazie a quello che aveva conosciuto Fabio. Ricordò quanto dura fosse stata la lotta, ma anche quanto bello fosse stato ritrovarsi, alla fine.

Alzò il frutto di Aldibah e ricordò Effi, la sua dolcezza e la sua determinazione, e il suo sacrificio. Era come se qualcosa di lei fosse rimasto in quel globo, e ora tornasse a splendere, mentre il frutto trovava il suo posto sull'Albero.

Sollevò il frutto di Kuma, e le vennero in mente i gemelli, e Gillian. Ricordò Edimburgo, e il suo primo bacio con Fabio.

Infine, sollevò l'ultimo frutto, quello che apparteneva a Thuban, e dunque a lei. Non poté fare a meno di pensare a sua madre, e soprattutto al modo in cui l'aveva guardata per l'ultima volta, quando le aveva detto addio a Matera. Si erano ritrovate, sebbene solo per un istante, ma in quei pochi momenti erano state davvero madre e figlia.

Mentre l'ultimo frutto saliva verso il ramo, Sofia rifletté su quanto della sua vita fosse racchiuso in quei globi luminosi. Si chiese se tutto il percorso che aveva compiuto per recuperarli e portarli lassù non avesse un senso nascosto, pensò a se stessa attaccata da Mattia, sulle rive del lago di Albano, quando ancora non era consapevole di chi fosse davvero, e alla ragazza che era diventata ora. Sì, c'era un senso riposto in quel lungo percorso, un mosaico cui mancavano ancora poche tessere.

Il frutto di Thuban si appoggiò sul ramo, e subito tutto venne avvolto da una luce sfolgorante. In un unico flash, Sofia rivide Draconia risplendere dei fasti dei suoi giorni migliori. I palazzi d'improvviso le parvero tornare integri, le vie si riempirono di un vociare allegro, ogni cosa fu com'era stata, e l'Albero del Mondo... l'Albero del Mondo era di nuovo vivo, sano, traboccante di potere, ponte tra cielo e terra, eterno guardiano dell'equilibrio naturale. Era coperto di un manto denso e fragrante di foglie verdissime, e i frutti, ciascuno sul proprio ramo, brillavano come non avevano mai fatto prima, spargendo ovunque una luce calda e rassicurante. Sofia si sentì in cuore una gioia traboccante, si sentì quasi sopraffatta dalla bellezza di quello spettacolo, e percepì le lacrime salirle agli occhi. Poi, ogni cosa si dissolse in quel bianco abbacinante.

Sulla Terra, all'improvviso qualcosa accadde. Un singolo raggio di sole riuscì a bucare lo spesso strato di nubi e toccò il suolo, salvifico, benefico. Tutti gli Assoggettati guardarono il cielo, lasciando perdere qualsiasi cosa stessero facendo.

Ofnir stava perquisendo le rovine della villa, alla ricerca di un indizio che lo aiutasse a trovare i Draconiani. Sentì un'inquietudine profonda, una paura senza nome. Si guardò attorno sperduto, e vide: gli Assoggettati con gli occhi volti al cielo, e i loro impianti che si dissolvevano nell'aria come fumo. Caddero a terra a uno a uno, addormentati, e ormai liberi dal potere di Nidhoggr.

Ofnir urlò, si gettò sul primo dei suoi servi, lo afferrò per il bavero. Stava allora chiudendo gli occhi, occhi che non erano più rossi, ma nocciola, occhi da semplice umano.

Il cielo si aprì definitivamente, le nuvole vennero spazzate via con un unico, possente colpo di vento, e fu di nuovo luce, luce ovunque. Il sole non rischiarò il mondo di Nidhoggr: il suo incantesimo era stato rotto.

27

Per vincere

Sofia ci mise un po' a recuperare la vista. Tutto quel bianco l'aveva accecata, e si sentiva come quando d'estate restava all'aperto troppo a lungo: rientrando in casa, tutto era buio e confuso. E poi la visione cui aveva assistito era stata così splendida, così perfetta, che ogni altra cosa al confronto le appariva spenta e sbiadita.

A poco a poco ogni cosa tornò a fuoco: il palazzo, il giardino, Lung al suo fianco. Davanti a loro, l'Albero era rimasto magnifico proprio come nella visione. I suoi rami erano fitti di foglie verdissime, così tenere che fremevano come uccellini infreddoliti da ogni refolo di vento. Sembrava brillare di una luce nuova; non solo la chioma, ma anche il tronco, i rami, persino le radici. I frutti palpitavano di vita, in alto sui rami. Era una visione meravigliosa, qualcosa che Sofia era certa non sarebbe stata in grado di descrivere ai suoi amici, una volta che fosse tornata da loro.

Le ci volle un po' per staccare gli occhi dall'Albero; guardarlo, riposarsi all'ombra della sua immensa chioma, le riempiva il cuore di un senso di speranza. Ma alla fine si girò, muovendosi verso una delle balconate della città. Aveva percepito qualcosa, un cambiamento che aveva attraversato il terreno sotto i suoi piedi come una vibrazione sorda.

Si affacciò, e il manto di nubi nere sul quale avevano navigato fino a quel momento era scomparso. Sotto di loro ora si distingueva chiaramente la Terra. Il cielo non era solcato neppure dalla più piccola nube, ed era così terso che si riuscivano a distinguere i particolari più minuti del terreno. Sofia era stata in aereo, e dunque aveva già visto il mondo dall'alto, ma adesso le appariva molto più distante di quanto non le fosse sembrato ogni volta che aveva volato. Guardando verso l'orizzonte, si coglieva la curvatura terrestre.

«Ma quanto siamo in alto?» chiese.

«Molto» sorrise Lung.

Per un po', Sofia fu catturata dal panorama. Quando però la meraviglia iniziò a scemare, si accorse che c'era qualcosa che non tornava. Si girò verso Lung.

«Perché siamo ancora qui? Perché Draconia non è tornata sulla Terra?»

Lung le sorrise mesto. «Perché questa non è ancora la fine. Vieni, abbiamo molto di cui parlare.»

Si avviò verso il palazzo, e Sofia lo seguì confusa. Era sempre stata sicura che, una volta raccolti i cinque frutti e riportato alla vita l'Albero del Mondo, la sua battaglia sarebbe finita, Draconia sarebbe tornata sulla Terra e Nidhoggr sarebbe semplicemente scomparso, o sarebbero tornato prigioniero. E così sarebbe finita quella battaglia millenaria.

Si inoltrarono nel palazzo. L'interno era stupefacente quanto l'esterno. Le decorazioni in marmo si ripetevano anche nelle stanze, mentre i soffitti e il tetto erano tutti di cristallo, cosicché sembrava quasi di essere ancora all'aperto. La luce in alcuni punti filtrava da ampie vetrate colorate o da lastre di alabastro, che proiettavano sul pavimento disegni fantastici. Buona parte di quelle decorazioni, in verità, erano ridotte in frantumi che scricchiolavano sotto i loro piedi, ma quel che era rimasto intatto parlava dello splendore di quel palazzo nei suoi tempi d'oro.

Attraversarono un'immensa sala a tre navate, divise da gigantesche colonne, foggiate in modo da sembrare il tronco dell'Albero del Mondo. Il motivo dell'Albero tornava un po' ovunque, nelle decorazioni. In fondo c'era un enorme trono di cristallo con accanto una sedia più piccola, ma non meno splendida per decori e foggia.

«Sì, Sofia, ai tempi di Thuban e dei suoi compagni l'unione tra draghi e uomini era molto stretta; il Re dei Draghi aveva un consigliere umano e molti erano gli uomini che vivevano tra queste mura.»

Sofia avvertì una sensazione di struggente nostalgia per quei tempi che una parte di sé ricordava magnifici.

Andarono fin sotto al trono. Lì davanti, Lung si inchinò, e Sofia lo imitò, vinta dall'atmosfera solenne che ancora sentiva spirare da quel luogo. Poi Lung toccò un decoro che si trovava a terra, il disegno stilizzato in onice di un piccolo drago. Le dita lo spinsero finché non affondò di qualche centimetro. Davanti ai suoi piedi, una sezione del pavimento ruotò, rivelando una scala che scendeva nel sottosuolo. Lung andò per primo, e Sofia lo seguì.

La scala a chiocciola, ampia e confortevole, sembrava scendere per almeno un paio di piani. La luce lì sotto non arrivava, e Lung prese una lanterna di bronzo da una nicchia nel muro; l'accese con un acciarino che aveva nella tunica.

«Questo posto non era accessibile ai draghi… è troppo piccolo» osservò Sofia.

«Infatti. Questo è un santuario dedicato ai Draconiani,

un posto che volle creare proprio il consigliere umano del Re dei Draghi, quando si capì che l'unico modo per salvarsi era fondersi con gli uomini.»

Finalmente giunsero in un ambiente raccolto, a misura d'uomo. Era una specie di cripta in cui lo spazio era diviso da una serie di colonne di cristallo, ancora una volta a foggia di Albero del Mondo. Rispetto alle sale che avevano visitato poco prima, quel locale era piuttosto piccolo, ma non sembrava angusto; merito del bianco e del cristallo che decoravano ogni superficie. In fondo, c'era una parete con cinque nicchie nere, e fu là che Sofia e Lung si diressero. Si sedettero lì davanti, sul pavimento, la lanterna tra di loro.

«Voglio rispondere alla tua domanda nel modo più chiaro possibile» iniziò Lung. «In un certo senso, Draconia è tornata sulla Terra: hai visto, le nuvole si sono diradate, e posso dirti che gli Assoggettati sono ridiventati tutti normali esseri umani.»

Sofia non riuscì a trattenere un'esclamazione di gioia; per prima cosa pensò al professore e a Thomas.

«È l'influenza di Draconia e dell'Albero del Mondo» continuò Lung. «In questo senso Draconia è di nuovo sulla Terra, e il mondo non appartiene più a Nidhoggr.»

Sofia attese qualche secondo. «Ma...?» chiese, davanti al volto serio di Lung.

«Ma molto è cambiato da quando i draghi calcavano la Terra, troppo. Il mondo in cui vivi tu non è un posto nel quale Draconia possa più esistere. L'assenza dell'Albero del Mondo in questi millenni ha fatto sì che la Terra diventasse un luogo corrotto, nel quale l'Albero non potrà mai più affondare le radici, e che i draghi non potranno più abitare.»

«Mi stai dicendo che ci sono danni che non possono più essere riparati?»

«Esattamente. Il tempo dei draghi è finito, Sofia, è finito quando Thuban chiuse gli occhi, trentamila anni fa.»

«Ma noi Draconiani...»

«Siete Draconiani, appunto, qualcosa di diverso. Però non devi essere triste; la vita è così, non guarda mai indietro, le cose cambiano di continuo e quel che è passato non torna più. Del resto, spesso si cambia in meglio, non trovi?»

«Non in questo caso...»

«Non essere così dura con l'umanità. Ha fatto cose tremende, ma ha anche ottenuto conquiste meravigliose in tutti questi secoli. È proprio per difendere ciò che di buono c'è al mondo che hai fatto quel che hai fatto, e sei salita fin quassù.»

Sofia pensò ai suoi amici, al professore, a Gillian e a sua madre, e pensò a Fabio. Nessuno più di lui dimostrava quanto bene possa nascere anche dal male.

«Ma Nidhoggr non è ancora sconfitto. In questo momento, sulla Terra il tempo è immobile per tutti, tranne che per voi Draconiani, per Ofnir e per Nidhoggr. Tutti gli altri sono bloccati in un eterno presente. Questo è quanto l'Albero del Mondo è riuscito a fare: ora siete solo voi contro di lui.»

«Ma sono rimasta soltanto io... e Nidhoggr invece ha ancora Ofnir.»

Gli occhi di Lung si velarono, e Sofia ricordò le parole di Nida. Prese il coraggio a due mani. «Cosa puoi dirmi di lui?»

Si pentì quasi subito di quella domanda, perché Lung le parve a disagio. Tacque qualche secondo, come cercando le parole per iniziare il racconto.

«La nostra storia è stata spesso dolorosa. Sai già cosa ha legato in passato, e lega ancora, Nidhoggr e Thuban. Be', per Ofnir è successo qualcosa di simile.»

«Nida, l'ex alleata di Nidhoggr, mi ha detto che era tuo amico.»

«Il più caro» disse Lung, la voce che gli tremava. «Eravamo orfani, e siamo cresciuti assieme come fratelli. Lui era più grande di me, ma nonostante questo nella coppia ero io quello più forte; ero io che lo proteggevo da quelli che ci prendevano in giro, io che gli facevo forza nei momenti peggiori. La nostra non è stata un'infanzia facile. Proprio per questo eravamo incredibilmente uniti; quel che faceva l'uno, faceva anche l'altro, ci capitava persino di condividere i pensieri, e ci capivamo al volo. Era un'amicizia meravigliosa, che ci arricchiva entrambi. Finché i draghi non entrarono nella mia vita.»

Lung abbassò lo sguardo.

«È strano, ma Thuban credette subito in me. Non so cosa vide, eppure in qualche modo capì di me più cose di quanto io stesso avessi capito fino a quel momento. All'inizio fummo solo amici, poi iniziò a portarmi sempre più spesso con sé a Draconia, e infine mi chiese di fargli da scudiero. Lo sai, i Custodi erano addestrati anche all'uso delle armi.»

«E Ofnir?»

«Cercai di coinvolgerlo. Lui era la mia metà, la persona con la quale avevo spartito ogni cosa nella vita, era ovvio che volessi condividere con lui anche questa. Invece capii abbastanza presto che Thuban non gli piaceva; stava con noi, ma interveniva raramente nelle nostre conversazioni, e sebbene tentassi di trascinarlo nelle attività che svolgevamo, lui sembrava sempre partecipare controvoglia. Quando poi Thuban non c'era, e restavamo di nuovo soli, mi stava addosso in modo quasi morboso, si lamentava se mi assentavo, mi voleva al suo fianco qualsiasi cosa facessimo. All'epoca ero giovane e non capivo, ma adesso mi è chiaro che aveva paura: temeva che quanto stavo vivendo con i draghi mi potesse allontanare da lui, e io ero tutto quello che aveva, capisci? Io sapevo di poter affrontare il mondo anche senza lui, e avevo bisogno dei miei spazi. Lui no, lui voleva che la nostra amicizia fosse esclusiva, che non ci fosse posto per altro. Voleva un altro sé, un'immagine conforme che lo accompagnasse.»

Sofia avvertiva in fondo al petto un dolore sordo. Perché per certi versi quella storia le ricordava quella di Thuban e Nidhoggr, proprio come Lung le aveva detto.

«Il dramma accadde quando venni nominato scudiero di Thuban. A Ofnir i draghi non offrirono niente. Provai a insistere perché trovassero un ruolo anche per lui, a Draconia, ma non fu possibile. Avrebbe potuto vivere in città, ma solo come ospite. E a lui questo non bastava. Mi mise di fronte a un'alternativa: o i draghi o lui. Ed era una scelta per me obbligata.»

Sofia tacque qualche istante. «È per questo che andò da Nidhoggr?»

Lung scosse la testa. «Non lo so. So solo che quanto più il mio ruolo presso i draghi si faceva importante, tanto più lui si allontanava. Era diventato scostante, ombroso, non riuscivamo più a parlarci senza litigare. Non ci capivamo più, era come ci fosse un muro tra noi.

Scomparve, e io... sì, l'ho cercato, ma non quanto avrei dovuto, non con convinzione... I miei nuovi impegni a Draconia, il mio posto accanto a Thuban...»

Non riuscì ad andare oltre. Sofia gli strinse una mano.

«Lo rividi poco prima della battaglia finale. Era un'altra persona, non sembrava neppure più lui. Mi disse che non avevamo più nulla in comune, che aveva detto addio alle debolezze degli uomini, che aveva capito che eravamo tutti traditori, noi e i draghi, e che l'unica speranza erano le viverne.»

«Mi spiace...» sussurrò Sofia.

«È colpa mia. Quando un amico si perde, è perché non l'hai cercato a sufficienza.»

«È stato lui a non aver accettato che tu stavi cambiando, e non ha voluto cambiare con te.»

Lung la guardò con gratitudine. «Grazie per queste parole, Sofia. Forse hai ragione, ma una parte di me si sente comunque in colpa. In ogni caso ora Ofnir non è più un uomo. Pur non essendo un'emanazione di Nidhoggr, come Nida e Ratatoskr, condivide i poteri delle viverne, perché ha nelle vene il loro sangue. Avrai visto la ferita sul suo petto.» Sofia annuì. «Gliel'ha fatta Nidhoggr, e gli ha dato il suo sangue. Lui è come voi, Sofia: voi siete Draconiani perché partecipate di entrambe le nature. Be', lui è uomo e viverna al tempo stesso, e questo lo rende molto pericoloso.»

«Lo ricorderò» affermò Sofia. «Ma perché continui a dire "voi"? Sono rimasta soltanto io...»

Lung sorrise. «Sofia, tu sei qui, no? E ci sei perché i frutti si sono attivati. Ebbene, resta sempre qualcosa, quando si è ospitato in sé un drago, sempre. E anche se tu sei l'ultima Draconiana, i tuoi amici non ti abbandoneranno mai. Non fare l'errore di rifiutare il loro aiuto.»

Sofia assaporò quelle parole. «Cosa devo fare?» disse allora.

«Lo devi sconfiggere. Per sempre. Ma per farlo, hai bisogno di qualcosa.» Lung le indicò le nicchie lungo la parete. Sofia le guardò senza capire; poi, su invito di lui, si alzò e si avvicinò.

In ogni nicchia c'era una piccola sfera bianca; quando la luce vi batteva sopra, ognuna delle cinque sfere brillava di riflessi colorati. Una era rosata, una violacea, una azzurra, una dorata e una verde. I colori dei Guardiani. Una delle sfere, inoltre, aveva una banda nera a metà, lungo la circonferenza. Sofia si girò verso Lung con un'espressione interrogativa.

«Come avrai capito, ognuna di quelle sfere appartiene a un Draconiano. Dovrai portarle ai tuoi amici, anche se non hanno più poteri. Vedrai che saranno loro utili in ogni caso. Prendi la tua.»

Sofia guardò la sfera verde. La sollevò tra le dita, se

la girò in mano. Non c'era alcun segno di apertura, era una semplice sferetta di cristallo; l'interno sembrava avvolto da una specie di nebbia lattea.

«Cos'è?» chiese.

«Lo scoprirai quando ne avrai bisogno. Sarà questa sfera ad aiutarti a sconfiggere Nidhoggr nel momento giusto. Prendi anche le altre.»

Sofia obbedì, se le infilò in tasca. Si rese conto che il suo tempo a Draconia stava per esaurirsi. Sentì un dolore struggente in fondo al cuore: non voleva andarsene.

Lung dovette intuirlo, perché le si avvicinò con uno sguardo dolce. «Non temere. Draconia resterà qui, continuerà a viaggiare nel cielo, con il suo Albero, in eterno. Non sei più sola, l'Albero è con te, e ti proteggerà.»

«E tu?»

«Io ho fatto quanto dovevo. Consegnandoti le sfere, ho assolto il mio compito. Non c'è più ragione, per me, di restare qui. Draconia è in buone mani.»

«Vuol dire che scomparirai? Che non ti rivedrò mai più?»

Lung le mise le mani sulle spalle. «Io sono con te, lo sono sempre stato e sempre lo sarò. Siamo sangue dello stesso sangue, lo sai, e abbiamo condiviso moltissimo. Ma sono stanco, il mio tempo è finito. Sono contento di andarmene, credimi, perché so di lasciare la mia eredità in buone mani. Sei stata bravissima, Sofia, la migliore di tutti.»

Sofia sentì un groppo in gola. Le sembrava che Draconia già scolorisse, intorno a lei, come se ogni cosa stesse perdendo consistenza.

«Un'ultima cosa» disse, nella disperata speranza di trattenere quella visione. «Dovrò uccidere Nidhoggr?»

Lung divenne improvvisamente serio. «È un nemico.»

«Anche Ratatoskr lo era, ma questo non ha reso meno tremendo quel che Fabio ha fatto. Ci pensa ancora, ci penserà per sempre...»

«Perché Nidhoggr possa tornare il drago che tu ricordi, è necessario uccidere la viverna che è in lui. In sé trattiene ancora una piccola scintilla di quello che era un tempo, così come vive in Nida, e vive ancora anche in Ofnir. Sta a te portarla alla luce. So che puoi farcela.»

«Io... ci proverò.» Ma la visione stava inesorabilmente svanendo. Ogni cosa intorno a lei si faceva sottile, diafana, e le parve di essere immersa in un sogno. Era stato tutto vero? O semplicemente aveva immaginato ogni cosa, e ora si stava svegliando?

No, *doveva* essere stato vero, glielo diceva il cuore. Quello, e il sorriso sicuro di Lung, davanti a lei, un sorriso che le infondeva coraggio, che le dava la forza di affrontare la battaglia definitiva. Fu proprio quel sorriso l'ultima cosa a svanire.

28
Verso l'ultima battaglia

Sofia riaprì gli occhi nel mezzo della piana sotto il lago di Albano. Provò una fitta di dolore davanti a quel panorama desolato, soprattutto dopo aver visto lo splendore di Draconia.

I suoi amici si erano radunati attorno alla voragine dalla quale era emerso Nidhoggr. Sofia si schiarì la gola, e gli altri si girarono.

«Da dove diavolo sei uscita?» chiese Fabio.

«Ti abbiamo cercata ovunque!» disse Karl.

Lei sorrise timida. «Ho fatto un viaggio straordinario.»

Si sedettero in circolo, e Sofia raccontò tutto: la magnificenza di Draconia, il ritorno alla vita dell'Albero del Mondo, Lung e tutto quello che le aveva detto, compresa la storia di Ofnir.

Gli altri la guardavano stupiti.

«Ma... davvero ti è successo tutto questo?» domandò Chloe.

«Certo, perché?»

«Sof, dopo il lampo che c'è stato, quando sei sparita... al massimo sono passati dieci minuti prima che ricomparissi. Ti abbiamo vista svanire all'improvviso, e poco dopo ci sei apparsa alle spalle. Non sei stata via molto...» spiegò Lidja.

Sofia non seppe che dire. «Evidentemente lassù il tempo scorre in modo diverso. Vedete? I frutti non ci sono più, perché ora sono appesi all'Albero. Non è stato un sogno. E poi, fuori, c'è il sole adesso.»

Non che là sotto si vedesse molto. Tutto era buio e desolato esattamente come quando erano arrivati. Sofia guardò le facce perplesse dei compagni.

«Ma sul serio dubitate che sia successo davvero? Ragazzi, io lassù ho trovato una cosa che ci mancava, ci mancava terribilmente: Lung mi ha ridato la speranza, ed è l'unica cosa che ci serve adesso. Non siamo più soli, capite? Là fuori il mondo non è più popolato di nemici, siamo solo noi e Nidhoggr!»

«*Tu* e Nidhoggr» osservò Ewan.

«A questo proposito» disse Sofia frugando nelle tasche «Lung mi ha dato queste per voi.»

I ragazzi guardarono le sfere incuriositi.

«Cosa sono?» chiese Karl.

Sofia rimase incerta. «Veramente non lo so. Lung mi ha solo detto che ci serviranno, anche se voi non avete più i vostri poteri, e che ce n'è una per ciascuno di noi. Devono essere importanti, perché sono tornata qui solo dopo che me le ha consegnate. Ha detto che così aveva assolto il suo compito.»

Le poggiò a terra, e lì rimasero per qualche secondo. Poi, ognuno dei ragazzi prese la propria, comprendendo al volo quale gli appartenesse.

Fabio si girò la sua tra le mani, gettando occhiate perplesse a quelle degli altri. «La mia ha una banda nera, mentre le altre sono tutte bianche» osservò.

Sofia scrollò le spalle. «Non so perché... ve l'ho detto, Lung non mi ha dato altre spiegazioni.»

Lidja osservò seria la sua sfera. «Dunque finisce così: Draconia non tornerà mai più sulla Terra e nessuno di noi, a parte te, la vedrà mai.»

Un silenzio profondo scese su quelle parole. Sofia non ci aveva pensato. Tutto le era parso naturale, non appena si era trovata lassù, ma era vero: dei Draconiani, solo lei aveva avuto la possibilità di vedere l'Albero del Mondo, solo lei aveva visitato il luogo da cui provenivano, e a cui appartenevano. Fino a quel momento non era stata cosciente di quale straordinario privilegio le fosse stato accordato. Aveva sognato Draconia tutta la vita, ed era certa che anche gli altri si sentissero come lei.

«Forse, quando avremo sconfitto Nidhoggr, potremo rivederla tutti insieme» disse.

«Questo più di ogni altra cosa dimostra che per noi è finita» considerò Lidja. «Non siamo più Draconiani, non abbiamo più diritto a vedere l'Albero del Mondo, a visitare Draconia. Siamo persone normali, a tutti gli effetti.»

Improvvisamente quella parola, *normale*, aveva un sapore di disfatta; Sofia aveva trascorso buona parte del suo tempo da Draconiana a sperare di essere normale, a desiderare di poter un giorno dimenticare quell'avventura assurda tra magia e creature mitologiche. Se lo dicevano spesso, con Lidja, e ora anche con Fabio. Assaporavano il momento in cui avrebbero concluso la battaglia, e finalmente sarebbero stati come tutti gli altri. Ma adesso che quel momento era giunto, si dimostrava assai più amaro di quanto avrebbero mai potuto immaginare.

«Ti ha detto niente Lung, di noi? Ti ha detto se queste sfere possono aiutarci a tornare quel che eravamo? Ti ha spiegato se davvero sei sola o se c'è un modo per farci combattere insieme?» chiese Fabio.

Sofia fu costretta a scuotere la testa. «Mi ha solo detto che mi servirà ancora il vostro aiuto.» La notizia non suonò molto rassicurante. «Non resta che tentare. Proviamo a concentrarci sulle sfere.»

I compagni la guardarono scettici, e l'unico che provò subito a seguire il suo consiglio fu Fabio. Sofia chiuse gli occhi a sua volta.

Ci volle pochissimo; bastò appena attingere ai suoi poteri, e percepì una nuova forza attraversarle il corpo. Aprì gli occhi, e rimase senza parole. Tra le mani, al posto della sfera, stringeva una meravigliosa spada bianca, che riluceva di riflessi accecanti persino alla scarsa luce della lanterna. Sembrava fatta di un materiale trasparente e duro come il diamante, era lunga almeno un metro, la lama sottile e affilatissima da ambo i lati. L'elsa, a differenza del resto dell'arma, era verde, di smeraldo o qualcosa del genere, e il pomolo era foggiato a forma di testa di drago.

Sofia la guardò a lungo, soppesandola tra le mani, saggiandone l'impugnatura, finendo persino per graffiarsi un dito. Sembrava fatta apposta per la sua presa, tanto la sentiva comoda in pugno, e inoltre era straordinariamente leggera. Quando riuscì a staccarle gli occhi di dosso, vide che anche gli altri la guardavano ammirati, ma tra le mani stringevano ancora le sfere.

«Con voi non funziona? Avete provato a concentrarvi?» insistette, mettendo da parte l'arma.

«Non funziona» disse Ewan deluso.

«Lung ha insistito molto perché vi dessi quelle sfere, a qualcosa devono per forza servire.»

«Abbiamo perso definitivamente i nostri poteri, e non c'è niente che tu o qualsiasi altro al mondo possa fare per darceli indietro. Non siamo più Draconiani, e non lo saremo mai più!» aggiunse Ewan scattando in piedi.

Sua sorella provò a calmarlo tirandolo per la maglietta, ma lui sembrava davvero fuori di sé.

«Ewan, stai esagerando...» disse Lidja.

«No che non sto esagerando, ti leggo in faccia lo stesso dolore che sento io, lo stesso senso di impotenza.»

«Siamo riusciti a evocare Draconia» cercò di spiegare Sofia.

«Già, dove sei salita solo tu, perché *tu* sei un Draconiano, non noi!»

Sofia cominciava a innervosirsi. «Io lo capisco come vi sentite, d'accordo?» disse alzando su Ewan uno sguardo duro. «E mi dispiace per tutto quello che è successo. Ma questo non è più il tempo di lamentarsi e abbattersi. Il mondo non è più di Nidhoggr, ti sembra poco? E sì che anche tu ti sei dovuto muovere in mezzo a una città infestata di Assoggettati! Non siamo fermi al punto di partenza, siamo riusciti a far rivivere l'Albero del Mondo, abbiamo rotto l'incantesimo di Nidhoggr, manca solo l'ultimo passo, la battaglia finale. E io non mi tirerò indietro, farò quel che va fatto. Perché ho fiducia in Lung, ho fiducia in Draconia, credo profondamente in tutto quello che ho fatto finora. Vuoi ritirarti? Vuoi arrenderti? Libero di farlo. Tanto tempo fa il prof mi lasciò la libertà di scegliere, di andarmene se volevo, e adesso ce l'hai anche tu, ce l'avete tutti» e li guardò a uno a uno. «Vi chiedo solo di decidere, e di smetterla di piangervi addosso.»

Tacque, aveva il fiatone. Adesso che aveva detto quel che doveva, si meravigliava lei stessa di quel discorso. Se un paio di anni prima le avessero detto che sarebbe finita così, a spronare, anzi, addirittura a rimproverare qualcuno perché stava mollando, non ci avrebbe creduto.

Ewan si sedette in silenzio. Per qualche secondo nessun altro parlò.

«Hai ragione» disse infine Lidja. «Ma credo che in ogni caso dobbiamo riflettere, e capire cosa fare ora, come usare queste sfere. Magari Karl può analizzarle e studiarle...» Guardò il compagno, e lui annuì.

«Sono perfettamente d'accordo» rispose Sofia, calma. «Ma se qualcuno di voi non se la sente, lo dica, perché abbiamo bisogno di sapere su chi poter contare.»

Lidja si girò verso Ewan, lo guardò gelida: «Sei dei nostri o no?»

Lui distolse lo sguardo, ma annuì.

«E allora faremo come dice Lidja» tagliò corto Sofia. «Cercheremo di capire, e poi elaboreremo un piano.»

Trascorsero il resto della giornata tra i tentativi di attivare le sfere e le indagini di Karl, che usò tutto quel che trovò nel sottomarino. «Se fossi nel mio laboratorio...» disse. «Pensi che ci potrei tornare?»

«È vero che adesso il mondo è un posto più sicuro e dobbiamo vedercela solo con Ofnir e Nidhoggr, ma resta il fatto che appena mettiamo il naso fuori da qui sotto, lui può percepirci e darci la caccia. No, è meglio che restiamo qui.»

Karl sbuffò. «Non credo riuscirò a fare molto... Prima di partire avevo messo qua dentro un po' di attrezzatura, ma è davvero insufficiente.»

«Cerca di fare il possibile» lo incoraggiò Sofia.

Sulla piana, intanto, quasi tutti analizzavano le loro sfere, qualcuno provava anche, sempre senza risultato, ad attivarle. Persino Nida cercava di dare una mano, seppur tenendosi a debita distanza.

«Quella roba è potentissima» disse a Fabio.

«La sfera, intendi?»

Lei annuì. «È peggio dei frutti, mi sento attraversata da una specie di corrente elettrica.»

Fabio se la rigirò tra le dita. «E invece io non sento

niente» concluse sconsolato. «Tu percepisci qualcosa, in me?» le chiese guardandola.

Nida lo osservò intenta per qualche secondo. «Non lo so... Avete tutti una specie di aura, qualcosa di strano... come un odore molto forte la cui fonte è stata tolta da una stanza, ma permane nell'aria. Ecco, c'è la traccia di qualcosa, in voi... in ognuno di voi.»

«Se solo bastasse...» disse Fabio.

Ewan si era avvicinato a Lidja, che continuava a cercare di attivare la sfera. Lui, però, si limitava a guardare lei, la sua sfera appoggiata a terra, lì accanto.

«Non ci provi?» gli chiese Lidja in un attimo di pausa.

«Sai bene che è inutile.»

«E allora?» disse lei, così tranquilla che Ewan la guardò stupito. «Quando siamo partiti per andare a prendere i frammenti del frutto, eravamo soli contro il mondo intero. Anche allora non avevamo molte possibilità. E quando mi hai salvato la vita, a Palermo, sapevi benissimo che avresti rischiato di morire.»

«Non capisco dove vuoi arrivare. Avevamo i nostri poteri, allora.»

«Ma tu pensi davvero che quello che siamo si esaurisca nei nostri poteri? Che io sia meno Lidja perché Rastaban non è più con me?»

«Stai facendo filosofia da quattro soldi.»

«E tu stai diventando noioso.» Ora Lidja sembrava davvero irritata. «Te lo dico con franchezza, non ti riconosco più. Non sei più il ragazzo che mi ha cantato una canzone sulla nave, né quello che mi ha baciata prima di mandarmi a prendere il frammento e rischiare la vita per me. Anch'io ho avuto i miei momenti di sconforto, e sono abbattuta anche adesso, ogni volta che provo a far qualcosa con questa stupida sfera e non ottengo niente. Ma Sofia ha ragione: non è più tempo di lamentarsi. È tempo di agire. Io lo sto facendo: e tu?»

Lo guardò in attesa, ma Ewan non sapeva cosa rispondere. Lidja si alzò senza aggiungere altro, e si allontanò a grandi passi sulla piana deserta.

A sera, nessuno di loro era giunto a una conclusione. Si riunirono per consumare una magra cena a base di cibo in scatola.

«Sono le ultime scatolette che abbiamo» disse tetra Gillian. «Da domani non so cosa mangeremo.»

Sofia chiese subito a Karl come fosse andata la sua ricerca. Non avevano più tempo, la situazione stava precipitando e, sebbene capisse perfettamente lo stato d'animo degli altri, occorreva prendere una decisione.

«Col materiale che ho qui non sono in grado di analizzare le sfere. Ho fatto il possibile, ma non capisco davvero come le si possa attivare, o come possano tornarci utili» disse lui.

Sofia rimestò abbattuta i suoi fagioli.

«E se provassi ad attivarle tu?» le chiese Lidja.

«Ho già provato con quella di Fabio. Nelle mie mani è completamente inerte. A malapena riesco a sentirne il potere.»

«Guardate che sono oggetti potenti» intervenne Nida, e spiegò ai ragazzi quel che aveva già detto a Fabio.

«D'accordo, saranno anche potenti, ma se non sappiamo come attivarle...» sbuffò Ewan. «Dobbiamo capire come fare» aggiunse guardando di sottecchi Lidja.

«Di sicuro qui sotto non possiamo restare, senza cibo» sentenziò Gillian.

Andarono a dormire ancora una volta abbattuti. Il senso di speranza ed esaltazione che Sofia aveva provato si era già sciolto come neve al sole. Di nuovo il futuro le sembrava grigio, di nuovo si sentiva sola. Ma stavolta, quanto meno, non si sentiva inutile: c'era qualcosa che poteva fare, e l'avrebbe fatto.

Sofia seppe che era l'ora quando si accorse che tutti erano addormentati. Sulla piana regnava un silenzio desolante. Si tirò su, prese la sfera con sé. L'aveva scoperto quasi subito: la spada poteva tornare sfera a suo piacimento, una qualità molto utile, dato che non aveva idea di come tirarsi dietro nel viaggio una lama tanto lunga.

Si era ripromessa di andarsene il prima possibile, e senza guardarsi indietro. Non voleva rischiare che qualcuno si svegliasse. Ma non le riuscì di allontanarsi senza aver almeno gettato uno sguardo a Fabio. Gli si avvicinò piano, quasi senza respirare. Dormiva profondamente. Meno male, perché tra tutti con ogni probabilità sarebbe stato quello che si sarebbe opposto con più forza alla sua idea. Eppure, non fosse stato per lui, forse non avrebbe mai trovato il coraggio di fare quel che stava per fare. Non poteva dimenticare come le era stato accanto, come l'aveva supportata, in molti casi anche difesa. Fu tentata di dargli un bacio, ma non poteva rischiare che si svegliasse. Sperò soltanto di poterlo rivedere, in un mondo finalmente libero. Che senso aveva, del resto, salvare il mondo se non aveva qualcuno con cui condividerlo?

Si avviò decisa lungo la piana, nel cuore le immagini meravigliose di Draconia e dell'Albero del Mondo.

Si allontanò finché non arrivò vicino al sottomarino. Lì era abbastanza distante. Il professore una volta le aveva detto che il lago in alcuni punti toccava una profondità di centosettanta metri, e si chiese se potesse farcela a risalirli da sola, senza il sottomarino. Che quell'aggeggio dovesse rimanere là sotto per i suoi amici era fuori discussione.

"Lo scoprirò presto" si disse, cercando di farsi forza.

Chiuse gli occhi un istante, l'Occhio della Mente sfavillò sulla sua fronte, e il suo corpo di ragazza si trasformò in quello, verde e possente, di Thuban. La sua testa sfiorava la superficie della bolla d'aria. Prese un bel respiro, guardò sopra di sé, e poi semplicemente saltò verso l'alto.

Fu meno orribile di quanto avesse temuto, ed enormemente più rapido. La sensazione dell'acqua gelida intorno al corpo, il senso di pressione sulle orecchie, e i polmoni che bruciavano in cerca d'ossigeno.

Poi la barriera d'acqua si infranse sopra la sua testa e fu fuori, nell'aria fresca della sera. Si guardò attorno. Sopra di lei c'era un magnifico cielo notturno; di stelle non se ne vedevano molte, ma in compenso c'era una luna meravigliosa, piena, luminosissima. Si riusciva a distinguerne la superficie fino al più piccolo dettaglio. Sembrava gigante, e proiettava ombre nette e definite.

Sofia rimase qualche secondo incantata a osservare quel panorama, poi nuotò verso la riva. Si tirò su, si scosse per un attimo l'acqua che aveva addosso. Spiccò il volo, ma non riuscì a resistere, e prima di andare dove doveva, fece un giro sopra la villa. Quel che vide le strinse il cuore: al posto della casa in cui aveva trascorso gli anni più belli della sua vita c'era un rudere di legno bruciato. Il tetto era del tutto crollato, il magnifico albero intorno al quale la villa si sviluppava era completamente carbonizzato. Pali fumanti si sollevavano sbilenchi dal terreno nero di cenere. Era finita, dunque. E il professore? E Thomas? Il dungeon?

Non c'era tempo. Doveva fare come se fossero vivi, doveva agire come se non tutto fosse perduto. Perché nel mondo di Nidhoggr, in ogni caso, non ci sarebbe stato posto per nessuno di loro.

Fece un ultimo, ampio giro sulle rovine della casa, poi si avviò verso l'ultima battaglia.

29
Non sei sola

Fabio si svegliò in preda a un presentimento. Scattò in piedi, scrutò la piana. Sofia non c'era. Sofia se n'era andata!

Era prevedibile, ovvio persino. Era l'ultima Draconiana rimasta. Bastava conoscerla anche poco per intuire che sarebbe andata ad affrontare Nidhoggr da sola. Come aveva potuto non pensarci, come aveva potuto farsela scappare sotto il naso?

Corse verso il sottomarino pregando che fosse ancora lì. C'era. Anche questo era prevedibile. Se l'avesse preso, loro sarebbero rimasti intrappolati là sotto senza cibo. In ogni caso, adesso serviva a lui.

Aprì il portello ed entrò nella cabina di pilotaggio. Il sottomarino giaceva sul fondale con la pancia affondata nella sabbia, e soprattutto all'asciutto: come avrebbe fatto a muoverlo? E poi, come si guidava? Davanti a lui c'era una plancia piena di indicatori, levette e pulsanti. L'unica cosa di cui capiva l'utilizzo era un piccolo timone in legno.

Provò a premere qualcosa, e per pura fortuna alla fine riuscì ad avviare i motori, solo che le eliche non facevano che cigolare sulle rocce appena sotto lo strato di sabbia.

Nonostante tutto insistette, ma all'ennesimo rumore gracchiante si fermò, diede un calcio al timone e si arrese all'evidenza. Era bloccato lì sotto, senza possibilità di seguire Sofia. Se solo avesse avuto i suoi maledetti poteri, se solo Eltanin fosse stato con lui… Sentì montare la rabbia. E fu allora che avvertì qualcosa. Un pulsare flebile che proveniva dalla tasca dei suoi jeans, e una sensazione familiare nel cuore. Non riusciva a crederci, non *voleva* crederci.

Infilò piano la mano nella tasca e le dita si strinsero attorno alla superficie di vetro della sfera. Una specie di scossa elettrica gli attraversò le dita. Tirò fuori la sfera, e vide che brillava di fiochi riflessi dorati. Ma più di quello, a farlo esultare fu il debole potere che ne sentiva promanare. Percepiva quella sensazione di calore, quel potere benefico che l'aveva accompagnato per tutta la vita, che aveva temuto da bambino, che aveva sfogato, più grande, quando odiava il mondo intero, e che aveva imparato infine a controllare accanto a Sofia. Era debole, ma c'era, dannazione, c'era!

Strinse con forza la sfera, se la portò alla fronte.

«Fa' qualsiasi cosa tu debba fare... Attivati, maledizione... attivati!»

Una luce accecante invase la cabina del sottomarino, e per un istante tutto fu bianco. Quando i contorni delle cose si disegnarono di nuovo in quel candore, Fabio si guardò stupito la mano: al posto della sfera stringeva una lunga lancia bianca, di un materiale trasparente e brillante, del tutto simile a quello che costituiva la spada di Sofia. La punta era affilatissima, e sebbene fosse lavorata in modo da avere un aspetto leggero, dava un'impressione di solidità. Si innestava sul manico tramite una specie di manicotto dorato, decorato da complesse incisioni. L'arma era completamente bianca, fatta eccezione per una lunga e spessa venatura nera che ne percorreva tutto il manico, come una ferita. A Fabio bastò guardarla per capire: era il frutto del suo tradimento, l'eterno monito che gli ricordava il suo errore. Ma, al tempo stesso, gli rammentava anche la sua forza, la capacità di tornare sui propri passi e ricominciare da dove si era smarrito.

Rimase qualche istante in contemplazione della lancia: gli trasmetteva un'energia benefica, ma non sentiva dentro di sé Eltanin. No, non era tornato un Draconiano.

"Però ho un'arma, un'arma da Draconiani..."

La posò in un canto, scattò verso un armadietto sul fondo. Sofia gli aveva detto che là dentro c'erano gli scafandri. Due, insufficienti per loro sei, ma decisamente abbondanti per lui solo. Ne prese uno, lo indossò rapidamente. Uscì fuori e si infilò anche il casco. Strinse la lancia in pugno, guardò il confine tra la bolla d'aria e le acque del lago. Prese un grosso respiro, quindi lo attraversò. Il buio lo avvolse, lo scafandro gli si strinse leggermente addosso per via della pressione. Staccò dalla cintura tutti i pesi, ma rimase inesorabilmente ancorato al fondo. Allora guardò la lancia, la strinse con forza, concentrando ogni pensiero su di essa.

"Lo so che adesso sono uno qualunque, ma tu prima ti sei attivata... Allora aiutami, ti prego, aiutami!"

Sentì di nuovo, lontana, la sensazione rassicurante che aveva provato quando la lancia si era generata, assieme a quella di essere trascinato verso l'alto. Si guardò attorno e vide il fondo allontanarsi sempre più. Esultò intimamente, poi volse gli occhi verso l'alto, alla superficie.

"Vedi di non fare stupidaggini, Sofia. Sto arrivando!"

Sofia si accorse subito che le cose erano enormemente cambiate rispetto a come le ricordava. Prima la sagoma di Villa Mondragone era a malapena visibile, in parte celata dalla vegetazione, lungo il pendio del monte Tuscolo. Ora, al posto della costruzione rossa che faceva capolino tra gli alberi, sorgeva un'enorme rocca nera, irta di pinnacoli altissimi. La vegetazione intorno era morta, come ci fosse passato un asteroide che avesse bruciato ogni cosa.

Sofia atterrò lungo quel che restava della strada che un tempo collegava Monte Porzio e Frascati, e che conduceva anche alla villa. La strada per un tratto sembrava normale, ma girata una curva, spariva. Al suo posto si stendeva una terra brulla e arida, senza neppure un filo d'erba.

Sofia rimase immobile, i piedi sull'asfalto, di nuovo in forma umana. Per un istante aveva sperato di poter contare sull'effetto sorpresa. Ricordava l'antico accesso alla villa tramite l'ampio viale alberato. Lo aveva percorso un paio di anni prima, quando era andata a barattare il frutto di Rastaban per la vita di Lidja. Adesso, nel raggio di un chilometro attorno non c'era *nulla*: nessuna possibilità di nascondersi, di avvicinarsi furtivamente.

Si sentiva esposta, là sotto.

Mise un piede sulla terra battuta, preparandosi al peggio. Il neo sulla fronte già brillava, quando si sentì afferrare per la spalla. Trasalì voltandosi di scatto, un braccio già trasformato in artiglio. Ma a fermarla non era stato un nemico.

«Fabio?» esclamò Sofia, incredula.

Era proprio lui, con ancora addosso lo scafandro, e le sorrideva.

«Tu... tu non dovresti essere qui» disse confusa.

«No, *tu* non dovresti essere qui. Non senza di me! Lung non ti aveva avvertita che avresti dovuto accettare il nostro aiuto?»

Sofia arrossì. «Non è detto che avesse ragione, anzi, non ce l'aveva di certo, visto che non c'è modo che possiate aiutarmi. Le sfere non funzionano.»

«Ah, sì?» replicò Fabio con un sorriso sarcastico, quindi tirò fuori dalla tasca la sfera e gliela mostrò. Non dovette neppure concentrarsi tanto. Bastò un attimo, e si trasformò nella lancia.

Sofia rimase interdetta. «Sei riuscito ad attivarla?»

«Così sembra. È lei che mi ha portato qui.» Le spiegò come fosse riuscito a emergere dal lago grazie alla lancia, e come, sempre grazie ad essa, fosse riuscito a volare fin là.

«Sei tornato un Draconiano!» esultò lei.

«No, purtroppo non sento più la presenza di Eltanin. Ma questa lancia ha poteri cui posso attingere. Sofia, io posso aiutarti!»

Sorrideva, illuminato, ma Sofia era titubante. «Fabio, la cosa migliore è che tu vada dagli altri e spieghi loro come hai fatto ad attivare la sfera. Poi, se vorrete, tornerete qui tutti insieme.»

«Non lo so come ho fatto! Ero nel sottomarino che non voleva partire, e mi sono semplicemente arrabbiato, ed ecco che la sfera si è attivata. Non ho fatto niente, capisci? Che senso avrebbe tornare indietro? E tu cosa faresti, intanto?»

«Fabio...»

«Io non ti voglio più lasciare sola, l'ho fatto troppo a lungo, e lo sai perfettamente. Non mettermi in un angolo, non negarmi la possibilità di starti al fianco. Io per te farei qualsiasi cosa.»

Sofia si sentì avvampare, ma più di ogni altra cosa non riuscì a dire di no a quegli occhi che la guardavano con una tale determinazione, con una tale intensità che se ne sentiva contagiata. Sì, aveva bisogno della sua forza e del suo appoggio, aveva bisogno di lui. Gli prese una mano, gliela strinse, infine gli sorrise.

«Insieme, allora.»

Lui annuì. «Insieme.»

Si diedero un bacio a fior di labbra, quindi Sofia estrasse la sua sfera, e in men che non si dica ebbe in mano la spada. Fecero un passo, e i loro piedi calcarono la terra battuta che segnava il confine della rocca di Nidhoggr.

30
Il ritorno

All'inizio, Fabio e Sofia si mossero indisturbati sulla piana. Tutto era terribilmente silenzioso, immobile e deserto.

«L'aria è strana» osservò Fabio.

«Credo sia dovuto al fatto che il tempo si è fermato quando l'Albero del Mondo è tornato a vivere. Lo senti? L'aria non è mai così immobile.»

Era vero. Non solo non tirava un alito di vento, ma sembrava quasi di muoversi nell'acqua, perché l'aria aveva una consistenza strana, vischiosa.

Poi, d'improvviso, sentirono una vibrazione profonda nel terreno. Si bloccarono all'istante. Sofia evocò immediatamente la spada e Fabio la lancia.

Una figura nera si staccò dalla sagoma oscura della rocca di Nidhoggr. Bastarono due battiti d'ala e fu davanti a loro. Atterrò sollevando un nugolo di polvere che rimase sospesa, congelata nel tempo come il resto del mondo.

«Avete un bel coraggio a venire qui… e con lui ridotto in quelle condizioni» disse Ofnir tra i denti indicando Fabio.

«Vedrai che le mie condizioni non mi impediranno di vedermela con te» replicò lui.

«Pensate davvero di aver cambiato qualcosa? Credete che ci importi di aver perso gli Assoggettati?»

«L'Albero del Mondo è tornato» disse secca Sofia.

Ofnir scoppiò a ridere. «Oh, ma davvero? E cos'ha fatto?» Mostrò con le braccia lo spettacolo intorno a sé. «Noi siamo ancora qui, il mio Signore è ancora qui. Abbiamo vinto.»

«Lung ti manda i suoi saluti, Ofnir» disse Sofia.

Un tripudio di lampi neri esplose intorno al corpo dell'uomo.

«Oh, certo, adesso si ricorda di me! Ma non l'ha fatto quando ha scelto i draghi.» Cercò di calmarsi. «Comunque, non ha importanza. Tutto finirà, adesso. Ti ammazzerò e porterò la tua testa al mio Signore. La tua bella avventura termina qui.»

Portò un braccio dietro la schiena, e tra le mani gli apparve lo stesso tridente nero con il quale aveva ucciso

Rastaban. Sofia contrasse la mascella fino a far scricchiolare i denti.

«Io lo distraggo, tu va'» disse Fabio a mezza voce. Le sorrise per un istante, prima di scattare verso Ofnir.

«Fabio!» urlò Sofia, ma la sua lancia aveva già incrociato il tridente. Inaspettatamente, sostenne il colpo e riuscì a pararlo.

«Va'!» ruggì Fabio.

Ofnir urlò, lanciò un nuovo attacco, ma Fabio riuscì a respingerlo e l'altro fu costretto a indietreggiare.

Con un grido, Sofia si tramutò in Thuban.

«Muoviti!» la spronò Fabio.

Lei lo guardò per qualche istante. «Non farti ammazzare!» strillò.

Lui le rivolse un ultimo sorriso, ironico e deciso. Sofia, infine, si decise a spiccare il volo, portandosi nel cuore quell'immagine. Pregò che la lancia fosse potente come aveva detto Lung, sperò che quel che le aveva consigliato, di non rifiutare l'aiuto dei suoi amici, avesse un senso.

"Non morire, non morire!" pensò disperata mentre volava verso la rocca.

Ofnir sferrò un attacco ancora più violento, ma Fabio riuscì ugualmente a contrastarlo. Si stupiva lui stesso della propria resistenza. Era certo che Ofnir fosse un nemico al di fuori della sua portata, lo era già quando ancora lui aveva Eltanin al suo fianco, figurarsi ora. E invece i suoi movimenti erano straordinariamente precisi, e soprattutto quell'arma sembrava una specie di estensione del suo braccio. Gli si adattava alla perfezione, faceva esattamente quel che le chiedeva, manovrarla gli risultava naturale come camminare.

Quando aveva inseguito Sofia, aveva fatto i conti con l'idea che non ne sarebbe uscito vivo. Gli sembrava l'unica soluzione possibile, ma era un bel modo di morire: dare la vita per lei. Ora improvvisamente cominciava a pensare di potercela fare.

«Non crederai che quella stupida lancia ti possa servire a qualcosa...» sibilò Ofnir.

«Tu che ne dici?» ribatté Fabio, partendo di nuovo all'attacco.

Stavolta però Ofnir non parò col tridente, ma tese la mano destra e ne fece partire una scarica di lampi neri. Istintivamente Fabio si schermò con la lancia, e fu un gesto provvidenziale, perché i lampi furono completamente assorbiti dalla lunga striatura nera che ne percorreva il corpo. L'arma fremette tra le sue mani, poi tornò normale, splendente come al solito. Stavolta persino Ofnir sembrò stupito. Fabio si permise un mezzo sorriso, e l'altro digrignò i denti.

«Fai male a cantare vittoria!» urlò. Estese di nuovo la mano, ma stavolta ne emersero lunghi serpenti neri che si gettarono famelici verso Fabio. Il ragazzo sentì un brivido di paura attraversargli la schiena. Se li ricordava. Improvvisamente, come in un flash, rivide l'istante in cui una di quelle serpi gli aveva staccato dalla fronte il neo, recidendo il suo unico legame con Eltanin. Sentì ancora il dolore, e il devastante senso di perdita che aveva percepito.

Mise di nuovo la lancia davanti a sé, e anche stavolta sembrò funzionare. I primi serpenti che la toccarono esplosero in una nube di fumo nero, ma erano troppi, e prima che Fabio potesse pensare di far roteare l'arma, alcuni gli avevano già agguantato il braccio, schivando l'attacco, e avevano iniziato a stritolarlo.

Fabio venne sollevato in alto, mentre le serpi stringevano sempre più le proprie spire. La lancia gli cadde di mano, l'aria iniziò a mancargli. Capì che non c'era niente che potesse fare, stavolta era davvero la fine. Come aveva potuto anche solo sperare che una lancia, per quanto magica e potente, fosse in grado di combattere un mostro del genere?

Poi, un urlo di Ofnir, e la pressione delle serpi intorno al suo corpo si allentò. Fabio cadde a terra, tossì mentre recuperava la capacità di respirare. Si gettò a riprendere la lancia, poi finalmente si guardò intorno.

A terra, i serpenti recisi si stavano dissolvendo in fumo. Qualche passo più indietro, distinse le sagome di quattro persone. Non ci poteva credere, erano arrivati anche loro: Lidja, Karl, Ewan e Chloe!

«Non potevamo lasciarvi soli. Grazie a Nida siamo riusciti a spingere il sottomarino e a farlo ripartire» spiegò Lidja.

«E con questo, direi che non ho più debiti nei tuoi confronti, se anche me ne rimanevano» disse Nida, allungando una mano per farlo rialzare.

Fabio la prese e si tirò su, pulendosi la fronte dal sudore. «Sì, direi che può bastare.»

Nida fece un mezzo sorrisetto. «Voi andate avanti. Qui basto io.»

Gli altri corsero verso la villa, ma Fabio rimase immobile.

«Be'? Non vai a salvare la tua bella?»

Fabio indicò col mento Ofnir. «Ho un conto in sospeso con lui.»

«Combattere continua a piacerti più di ogni altra cosa, eh?» disse Nida.

«Fossi in te accetterei il suo aiuto, Nidafjoll: in due forse potete arrivare a baciarmi i piedi» tuonò Ofnir, il tridente puntato verso di loro.

«Vedremo...» sibilò lei in risposta. Poi lanciò un urlo verso il cielo e si trasformò in viverna. Si gettò con tutto il proprio peso, le fauci spalancate, verso Ofnir. Rotolarono a terra, e per un istante Fabio non seppe cosa fare, impietrito davanti all'immagine dei due corpi avvinghiati. Nida, nella sua forma originaria, era assai più grande e imponente di Ofnir, eppure quest'ultimo non sembrava in difficoltà. Le aveva afferrato le fauci con le mani, e riusciva a tenergliele aperte, mentre le serpi della sua armatura cercavano una via mordendo la pelle coriacea.

L'immagine di quel piccolo uomo che riusciva a tenere testa all'enorme viverna aveva in sé qualcosa di mitologico.

Fabio si riscosse e si lanciò avanti con un urlo, concentrandosi sulle serpi. Alcune si staccarono dal corpo di Nida e presero ad aggredirlo. Lui stavolta non si fece trovare impreparato. Mantenne la distanza di sicurezza, quindi cominciò a roteare la lancia. Riuscì a recidere parecchie teste, che caddero al suolo dissolvendosi in fumo.

Quando per un istante l'assalto si interruppe, ne approfittò per gettarsi vicino al corpo di Nida. Con una precisione che stupì anche lui, cominciò ad attaccare tutti i serpenti che si accanivano contro la viverna. Riuscì a uccidere parecchi, e Nida parve trarne giovamento.

Certo, seguire i movimenti suoi e di Ofnir non era facile, ma Fabio aveva ormai capito che la lancia gli stava conferendo un'agilità del tutto innaturale.

Finalmente, un grido squarciò l'aria. Nida era riuscita ad affondare le zanne nella spalla di Ofnir. Questi si difese avvolgendole strettamente una delle sue serpi intorno al collo. Nida strabuzzò gli occhi, fu costretta a mollare la presa, ma non prima di essere riuscita a strappare via un pezzo dello spallaccio dell'armatura. Fabio recise la testa del serpente, e lui e Nida riguadagnarono per un istante la distanza di sicurezza. Nida sputò via il pezzo di armatura; non appena toccò terra, si dissolse in cenere.

«Devo ammettere che sei meno inutile di quanto credessi» disse.

Fabio si limitò a sorridere. Davanti a loro, Ofnir si teneva con una mano la ferita sulla spalla, infuriato. Tra le dita, colava copioso un sangue denso e nerastro.

«Te lo spillerò tutto, il maledetto sangue di Nidhoggr che hai nelle vene» gli sputò contro Nida.

«Tu non sei degna neppure più di pensarlo, quel nome!»

Ofnir si gettò di nuovo su di loro, puntando il tridente. Fabio lo intercettò, ma Nida intervenne ancora, togliendolo d'impaccio. Ripresero a combattere come prima, con Fabio che si concentrava sulle serpi e Nida che cercava di dilaniare Ofnir con i suoi artigli.

Ofnir li guardò fuori di sé, il fiato grosso per la stanchezza e la rabbia. Poi, d'improvviso, sembrò calmarsi. Uno strano sorriso gli si dipinse sul volto. «Se mi avessero detto che sarei dovuto ricorrere a questo per combattere contro uno stupido ragazzino e una maledetta traditrice non ci avrei mai creduto. Ma i mezzi non contano, giusto? Conta solo chi resta vivo alla fine.»

Si staccò l'armatura di dosso un pezzo alla volta; sembrava in qualche modo saldata al suo corpo, perché ogni volta che una porzione si staccava, la pelle, sotto, appariva arrossata, quasi bruciata, e il suo volto si contraeva in una smorfia di dolore.

Nida non rimase a lungo a guardare lo spettacolo. Non appena il petto di Ofnir fu libero, si gettò in avanti.

Accadde tutto in una frazione di secondo. L'armatura, a terra, coagulò in una specie di orrenda massa nera tremolante, che vibrò e si aggregò in forme strane. Poi si slanciò verso l'alto come un unico, lungo nastro, finché non si trasformò in una gigantesca e spaventosa idra. Il corpo era quello di una viverna: lungo, serpentino, magro, le ali al posto delle zampe anteriori, e quelle posteriori possenti e muscolose. Ma invece di una sola testa ne aveva nove, nove enormi serpenti dai musi affusolati e le fauci irte di zanne affilatissime.

Tanto Nida che Fabio non ebbero tempo neppure di aver paura: l'idra si lanciò immediatamente su Nida, mentre Ofnir, con un urlo, fu su Fabio. L'equilibrio della battaglia ne venne stravolto. Adesso Nida e Fabio non potevano più aiutarsi l'un l'altro, ed erano costretti a fronteggiare il rispettivo nemico da soli.

Ofnir rise: «Non potrai resistere a lungo, e lo sai!»

Cominciò a lanciare lampi dalle mani, sempre più intensi, che presero a mordere Fabio ovunque. Lui strinse i denti, urlò per il dolore, cercando di resistere, ma stava perdendo il controllo. I muscoli esausti non gli obbedivano più, le dita lo imploravano di mollare la presa. Lo fece quasi contro la propria volontà. La mano si aprì, e la lancia gli sfuggì, cadendo a terra tra la polvere.

Poi le gambe cedettero, e Fabio fu in ginocchio, fiaccato da tutto quel dolore. Ofnir era sopra di lui, immenso, imponente, il tridente stretto tra le mani e un sorriso senza pietà sul volto.

«Che ti dicevo?» sussurrò.

Caricò il colpo, e Fabio non poté far altro che stare a guardare. Sembrava stesse succedendo al rallentatore, ogni percezione si dilatò.

Poi, poco prima che la punta del tridente lo raggiungesse, un'ombra nera travolse Ofnir. Fabio tornò in sé.

Nida l'aveva salvato, ancora una volta. Ma il suo corpo di viverna era già provato da numerose ferite, dalle quali colavano lenti rivoli di sangue nero. Era stremata, lo si vedeva dai suoi movimenti, e Ofnir invece sembrava ancora nel pieno delle forze.

Fabio strinse di nuovo le dita intorno alla lancia. Anche solo quel semplice movimento gli causò dolore in ogni parte del corpo.

Alzò lo sguardo giusto in tempo per vedere il tridente di Ofnir infilarsi senza resistenza nel ventre di Nida, trapassandolo. Il colpo fu così violento che miriadi di gocce di sangue nero si dispersero nell'aria. Ofnir e Nida rimasero l'uno davanti all'altra per un secondo, immobili, e il sorriso stampato sul volto dell'uomo era quanto di più odioso Fabio avesse mai visto. Quindi Ofnir svelse il tridente, e Nida cadde all'indietro. Prima di toccare terra, era già tornata umana, e in quella forma d'improvviso apparve fragile e bellissima, niente più che una ragazzina.

Fabio si lanciò verso di lei urlando, e riuscì a prendere tra le mani la sua testa un attimo prima che toccasse terra. «Perché?» disse soltanto.

Lei lo guardò sorridendo appena, un sorriso terribilmente triste. «Mi avete contagiata, con la vostra maledetta vita... Troppo umana, sono troppo umana... E tu...

tu più di tutti.» Gli indirizzò uno sguardo che Fabio non avrebbe mai più dimenticato.

Poi chiuse gli occhi, e fu silenzio.

Ofnir scrollò il tridente dal sangue di Nida. Poi guardò l'idra.

Il mostro si lanciò su Fabio, letteralmente gli strappò di mano il corpo di Nida. Fabio lo vide alzarsi in aria, stretto tra le fauci di due delle teste. Urlò di rabbia e disperazione, le lacrime che scendevano bollenti lungo il profilo delle guance. Urlò così forte che la gola gli fece male, urlò così tanto che gli sembrò di dissolversi in quel grido.

Fu allora che la lancia, a terra, parve esplodere in un tripudio di scintille abbacinanti. Un ruggito possente fece tremare la terra sotto i loro piedi. Per qualche secondo né lui né Ofnir furono in grado di capire cosa stesse accadendo. L'aria fu lacerata dal grido stridulo dell'idra.

Quando la visione fu più chiara, davanti ai loro occhi c'era uno spettacolo inimmaginabile: due delle teste dell'idra, quelle che avevano stretto tra le fauci il corpo di Nida, erano state recise, e i tronconi si agitavano in aria.

Davanti alla bestia c'era un animale possente, fantastico, bellissimo: il corpo era armonico e muscoloso, di un oro purissimo, con le ampie ali membranose spalancate nell'aura immobile di quel tempo fermo. Tra le zampe anteriori stringeva con delicatezza il corpo di Nida.

«Non è possibile...» mormorò Fabio. Perché quello che aveva davanti non poteva che essere Eltanin.

31
L'ultimo atto

I ragazzi corsero verso la villa alla ricerca di Sofia, carichi di energia nuova. Ciascuno di loro aveva vissuto per quel giorno, lo aveva immaginato centinaia di volte, persino atteso. Erano nati per quello scontro, la loro essenza aveva viaggiato attraverso i secoli solo per arrivare incorrotta a vedere la fine di Nidhoggr.

Percorsero di volata il terreno brullo mentre la rocca, davanti a loro, si faceva sempre più imponente.

«Confesso che me l'ero immaginata diversa, Villa Mondragone...» disse Ewan.

«Ti assicuro che non era affatto così, prima. È sotto l'influsso di Nidhoggr» gli spiegò Lidja.

Si ritrovarono davanti a un polverone inatteso. Sembrava fumo, trafitto dai raggi di una luna immensa e brillante, e in mezzo a malapena si distinguevano figure strane che si contorcevano. Quando furono più vicini, d'istinto rallentarono fino a fermarsi. Perché adesso l'immagine era fin troppo chiara.

In mezzo c'era Sofia, la spada stretta in pugno, che brillava di una luce candida e purissima. Tutto intorno, era un unico formicolare di orrende zampette. Migliaia di ragni metallici le si arrampicavano sulle vesti, si impigliavano ai capelli, cercavano di soffocarla. L'aria echeggiava dello stridore della spada sui corpicini di quelle creature raccapriccianti e del rumore ticchettante delle loro giunture.

I ragazzi rimasero fermi un istante, quasi ipnotizzati da quella vista. Come potevano aiutarla? Non avevano più i poteri, ma solo quelle maledette sfere.

Ewan guardò quella che teneva in mano. Continuava a pulsare, pigra e indolente. L'unica arma che aveva a disposizione erano le mani. «Addosso!» gridò lanciandosi contro i ragnetti metallici. Per un istante gli parve di aver ritrovato le sensazioni di quando ancora era un Draconiano; non sentiva in sé Kuma, ma percepiva quella stessa esaltazione che aveva provato ogni volta che aveva combattuto, quella stessa folle certezza che non contava davvero il risultato, ma solo lottare, fino alla fine, perché questo dava un senso a tutto.

A mani nude afferrò un paio di insetti metallici, li gettò lontano e provò a calpestarli con i piedi.

Gli altri lo guardarono per qualche istante. C'era qualcosa di epico nella sua figura che combatteva disarmata, una specie di lontano richiamo che li invitava alla lotta.

Il primo a unirsi fu Karl, cui seguirono Lidja e Chloe. Afferravano gli insetti metallici, li gettavano lontano, e quando ritornavano all'attacco li lanciavano ancora. Erano coperti di morsi e punture, ma non disperavano, anzi raddoppiavano i loro sforzi.

E fu allora che accadde. Per prima fu la sfera di Ewan: sfavillò dalla tasca, una luce viola potente e pura. Poi fu la volta della sfera di Karl, e quindi quella di Lidja, che esplosero in un lampo azzurro e rosa.

Quando la luce scemò, i ragazzi non erano più disarmati. Ewan stringeva una grossa ascia bipenne. Era di diamante, lucida e trasparente, e la parte di manico che fungeva da impugnatura era di ametista, di un bel viola splendente. Ewan rimase incantato un attimo a guardarla, poi percepì qualcosa di strano sotto il palmo. Impugnò l'ascia con entrambe le mani, e come per magia quella si divise sotto il suo tocco in due asce a lama singola. Senza neppure pensarci prese quella che stringeva nella sinistra e la lanciò con precisione alla sorella.

Chloe l'afferrò al volo con presa sicura. Saggiò l'impugnatura: l'arma sembrava davvero fatta per la sua stretta. La fece roteare una volta, e bastò lo spostamento d'aria a scaraventare via uno di quegli insetti.

Karl stringeva un'arma diversa dalle altre: non era trasparente, ma di un bianco abbacinante, lucidissimo. Si trattava di un lungo arco d'osso, molto duro, eppure elastico. Si piegava docile al suo tocco, e lui non doveva fare alcuna fatica per tenderlo. Capì che quell'osso non poteva che provenire da un drago, un dono regale per un'arma infallibile. L'impugnatura era di un celeste pallido e bellissimo, trasparente, un'acquamarina di rara purezza. Sulla schiena, a tracolla, gli era comparsa anche una faretra di pelle, dello stesso colore della pelle di Aldibah, da dove spuntavano venti frecce bianchissime, dalla punta di diamante.

Lidja, infine, si ritrovò tra le mani una lunga frusta in cuoio, ma un cuoio candido, morbido e resistente. Pelle di drago, non poteva trattarsi d'altro. Era lunga e sinuosa, l'impugnatura era rosa, mentre sulla punta brillava un diamante bianchissimo. Lidja provò a caricare un colpo, e si stupì di quanto facile le risultasse usarla. In un'unica staffilata riuscì a tagliare a metà tre insetti.

Sofia, sempre intenta a combattere con la sua spada, sentì rinascere la speranza. L'Albero del Mondo non li aveva lasciati soli, e aveva fatto loro un dono magnifico.

Chloe, Karl, Ewan e Lidja si strinsero in cerchio attorno a lei, facendo il vuoto intorno.

«Tu va', qui ci pensiamo noi» disse Lidja.

«No... per favore... ho già dovuto lasciare indietro Fabio» protestò Sofia.

«È in buone mani, c'è Nida con lui» disse Chloe, e nelle sue parole sembrava non esserci più traccia del sospetto e della paura che da sempre provava per la loro enigmatica alleata.

«Sofia, solo tu puoi batterlo, e lo sai. Il tuo posto non è qui» insistette Lidja.

Sofia annuì sentendo la verità nelle parole dell'amica, poi si spostò in una zona libera dai mostriciattoli che li aggredivano e sparì alla vista.

I ragnetti avanzavano verso i quattro ragazzi. Ce n'erano così tanti – e soprattutto così tanti ne comparivano di continuo – che sembrava quasi spuntassero direttamente dal terreno.

«Ma il ritorno dell'Albero del Mondo non doveva mettere fine a tutto questo?» disse Ewan.

«Evidentemente Nidhoggr ha al suo arco più frecce di quante credessimo» osservò Lidja.

«Be', quanto a frecce, ne abbiamo parecchie anche noi» disse Karl, e accarezzò l'impennaggio di una di quelle che spuntavano dalla sua faretra.

Gli altri si concessero un vago sorriso, poi con un grido si slanciarono in avanti.

Sofia corse attraverso la piana. Ogni tanto spuntava un ragno metallico e cercava di attaccarla, ma erano poche sporadiche apparizioni; evidentemente il grosso era impegnato con gli altri. Le bastava la spada per tenerli a bada. Solo alla fine si trasformò in drago. La piana era più ampia di quanto sembrasse a prima vista, e ci stava mettendo troppo a raggiungere la rocca. Meglio andare in volo.

Atterrò sul primo contrafforte. Lo riconobbe per il Giardino Segreto, il piccolo giardino sospeso con vista sul panorama di Roma che aveva visitato durante il suo primo scontro con Nidhoggr. Era ritornata un'altra volta a Villa Mondragone, dopo quella terribile notte che era stata a tutti gli effetti il suo battesimo del fuoco. Aveva insistito il professore: «È un posto meraviglioso, non è giusto che tu ne abbia solo quel bruttissimo ricordo.»

C'erano andati in occasione di un convegno di antropologia cui aveva partecipato Schlafen; la villa era di proprietà di una delle università di Roma, e veniva usata solo per congressi, mostre e cerimonie. L'argomento della conferenza era noioso per lei, così aveva iniziato a gironzolare qua e là, scoprendo che era davvero un posto bellissimo. Alla fine aveva trovato rifugio nel Giardino Segreto, sotto i languidi refoli di un venticello primaverile. Era stato bello farsi ipnotizzare dal chiocciolio della fontana.

Di quel piccolo gioiello che ricordava non era rimasto pressoché nulla. Il parapetto che delimitava il giardino era diventato un muro grezzo irto di spuntoni taglienti. La vasca della fontana si era trasformata in un fetido acquitrino dal quale spuntavano rami secchi e resti di piante putride; l'alzata aveva ora la forma di un paio di fauci grottescamente spalancate e ne scorreva, al posto dell'acqua, un sangue nero e puzzolente. Le siepi di bosso erano secche, i rami ritorti avevano invaso tutto come piante infestanti, e non mantenevano più nulla della forma geometrica che avevano in origine. Tutto era morto, sembrava lo spettro deforme del giardino che era stato.

Sofia sentì il cuore stringersi. Perché questo era quello che Nidhoggr faceva a qualsiasi cosa toccasse. Aveva volto in male quanto di bene c'era in lui, aveva cercato di ridurre il mondo alla landa desolata che era il suo cuore.

Sofia non fece in tempo a mettere piede nel giardino che venne attaccata da quelle che sembravano due viverne metalliche. Le affrontò con la spada e le distrusse entrambe con colpi ben assestati. Ma cominciava a sentirsi stanca.

Percorse di filata due stanze e si ritrovò nella sala delle cariatidi. Qui il cambiamento era stato impressionante. Al posto delle due statue severe e composte, c'erano due figure demoniache dalle cui bocche fuoriusciva una lingua spessa e lunghissima, arrotolata come spire di un serpente. I loro volti erano atteggiati a un ghigno di una malvagità che gelava il sangue. La decorazione intorno alla quale si trovavano era completamente trasfigurata; la grossa conchiglia che delimitava l'arco a tutto sesto era stata sostituita dalla metà di un torace mostruoso, il costato composto da un numero innaturalmente alto di costole, la spina dorsale da vertebre piccole e aguzze. Sotto, un muro decorato da un macabro mosaico di minuscole ossa spezzate. Il tavolo al centro della sala era sghembo, coperto da uno spesso strato di polvere; in mezzo, in un'alzata d'osso, della frutta si stava decomponendo.

Sofia percorse la sala più ampia, quella nella quale si erano tenuti buona parte degli interventi del congresso cui aveva partecipato con il professore, e si diresse fuori, spinta da una specie di oscuro richiamo. Sapeva che il nemico era lì. L'uscita però le fu sbarrata da altre quattro viverne metalliche. Erano troppe per affrontarle da umana, tanto che Sofia fu costretta a tornare drago anche se lo spazio per muoversi era minimo. Mentre le viverne potevano essere frantumate dai colpi della spada, ora che Sofia poteva usare solo gli artigli la loro pelle metallica era dura da scalfire. Purtroppo la spada era inutilizzabile quando era un drago, per questo non aveva osato trasformarsi fino a quel momento, per paura di perdere quell'arma che secondo Lung doveva proteggerla da Niddoghr.

Tornò subito umana e la riprese, poi corse fuori attraverso il piccolo arco in pietra che immetteva nel Portico del Vasanzio, ritrovandosi davanti uno spettacolo surreale.

Il Giardino della Girandola era stato trasformato in un immenso salone. Le mura del perimetro erano ora composte di ossidiana malamente sbozzata, il soffitto era un intrico di rami secchi intrecciati, alcuni dei quali scendevano fino a terra coperti di liane. L'effetto era quello di una serie di colonne che suddividevano lo spazio in tre navate. In fondo, su quella che era stata la quinta del giardino, dove c'era la grande fontana, si ergeva un enorme altare di ossidiana, e sopra era disteso…

Lui. Nidhoggr.

Per un attimo, Sofia lo vide com'era stato in passato, l'amato fratello maggiore di Thuban, bello e possente. Sentì, nella parte di sé che era drago, una nostalgia straziante, sperò che tutti quei millenni di dolore non fossero mai esistiti, pregò che per qualche miracolo l'Albero del Mondo potesse essere in grado di tornare indietro nel tempo. Poi la visione scolorì, e Nidhoggr le apparve per com'era: il corpo enorme, attraversato dalle cicatrici di quello scontro fatale che l'aveva trasformato in viverna, le ali membranose, con i lembi sfrangiati, gigantesche, avvolte sulla quinta e intorno all'altare, il muso affilato. Indossava un'armatura nera come la notte, dello stesso materiale di quella che portava Ofnir. Gli proteggeva il petto, seguiva in parte il profilo delle ali, e infine gli copriva il capo con un elmo.

Sofia lo guardò a lungo. La prima sensazione fu di terrore. Non tanto per il suo aspetto, quanto per l'aura di malvagità che ne spirava. Strinse la presa sulla spada.

«Ci rivediamo, infine» ghignò Nidhoggr.

«Sembra di sì.»

«Non mi piace parlarti quando hai l'aspetto di quella stupida ragazzina. Voglio vederti com'eri, non credi di dovermelo?»

«Io adesso sono così» disse lei portandosi una mano al petto. «Sono Thuban, certo. Lui è in me, ma sono anche Sofia.»

«Non è per questo che sei in forma umana, vero? È perché pensi che quella spada che impugni possa sconfiggermi. Povera sciocca...»

«Lo vedremo» ribatté Sofia cercando di dominare la paura.

Il mostro proruppe in una risata gracchiante. «Mi fai pena. Costretto a nasconderti per millenni nel corpo degli stupidi umani, ti sei abbassato a scendere a patti con le creature più meschine che popolano questo mondo.»

«Un tempo tu amavi gli umani.»

«Un tempo che per fortuna è finito. Arrenditi, non potrai neppure toccarmi in quella forma. Gli umani sono deboli e sciocchi, non possono niente contro il mio, un tempo avrei detto il *nostro,* potere.»

«Non esserne così sicuro. Sono stata io a salire fino a Draconia e a riportare in vita l'Albero del Mondo. Nidhoggr, è ritornato al suo antico splendore: te lo ricordi, com'era bello?»

Nidhoggr ringhiò con rabbia. «Era solo il simbolo di un mondo corrotto, l'immagine di tutto ciò che mi è stato rubato.»

«Non la pensi davvero così, non puoi pensarla così... Tu lo volevi difendere, l'Albero del Mondo, esattamente come me, non puoi averlo dimenticato.»

«Taci!» ruggì Nidhoggr. «Niente mi lega più a te, o a Draconia, o all'Albero. Io sono altro, sono qualcosa di più grande, che non puoi neppure capire, io sono il futuro che attende il mondo! Batterò te e i tuoi stupidi amici, ridurrò a brandelli i corpi dei vostri alleati umani, e distruggerò l'Albero del Mondo, questa volta per sempre. Sarò quel che avrei sempre dovuto essere, il dominatore di questo mondo! E quanto alla tua spada... Vediamo se riuscirai anche solo a tenerla in pugno» e fece un gesto con il capo.

Delle ombre balzarono su Sofia. Figure nere, immense e terribili, che sembravano sbucare dalle pareti. Erano viverne, con lo stesso aspetto di Nida quando tornava alla sua forma originaria. Sofia cercò di combatterle con la spada e con le liane, ma erano troppe e troppo potenti. Lo spazio del giardino risuonò di una risata tremenda.

«Pensavi che gli Assoggettati fossero la mia sola arma? Ti sbagliavi! Contro di loro l'Albero del Mondo non può nulla! Come te la caverai adesso nel corpo di un'umana, Thuban, me lo dici?»

Sofia mulinò la spada, i suoi colpi andavano a segno, ma non bastavano. Rotolò di lato, guadagnò un attimo di respiro. No, non poteva continuare così. Chiuse gli occhi un istante, e fu di nuovo Thuban. La spada cadde a terra tintinnando.

32
Thuban e Sofia

Sofia combatteva senza risparmiarsi, avanzando verso il trono di Nidhoggr. Per quanto possibile, cercava di mettere fuori combattimento le viverne senza ucciderle. Non poteva impedirsi di provare pena per quelle creature perdute. Nei loro occhi vedeva una cieca obbedienza, una triste rassegnazione al proprio destino. Pensò alla loro esistenza consumata nell'ombra, ai millenni che avevano trascorso nascoste, solo per essere mandate al massacro. Capiva perché Nidhoggr avesse scelto quegli alleati: erano disperati, proprio come lui.

Per quanto si sforzasse, tuttavia, il nemico la stava mettendo a dura prova. Le viverne erano enormemente più forti degli insetti metallici, ed emettevano lampi neri che colpivano il corpo di drago di Sofia come scariche elettriche.

Sofia ingaggiò un estenuante corpo a corpo, sola contro dieci viverne, mentre cercava di farsi scudo con la linfa dell'Albero del Mondo. Ma presto si rese conto che erano troppo forti, e soprattutto *troppe* per lei.

Una viverna riuscì a morderle una spalla, e Sofia sgroppò strappandosela di dosso, ma a costo di un lembo di pelle. Per il dolore perse l'equilibrio e cadde a terra.

Neppure il tempo di un respiro, e le viverne furono su di lei. Sofia si avvolse completamente nella linfa, ma sentiva le zanne e gli artigli degli avversari forzare quella debole barriera. Cercò di ispessire lo strato protettivo, ma persino respirare cominciava a diventare difficile. Nello spazio riecheggiava la risata di Nidhoggr, gracchiante e inarrestabile.

«Arrenditi, non c'è niente che tu possa fare! Pensavi davvero di potermi battere? Ti ho già ucciso una volta, cosa ti faceva credere che stavolta sarebbe stato diverso?»

Le forze la stavano abbandonando, e per quanto cercasse di aggrapparsi al presente, Sofia scivolava lentamente verso il buio. I suoi pensieri erano di rabbia. A cosa era servito salire fino a Draconia, raccogliere i frutti, lottare, soffrire, se soccombeva ai servi del nemico senza nemmeno riuscire ad arrivare a lui?

"Non può finire così..." pensò furiosa.

E così non finirà.

Conosceva quella voce. L'aveva attesa, ne aveva un disperato bisogno. Il buio coagulò in una forma nota, di un verde brillante. Prima fu solo il volto, poi l'intera figura di Thuban si disegnò nella sua mente.

"Ho bisogno di te!" gridò Sofia dentro di sé. "Da sola non posso farcela!"

Lo so. Ed è per questo che devi lasciarmi andare.

Sofia non capiva. "Che vuoi dire?"

Che ha ragione Nidhoggr. Devi lasciarmi andare.

"Vuoi farti uccidere e divorare dalle viverne?"

Non mi uccideranno, come non hanno ucciso nessuno degli altri draghi.

"Sono ancora vivi? Non ci hanno abbandonati?"

Sofia percepì che Thuban stava sorridendo. *Non siete mai rimasti soli, e non lo rimarrai neppure tu adesso. Ma così, nella forma che abbiamo, non possiamo vincere questa battaglia.*

Sofia si concesse un istante di riflessione. "E allora dimmi cosa devo fare."

Devi troncare ogni legame con me. Io e te avremmo potuto vivere nello stesso corpo solo fino a quando Nidhoggr non fosse tornato sulla Terra. Quando ancora era vincolato al mio sigillo, potevi fronteggiarlo da Draconiana. Ma adesso lui è tornato, e le mie forze, dentro di te, non bastano più. Devi liberarmi, Sofia, devi permettermi di uscire da te e tornare quello che ero: ora che l'Albero del Mondo risplende di nuovo, posso farlo. Riavrò il mio corpo, e tu sarai libera dalla mia presenza, di nuovo solo Sofia e nient'altro.

Sofia si sentì turbata a quel pensiero. Nei primi tempi dopo che il professore le aveva rivelato chi era, aveva sperato di svegliarsi una mattina senza più quel drago dentro di sé. Tornare ad essere "normale" da allora era stato il suo sogno proibito. Ma adesso Thuban era parte di lei. Non poteva immaginare di vivere senza di lui. Era Thuban a fare di lei quel che era, era Thuban che l'aveva trasformata in un capo. Cos'era lei senza la sua presenza?

"Come puoi dire una cosa del genere?" gridò. "Senza di te non sono niente."

Sbagli, Sofia. Non sono io che faccio di te la persona che sei. Ora sei in grado di camminare da sola Tutti, Sofia, abbiamo paura del cambiamento, ma arriva il momento in cui dobbiamo crescere, e cercare la nostra strada. Tu hai già cominciato a farlo, e da molto tempo. Per questo ora posso lasciarti, per questo ora possiamo affrontare questa battaglia fianco a fianco. Attaccheremo Nidhoggr insieme, e se vinceremo ti attenderà un futuro bellissimo, perché la vita è meravigliosa, e non hai bisogno di un drago nel cuore per riuscire a volare.

Sofia pensò alla propria vita, e l'immagine di Fabio le

riempì la mente. Quante cose avrebbero potuto ancora fare insieme, quante sfide avrebbero potuto affrontare... Ma doveva superare quell'ultima prova.

Sorrise sotto lo strato sempre più sottile di linfa e sentì che Thuban si univa al suo sorriso.

A presto, Sofia, le disse.

Con le ultime forze, Sofia rotolò su se stessa e riuscì finalmente a raggiungere la spada. La strinse in pugno e con un unico, preciso colpo, svelse l'Occhio della Mente dalla propria fronte. Il dolore fu atroce, e si sentì urlare.

Poi ogni cosa fu investita da una luce accecante, mentre un potere benefico la percorreva da capo a piedi, restituendole le forze perdute e guarendo le sue ferite.

Quando riaprì gli occhi, si ritrovò in piedi. Indossava una magnifica armatura di diamante con inserti di smeraldo; era come la spada, durissima e splendente, eppure leggera, quasi fosse fatta apposta per il suo corpo. Tra le mani, la spada brillava di una nuova luce.

Ma, soprattutto, davanti a lei vide Thuban: era un drago magnifico, immenso e possente, forte com'era stato ai tempi degli antichi fasti di Draconia. Le ali spalancate erano così grandi da oscurare il cielo, gli artigli così potenti che le viverne strette nella loro morsa erano incapaci di muovere un muscolo.

Si guardarono negli occhi, per la prima volta dopo tutti quegli anni insieme. Non ci fu bisogno di parole: si riconobbero, percepirono di essere legati da qualcosa di inesprimibile e profondo. Di essere ancora, in modo diverso, una cosa sola.

33
Il tempo dei draghi

Eltanin pose delicatamente Nida a terra, mentre Fabio guardava con stupore la nuova armatura di diamante e oro, venata di nero, che gli ricopriva il corpo.

Si accovacciò un istante accanto a Nida. Nonostante le ferite, sembrava quasi che dormisse. Non era tornata alle sue sembianze originarie, ma era rimasta umana. Chissà se era stata una scelta o un desiderio nascosto nel cuore.

«Ti giuro che il tuo sacrificio non sarà stato vano» le disse ferendosi una mano con la lancia, e lasciando che qualche goccia di sangue le colasse sul petto. Poi si tirò su con rinnovata determinazione.

«Questo non cambia nulla» ringhiò Ofnir facendo un cenno all'idra. L'animale si gettò con un grido contro Fabio, ma Eltanin si frappose tra loro, scagliando via la bestia. Il terreno risuonava dell'urto dei due corpi giganteschi che si affrontavano, l'aria echeggiava delle loro grida.

Fabio riuscì a tornare di fronte a Ofnir. «Spostati. Non sei tu il mio nemico» disse gelido.

Ofnir rise. «Come, non vuoi vendicare la tua amichetta?»

«Certo. E per farlo devo arrivare a Nidhoggr, non a te.»

Ofnir contrasse la mascella e si gettò su di lui con un grido. Ripresero a battersi, Ofnir con il tridente e Fabio con la lancia. Ma mentre prima era lui ad essere in affanno, adesso Ofnir sembrava in difficoltà. I colpi di Fabio si erano fatti più precisi e potenti, e quelli di Ofnir, per quanto terribili, venivano intercettati dalla sua nuova armatura. Fabio riuscì a farlo indietreggiare, e con un tondo gli impresse un lungo taglio su una guancia. L'uomo urlò e il suo corpo esplose in un tripudio di fiamme nere, ma Fabio le fece infrangere contro una barriera di fuoco. Aveva di nuovo i suoi poteri, anche se Eltanin non era più dentro di lui.

Un ultimo, straziante grido li fece voltare entrambi. L'idra giaceva a terra, le nove teste tutte recise, l'ultima ancora in bocca a Eltanin. Ofnir lanciò una maledizione al cielo, poi enormi ali nere gli esplosero sulla schiena e volò via.

"Che sta succedendo?" pensò Fabio.

È accaduto qualcosa, qualcosa che preoccupa terribilmente Nidhoggr.

Fabio si voltò. Era stato Eltanin a parlare, dietro di lui. Adesso che poteva guardarlo meglio, si accorgeva di quale magnifica bestia fosse. Sapeva qual era il suo aspetto, l'aveva sempre saputo, e l'aveva anche visto nei suoi sogni, ma trovarselo davanti era tutta un'altra cosa. Non poté impedirsi di accarezzargli una spalla. Sentì il muscolo contrarsi sotto il suo tocco.

Anche gli altri draghi si sono manifestati, disse Eltanin. *E hanno aiutato i tuoi amici a battere gli insetti di metallo.*

"Anche Thuban è tornato?"

Certamente. Ma Sofia ha bisogno del tuo aiuto. Dobbiamo andare.

Fabio annuì, poi guardò Nida. "E lei? Non posso lasciarla qui."

Eltanin si avvicinò alla ragazza. Fabio la guardò per un'ultima volta. Aveva fatto per loro, e soprattutto per lui, qualcosa di straordinario, qualcosa per cui si sarebbe sentito in debito per sempre.

«Non ti dimenticherò mai» le disse. «E perdonami per tutto il male che ti ho fatto.» Poi guardò Eltanin. Fu lui a lanciare la potente fiammata che trasformò il corpo di Nida in cenere e fumo. Fabio lo vide innalzarsi verso il cielo. Chiuse un istante gli occhi, l'ultimo addio, poi fu pronto.

Saltò in groppa a Eltanin.

«Andiamo» disse, e spiccarono il volo verso il cielo.

Nel momento in cui aveva rivisto Thuban, Nidhoggr si era sentito attraversare da un terrore paralizzante. Sperava di non dover mai più rivedere il suo nemico, non in quella forma. Certo, Sofia era in grado di assumerne le fattezze, ma in quel caso era diverso: c'era qualcosa di fragile e umano in lui, come se l'aver vissuto così a lungo in un altro corpo l'avesse indebolito. Adesso invece era davvero quello di un tempo, lo stesso che lo aveva imprigionato sotto terra per trentamila anni. Era possente, forte, sicuro come allora, come il giorno in cui aveva ricevuto dall'Anziano l'investitura a Guardiano, il giorno in cui gli aveva rubato tutto.

Se avesse dato retta al suo cuore, sarebbe scappato, vinto dal ricordo di quegli interminabili millenni trascorsi al buio e al freddo. Ma rimase dov'era, e recuperò rapidamente la sua presenza di spirito.

"L'ho già ammazzato una volta e lo rifarò" pensò. "Non conta che l'Albero del Mondo sia tornato, io sono ancora il più forte, il più grande."

Per qualche secondo tutto rimase immobile, persino le viverne si fermarono. Era come se tutti percepissero la solennità di quell'istante. Thuban e Nidhoggr si fissavano, per la prima volta dopo trentamila anni. Nei loro sguardi, nel loro silenzio, c'era tutta la loro storia. Sofia rimase a guardare senza una parola.

«Speravo davvero di non doverti mai più rivedere» disse Nidhoggr.

«Io invece desideravo con tutto il cuore di rivederti, fratello.»

«Non siamo più fratelli. Non mi hai visto? Tu hai voluto che non lo fossimo, regalandomi questo corpo.»

«Non era quello che volevo. Ho sbagliato, e sono millenni che convivo con questa consapevolezza.»

«Già, ma io convivo da millenni con queste cicatrici, e col dolore di essere stato tradito dalla carne della mia carne.»

«Il nostro tempo è finito, lascia che ce ne andiamo da fratelli, e non da nemici.»

«Ho distrutto l'Albero del Mondo perché era quello che volevo, ti ho ucciso perché ti odiavo e ti odio ancora, e non smetterò certo adesso.»

Nidhoggr squarciò l'aria con un urlo. Il tetto di rami intrecciati esplose in una miriade di schegge mentre le viverne, a terra, si agitavano di nuovo, unendo le loro voci a quella del padrone. Dal cielo scese a terra Ofnir. Sofia rabbrividì di fronte al suo sguardo.

«Eccomi, mio Signore» disse. «Vi aiuterò a combattere questi esseri indegni.»

«E sei pronto a tutto per farlo? A qualsiasi sacrificio?»

Ofnir lo guardò con occhi accesi da un fanatismo cieco, assoluto. «Sì, mio Signore!» proclamò.

«E allora va'» disse Nidhoggr, e con un artiglio lo trapassò da parte a parte.

Ofnir urlò di dolore, e il suo corpo iniziò a trasfigurarsi. Le membra si estesero innaturalmente, braccia e gambe si saldarono al corpo, la testa si ingrandì e si allungò. Quando Nidhoggr finalmente ritrasse l'artiglio, di Ofnir non era rimasto più nulla. Davanti a Thuban e a Sofia c'era un serpente gigantesco, nero e viscido, la bocca aperta e la lingua guizzante.

«Prenditi la tua vendetta» mormorò Nidhoggr, e il serpente si gettò contro Thuban e Sofia, pronto a dilaniarli. Ma prima che le sue spire si stringessero attorno alle prede, accadde quello che Sofia non avrebbe mai sperato: Eltanin, Rastaban, Aldibah e Kuma, maestosi e imponenti, apparvero davanti ai suoi occhi. Sulle loro groppe sedevano i cinque Draconiani. La squadra era riunita per la battaglia finale.

Il serpente rimase indeciso un solo istante, poi urlò verso il cielo e si avventò contro di loro.

«Tu pensa a Nidhoggr! È tuo!» gridò Fabio, in groppa a Eltanin, e si lanciò contro il mostro generato dalle carni di Ofnir. Era immenso, sembrava crescere a vista d'occhio, e una sola delle zanne che gli spuntavano dalla bocca era lunga a sufficienza per trapassare da parte a parte la testa di un drago. I ragazzi gli volavano intorno, lanciandogli contro fiamme, bordate di ghiaccio, uragani e quanto i loro poteri erano in grado di evocare, però sembrava tutto inutile.

Sofia saltò in groppa a Thuban e si avventò contro Nidhoggr, ma Ofnir mosse le sue spire per intercettarli. Sofia se lo vide arrivare addosso, le fauci spalancate, il rosso della bocca che sembrava quello di una fornace ardente. Poi, un lampo color dell'oro le occultò la vista. Eltanin si era messo in mezzo e il mostro aveva stretto le fauci su una delle sue ali, tranciandogliela di netto.

Guizzò verso Karl, che lo bloccò per un istante congelandogli la testa, mentre Ewan e Chloe lo trattenevano con un uragano devastante. Gli altri gli si gettarono addosso. Il serpente sembrava impazzito. Muoveva la testa a destra e a sinistra, lanciando sibili inferociti. Con uno di quei movimenti colpì in pieno Aldibah, che andò a sbattere con violenza contro il muro del giardino. Poi lanciò una fiammata nera contro Lidja e Rastaban: il drago venne colpito di striscio a un fianco e Lidja a una spalla. Urlò di dolore.

«Lidja!» la chiamò Fabio, ma non ottenne risposta. Era piegata in due, la mano stretta alla spalla. Sotto le dita, si intravedeva qualcosa di nero che lentamente si estendeva al braccio. Fabio fece allontanare Rastaban per un istante e atterrò in un angolo della sala.

«Lidja, dannazione, dimmi qualcosa.»

Finalmente lei alzò lo sguardo. Soffriva terribilmente. «È tutto a posto.»

«Lidja, non ce la puoi fare, hai visto la forza di quel mostro. Hai già dato molto.»

Lei si morse le labbra. Una nuova fitta la piegò in due. Infine scese dal drago, a malincuore.

«Abbattilo, Fabio, abbattilo e vai da Sofia» disse.

Fabio tornò a combattere, ma la situazione appariva disperata. Kuma si era trovato da solo ad affrontare il serpente, e sembrava aver avuto la peggio. Un larghissimo taglio gli si apriva sul petto; volava a stento, e anche Ewan e Chloe sembravano feriti dalle fiamme nere. Provarono un ultimo attacco: con disperazione Kuma si avventò sul serpente. Lo morse proprio sotto la testa, affondando i denti più che poteva. Ofnir urlò verso il cielo, prese a muoversi convulsamente finché non riuscì a togliersi di dosso il drago, che spiraleggiò abbattendosi al suolo.

Per un istante, il serpente sembrò quietarsi, e Fabio poté valutare la situazione. Erano comunque in quattro contro uno, per cui erano riusciti a infliggergli numerose ferite che punteggiavano il suo corpo immenso. La più grave sembrava uno squarcio sul collo, senza contare le frecce che Karl, in aria prima e dal suolo poi, era riuscito a mandare a segno. Ma si muoveva ancora bene, e lui ormai era solo. Gli altri draghi, compreso il suo, erano a terra.

«Siamo rimasti io e te, dunque» disse Fabio. Rastaban tacque. «Sei con me?» disse piegandosi sul collo del drago.

Come sempre, rispose lui.

«E allora andiamo!» E si slanciarono contro il nemico.

Nel frattempo Sofia e Thuban si avventavano su Nidhoggr con foga, ma lui evitava i colpi con un'agilità insospettabile. Non sembrava una creatura rimasta bloccata nell'ombra per millenni. Il suo corpo era ancora scattante e rispondeva con precisione agli ordini. Lame di luce nere si staccarono da lui, ma quando Sofia le colpì con la spada, si accorse che erano dure come l'ossidiana. Alcune morsero la carne di Thuban.

Nidhoggr rise. «Cosa credevi, che mi fossi rammollito? L'odio ha tenuto vivo il mio corpo per tutti questi secoli, lo stesso odio che mi dà la forza di sconfiggerti!»

Si gettò su Thuban, affondando i denti nella sua spalla. Il drago cadde all'indietro ruggendo, mentre un colpo d'ala di Nidhoggr disarcionava Sofia. Si sentì scivolare all'indietro, cadde lungo la schiena di Thuban e solo all'ultimo riuscì ad aggrapparsi alle sue scaglie e a mettersi di lato. Con un salto spericolato atterrò sulla groppa di Nidhoggr.

Il contatto con la sua pelle le trasmise ribrezzo e paura. Si arrampicò fino alla testa, non senza difficoltà, perché Nidhoggr e Thuban lottavano avvinghiati l'uno all'altro. Sofia vide che Nidhoggr era ancora saldamente aggrappato con i denti alla spalla di Thuban e infilò la spada tra le sue fauci, provando a far leva. Non servì a nulla, la viverna era troppo forte.

Nidhoggr la sbalzò via colpendola con uno dei suoi artigli. Sofia avvertì un bruciore atroce invaderle la schiena. Non toccò il suolo, però, perché Thuban riuscì a frenare la caduta prendendola al volo, nonostante gli mancasse un brano di carne sopra la spalla e perdesse sangue a fiotti.

Lui e Nidhoggr si avvolsero di nuovo in un abbraccio mortale, mentre la spada di Sofia solo a tratti riusciva a penetrare la pelle di Nidhoggr infliggendogli piccole ferite.

Era vero. Era forte, più forte di quanto lei avesse mai immaginato; non potevano farcela loro due soli. Avevano bisogno degli altri.

A terra, il sangue rosso di Thuban si mescolava con quello nero di Nidhoggr. Ma Thuban era più debole, lo si vedeva dal suo atteggiamento, dal modo stesso in cui faticava a reggersi. E Sofia, Sofia era esausta. Anche solo restare in piedi con la spada in mano le richiedeva uno sforzo supremo.

«Ho bisogno di aiuto!» urlò verso i suoi amici. «Ho bisogno di voi!» Ma dalle sue spalle sentiva provenire solo le urla e i soffi inferociti di Ofnir.

Nidhoggr lanciò di nuovo le sue lame nere, e Thuban stavolta non ebbe la forza di spostarsi. Fu Sofia, con un impeto estremo, a frapporsi e a cercare di pararle con la spada come meglio poteva. Riuscì a evitarne la maggior parte, ma molte le impressero sottili, dolorosi tagli a braccia e gambe.

Fabio e Rastaban, intanto, lottavano con il serpente. Si avvicinavano il tempo sufficiente affinché Fabio potesse infliggergli una ferita, poi si allontanavano. Certo, non era possibile sconfiggerlo così, ma speravano per lo meno di fiaccarlo, tanto più che da terra Karl continuava a colpirlo. Le sue frecce, dopo un po', si materializzavano di nuovo nella faretra, così non era mai a corto di munizioni. Fino a quel momento non era riuscito a fare grandi danni, ma con un colpo fortunato finalmente infilò l'occhio sinistro della bestia. Il serpente alzò la testa al cielo, gridando di dolore, e Fabio ne approfittò per avvicinarsi e colpire l'altro occhio con la lancia. Accecato, il mostro mosse il corpo con violenza tutt'attorno, e una delle sue spire si abbatté su Karl sbalzandolo contro il muro, mentre la testa colpiva Rastaban, che cadde a terra. Il drago cercò di risollevarsi, ma il nemico gli fu addosso e, con un terribile morso al ventre, lo inchiodò al suolo. Fabio sentì il dolore del drago come fosse il proprio, e con un salto disperato balzò sulla testa del serpente e la colpì con la lancia, affondandola al centro.

Quindi cadde a terra, colpito a una gamba da una della fiammate. Fu come se gliel'avessero strappata. Il dolore era così intenso che non riusciva neppure a gridare. Il serpente crollò al suolo, smettendo di muoversi dopo un'ultima convulsione. Era finita, pensò Fabio.

Ma non lo era per Sofia. Con uno sforzo supremo, alzò la testa e la vide. Stava davanti a Thuban, la spada in pugno, e respingeva le lame nere che Nidhoggr le lanciava contro cercando di proteggere il drago, stremato e pieno di ferite. Era bellissima nella sua determinazione a resistere, nella sua forza disperata, nel suo coraggio. Ma Fabio sapeva che non avrebbe potuto reggere ancora a lungo.

In quel mentre risuonò la voce di Eltanin, disperata

e morente. *C'è ancora qualcosa che possiamo fare,* disse. *L'unica. L'ultima.*

Alla sua voce si unì quella degli altri draghi. Dicevano la stessa cosa, chiamavano a raccolta tutti i Draconiani. Fabio si girò prono e si trascinò piano fino a Eltanin. I suoi occhi erano quelli di un essere morente. L'Occhio della Mente pulsava debole, ormai quasi spento. Guardò Fabio, e non ci fu bisogno di dire altro. Il ragazzo sorrise. Prese tra le mani la testa del suo drago e avvicinò il volto al suo muso, finché la fronte non combaciò con l'Occhio della Mente. I suoi compagni stavano facendo lo stesso ciascuno con il proprio drago. Fabio sentì la vita scorrere attraverso quel contatto, avvertì ogni briciola delle sue energie residue

Un'immensa, dolce luce dorata li avvolse tutti.

La luce dorata investì Sofia all'improvviso. Se ne sentì avvolta e dentro di essa sentì gli echi dei suoi compagni. C'erano la sicurezza di Lidja, l'intelligenza di Karl e la dolcezza di Chloe, la spavalderia di Ewan e l'amore di Fabio. Sofia si sentì la somma di tutti in quel momento.

La luce investì anche Thuban e parve infondergli nuova vita. Sofia lo vide trasfigurarsi in un drago immenso e meraviglioso, in cui si riunivano le caratteristiche dei suoi cinque compagni. Non era più solo Thuban, erano tutti i Guardiani insieme, era l'Albero del Mondo fatto carne.

Nidhoggr si ritrasse urlando. Il drago, somma di tutti i draghi, non lo colpì. Rimase immobile davanti a lui, uno sguardo di profondo dolore e compassione negli occhi. Gli si avvicinò, lo avvolse con le sue ali in un abbraccio fraterno. Nidhoggr si dibatté, ma non riuscì a spezzare quella stretta: il drago adesso era infinitamente più forte di lui.

«Stammi lontano! Non la voglio la tua compassione! Non lo voglio il tuo amore!» urlò Nidhoggr, ma il drago continuò a tenerlo stretto senza parlare. I due musi, l'uno di fianco all'altro, per un istante parvero a Sofia com'erano stati nei tempi antichi, quando la smania di potere non li aveva ancora divisi.

«Fallo, Sofia» disse Thuban. Sofia rimase immobile, la spada abbandonata al fianco. «Il nostro tempo è finito, è ora per noi di andare. La tua spada serve a questo, lo hai sempre saputo.»

«Io non voglio colpirti» disse Sofia.

«Non riuscirò a rimanere a lungo in questa forma, Sofia. Devo andare, e Nidhoggr deve venire con me.»

Sofia sentì le lacrime che le inondavano il viso

«No...» mormorò.

«È così che va questo mondo splendido e terribile

nel quale viviamo. Anche tu hai dato e perso molto per arrivare fin qui, anche tu hai sofferto. Non sminuire questa sofferenza, non renderla vana.»

Le sorrise, un sorriso meraviglioso, appagato, soddisfatto. Fu allora che Sofia alzò la sua spada tra le lacrime e calò il colpo al centro di quel bozzolo formato dalle ali di Thuban. Thuban e Nidhoggr si dissolsero in centinaia di scintille luminose, e per un istante Sofia ebbe l'impressione di aver visto persino Nidhoggr sorridere, un sorriso tenue e nascosto. Poi sentì le forze abbandonarla.

Cadde nel buio.

Epilogo

Sofia si svegliò in una stanza sconosciuta, in un letto che non le sembrava il suo. Accanto a lei, c'era il professore.

«Prof, sei vivo!» gridò gettandogli le braccia al collo, ma nel cercare di alzarsi il corpo le inflisse una fitta di dolore.

«Certo che sono vivo» disse lui disorientato. «Chi ha rischiato la vita sei tu.»

E raccontò una storia che alle orecchie di Sofia non aveva senso. Le parlò di un incidente stradale, di un'auto che l'aveva travolta, di giorni passati in ospedale.

«Ma... questo quando sarebbe successo?»

«Una settimana fa. Sei stata tra la vita e la morte per tre giorni, però adesso sei fuori pericolo.»

«E Nidhoggr? L'abbiamo sconfitto?»

«Nid... cosa? Di chi stai parlando, Sofia?»

«Prof, sto parlando della viverna che ha ucciso Thuban, dell'Albero del Mondo, dei frutti.»

«Hai bisogno di riposo, cara. Ecco qui, appoggia la testa al cuscino» le disse Schlafen accarezzandole i capelli.

Sofia rimase senza parole.

Fu allora, di fronte alla faccia perplessa del professore, che capì. Lui non ricordava niente. Non solo gli avvenimenti degli ultimi giorni: non ricordava nulla dei Draconiani, dell'Albero del Mondo, di se stesso e del proprio ruolo di Custode. Tutto quello che avevano condiviso negli ultimi anni era semplicemente sparito.

Provò a porgli altre domande, ma lui parve prima confuso, poi condiscendente, infine seriamente preoccupato.

A sera lo sentì parlare con un medico, appena fuori dalla porta della sua stanza in ospedale.

«È ancora confusa, è normale, ha subito un trauma cranico di una certa gravità. In ogni caso, domattina la faremo esaminare meglio da un neurologo.»

A quel punto, Sofia decise di fare buon viso a cattivo gioco, e smise di citare i Draconiani e l'Albero del Mondo.

In capo a dieci giorni fu fuori dall'ospedale, di nuovo a casa.

Ma qui trovò un'altra brutta sorpresa ad attenderla.

La casa sul lago non era altro che un normalissimo villino a Castel Gandolfo, dove vivevano lei, il professore e Thomas. Del maestoso albero che cresceva al centro della casa non esisteva nemmeno un ramo, e tutto quel che restava della passione del professore per l'Ottocento era un arredamento appena eccentrico, nulla più. Ma, soprattutto, non c'erano Lidja, Karl, né nessuno dei suoi amici. Sofia non ebbe il coraggio di chiedere. Quella parola, "neurologo", l'aveva spaventata. Iniziò a credere di essere pazza, di aver sognato tutto, iniziò a pensare che gli ultimi due anni fossero stati un parto della sua mente, un frutto di quei giorni che aveva passato sospesa tra la vita e la morte.

Eppure, la notte stessa del suo ritorno a casa, la vide. La sfera che Lung le aveva dato era nella sua stanza a prendere polvere su una mensola.

La prese in mano, chiedendosi se non fosse anche quella un'illusione. Ma le bastò toccarla, e la vide risplendere di una luce verdastra, pulsare debolmente. E allora capì. Non era stato un sogno, non era impazzita. Era tutto vero. Ma era così anche per i suoi compagni? O solo lei avrebbe portato il peso di quel ricordo? Dov'erano Lidja, Karl, Fabio e i gemelli? Dov'erano i suoi amici?

Quando vide Fabio comparire sulla porta, stretto nella camicia a quadri con cui l'aveva conosciuto, non riuscì a trattenersi e gli saltò al collo.

«Dimmi che ti ricordi, dei draghi, di noi, di tutto» gli mormorò sul collo, il cuore in gola.

Fabio la strinse a sé. «E come potrei averlo dimenticato? Da quando mi sono risvegliato non ho fatto altro che cercarti.»

Un colpo di tosse li interruppe. Dietro di loro c'era il professore, lo sguardo acceso da una sorta di gelosia paterna. «Sofia, chi è questo ragazzo? Si è precipitato in casa senza nemmeno presentarsi!»

«Un amico dell'orfanotrofio» rispose lei.

Fabio era esterrefatto. Schlafen che non lo riconosceva?

Quando il professore si convinse a lasciarli soli e andò a preparare qualcosa da bere, Sofia spiegò a Fabio la situazione. Parlarono a lungo, ricordando gli ultimi momenti della battaglia.

«Ho creduto di essere pazzo. Non capivo perché non fossimo insieme, non ero più in grado di dire se fosse stato un sogno o cosa. Ma questa non poteva mentire, e ho capito che dovevo venire a cercarti» disse mostrando a Sofia una sfera.

«Allora è rimasta anche a te!» esclamò lei. «Anch'io l'ho ritrovata qui, e ho avuto la riprova di non essere impazzita come temevo. Ma la cosa peggiore era che non sapevo dov'eri, non sapevo nemmeno se pure tu eri stato un'illusione.»

«Non sono un'illusione» mormorò Fabio.

Si sorrisero timidamente, poi, piano, si baciarono.

Insieme, cercarono gli altri e a poco a poco li ritrovarono tutti.

Lidja era di nuovo col circo, accampata nello stesso piazzale dov'era montato il tendone la prima volta che lei e Sofia si erano conosciute. Li strinse a lungo entrambi, non appena li vide.

«Dimmi che almeno il prof si ricorda» disse, ma Sofia dovette deluderla.

Karl era di nuovo in Germania, ed erano riusciti a mettersi in contatto via mail, mentre Chloe e Ewan stavano a Edimburgo. Avevano raccontato che anche Gillian non ricordava nulla, che era stato un incubo, che prima di sentirli avevano pensato di aver avuto un'allucinazione.

Il mondo non ricordava, il mondo aveva dimenticato. Sui giornali non c'era traccia dell'eruzione del Vesuvio, o dello tsunami a Palermo. Villa Mondragone era niente più che una residenza d'epoca, le fondamenta erette su un'antica villa romana.

Tutto quel che riguardava draghi e viverne sembrava essere scomparso dal mondo, e anche gli Occhi della Mente si erano trasformati in normali nei. Era questo che intendeva Thuban quando aveva detto che il tempo dei draghi era finito? Era questo oblio che li condannava a una solitudine eterna?

Il professore era il solito padre affettuoso nei confronti di Sofia, e fece amicizia molto presto anche con Lidja e Fabio, che si ritrovarono a passare buona parte delle loro giornate nel villino. Fabio ormai viveva nel garage della casa, arredato in modo da essere una comoda stanzetta. Ma per Sofia era dura non poter condividere con Schlafen una parte così importante della sua vita, quella che aveva forgiato il loro rapporto.

Nella libreria trovò un volume in cui veniva raccontato tutto per filo e per segno, e provò a parlare con lui. Il professore fu prodigo di dettagli, e per un istante Sofia sperò potesse ricordare.

«Era quello che dicevo appena mi sono svegliata in ospedale, no?» provò a dire.

«Già. Solo che tu ci credevi davvero, e queste invece sono solo leggende. Magnifiche leggende, tra quelle che amo di più, ma nient'altro che storie.»

E questo chiuse per sempre l'argomento tra loro due.

Il lago era quieto e silenzioso. L'acqua a malapena sciabordava lungo la riva e in cielo splendeva una luna gigante, che gettava ombre nette e intense. Con quella luce, il bosco sembrava aver perso l'aura inquietante che aveva sempre e sembrava un luogo fatato e benevolo. Sofia alzò gli occhi verso la luna. Era terribilmente simile a quella che c'era quella sera, mesi prima, quando avevano sconfitto Nidhoggr.

Erano di nuovo tutti insieme, come un tempo.

Tra Karl e Chloe ormai sembrava esserci un feeling particolare; si capiva dal modo in cui lui la sosteneva mentre scendeva la riva ripida, dai sorrisi timidi che si scambiavano.

Sofia guardò Lidja. Lei alzò gli occhi al cielo. «Sono due broccoli, non hanno ancora capito che si piacciono, e ce ne vorrà del tempo» sussurrò. Sofia soffocò una risata sul palmo della mano.

Chloe e Ewan erano solo in vacanza, ma stavano facendo pressioni su Gillian perché prendesse casa nei paraggi, e la donna sembrava sul punto di cedere. Del resto, si era innamorata quasi subito di Roma e dei Castelli. Karl invece era in viaggio studio con l'istituto nel quale si era ritrovato confinato al risveglio. In ogni caso, era riuscito a falsificare alcuni documenti in modo che adesso il professore credeva fosse il figlio di una sua stimatissima collega morta prematuramente, e si stava facendo in quattro per adottarlo. Qualcosa della sua vita precedente doveva essere rimasto addosso al professore, perché mostrava un affetto inconsueto per tutti i Draconiani.

«Non so, a volte mi sembra di conoscervi da sempre» diceva un po' confuso, e Sofia sorrideva tra sé e sé.

In ogni caso, stavano facendo di tutto per tornare di nuovo insieme, ed erano certi di riuscirci a breve.

I ragazzi parlottarono per un po' tra di loro, poi Sofia si schiarì la gola. Tutti fecero silenzio.

«Bene, sapete perché siamo qui, no? Avete portato con voi l'occorrente?»

Gli amici frugarono nelle tasche e tirarono fuori ciascuno la propria sfera.

«Perfetto» disse Sofia.

«Secondo te c'è qualche speranza che funzionino ancora?» chiese Karl.

«Be', brillare brillano» osservò Lidja. Era mano nella mano con Ewan. Da quando lui era arrivato a Roma, si erano trasformati in una di quelle coppiette appiccicose tutte baci e abbracci. Gli altri sopportavo con qualche battuta le loro effusioni perché tutto sommato erano divertenti, e poi si vedeva che si volevano un gran bene.

«Noi non siamo più Draconiani, non credo ci sia modo di attivarle» disse Sofia.

«Proviamoci» intervenne Fabio. «Un'ultima volta» sorrise.

Sofia ci pensò un istante, poi sorrise anche lei annuendo.

Si concentrarono, una lieve emozione che serpeggiava nel gruppo. Non avevano mai più testato i loro poteri da allora, anche perché non ce n'era bisogno: i draghi se n'erano andati, lo sentivano.

E invece, bastò un istante solo di concentrazione, e le armi furono di nuovo nelle loro mani. La lancia di Fabio, le asce di Chloe e Ewan, l'arco di Karl, la frusta di Lidja, la spada di Sofia. Quest'ultima era ancora incrostata del sangue di Nidhoggr.

«Se facessimo vedere questo al professore e a mamma, ci crederebbero» osservò Chloe.

«No» tagliò corto Sofia. «Loro non fanno più parte di questa storia. Non sarebbe neppure giusto costringerli a ricordare. Io credo che questo sia un peso che dovremo portare con noi per il resto della nostra vita: siamo tutto ciò che resta dei draghi, di Nidhoggr, di Nida. Siamo gli unici a ricordare, è il nostro destino, il nostro compito, forse.»

Gli altri annuirono in silenzio.

«Certo che sono proprio belle...» disse Ewan guardando il filo della sua arma. «Ma se le tenessimo?»

«Lo sai che non avrebbe senso.»

Tutti tacquero. Sapevano che era vero.

«Okay, siete pronti?» disse Sofia guardandoli.

I ragazzi annuirono.

Il primo fu Karl. Lanciò l'arco con decisione. Poco prima di toccare l'acqua, tornò di nuovo sfera. Ewan e Chloe furono i successivi, poi Lidja, infine Fabio. Sofia fu l'ultima. Fabio le prese una mano, gliela strinse forte. Lei guardò per l'ultima volta la spada, mentre tornava sfera. Sorrise, e la scagliò verso l'acqua. Fece un *plof* tondo e preciso. Poi il silenzio.

«Ecco qua. Adesso è finita davvero» disse.

«Un po' mi spiace» mormorò Karl.

«Ti spiace non rischiare più la vita un giorno sì e l'altro pure?» disse Lidja.

«No, che c'entra...»

«Giusto un nerd come te poteva essere contento di una cosa del genere» lo punzecchiò Fabio.

Karl sbuffò, e tutti risero.

«Ci vediamo un film?» propose Ewan. «È uscito in DVD un horror carino.»

«Tu e gli horror... a me non piacciono» protestò Sofia.

«Sarai pure il capo, ma sei rimasta pappamolla dentro» la canzonò Lidja.

Si avviarono verso casa ridendo e chiacchierando tra loro.

Appena sotto il pelo dell'acqua, le sfere continuavano

il loro percorso verso il basso, attraverso l'acqua nera come la pece, tra alghe flottanti e pesci che nuotavano pigri.

Poi, una alla volta, varcarono il confine della bolla d'aria sul fondo del lago e caddero a terra, accanto al tempio di Lung, di un bianco splendente, di nuovo intatto e traboccante di potere. Lì giacquero, metri e metri sotto la superficie dell'acqua.

INDICE

Ringraziamenti

Scrivere la serie della "Ragazza Drago" è stata l'avventura più lunga della mia carriera di scrittrice. Se è vero che ho passato più tempo nel Mondo Emerso, non mi era però mai capitato di seguire per cinque anni i destini degli stessi personaggi. E così, quando ho scritto l'epilogo di questa lunghissima avventura, per la prima volta ho capito quanto davvero Sofia e i suoi amici mi fossero entrati dentro, quanto ormai facessero parte del panorama delle mie giornate.

È iniziato tutto quasi per scherzo, per il semplice desiderio di fare qualcosa di diverso, di staccare per qualche tempo dal Mondo Emerso. Presto però la storia mi è cresciuta tra le mani, fino a diventare qualcosa che non avrei immaginato, quando ho iniziato. Non dimenticherò mai il divertimento che scrivere queste storie mi ha regalato, né la passione crescente con la quale mi ci sono dedicata, e spero che parte di questo divertimento e di questa passione siano passate anche a voi.

Se è vero che un libro è sempre il frutto del lavoro di molte persone, questo è ancor più valido per una serie longeva come questa. Le persone da ringraziare, quindi, sono davvero tante. Il primo è Sandrone Dazieri; è lui che mi ha spinto a cimentarmi con qualcosa di totalmente diverso da quello che avevo fatto fino a quel momento, lui a darmi spunti, suggerimenti, consigli, ad aiutarmi sempre a dare il meglio di me. Grazie a Fiammetta Giorgi per la passione e la dedizione che mette nel suo lavoro; in suo onore, per un po' di tempo abbiamo chiamato tra di noi questo progetto "Flame Ragazza Drago". Grazie alla mia copy editor, Silvia Sacco Stevanella. Ormai funzioniamo come un meccanismo ben oliato, e non potrei più fare a meno dei suoi consigli e suggerimenti. Questi libri sarebbero stati molto diversi senza di lei. Grazie anche a Manola Carli per la cura e la precisione che infonde sempre nel suo lavoro. Grazie a Paolo Barbieri, perché sa dar corpo e sostanza a ogni cosa io scriva, e lo fa con risultati sempre sorprendenti. Adoro le sue copertine, adoro i suoi lavori, e sono sempre più consapevole di quanto abbiano contribuito al successo delle mie storie.

E grazie anche a Fernando Ambrosi che continua a occuparsi dell'aspetto grafico dei miei libri in modo egregio.

Grazie agli uffici stampa Mondadori di Roma e Milano e a tutte le persone nella casa editrice che continuano a occuparsi di me e dei miei libri. Tutto quanto di buono è successo in questi anni lo devo anche a loro.

Grazie ai miei amici, che sono la mia ancora, quel che mi tiene a terra quando rischio di volare troppo alto, o, al contrario, di precipitare troppo in basso. Se ancora non sono diventata matta, lo devo a loro.

Grazie ai miei genitori, i miei primi e più fedeli critici e lettori. So che la storia è iniziata da loro, e non smetterò mai di ringraziarli per tutto quello che continuano a darmi.

Grazie a Giuliano. Ha creduto in questo progetto anche più di me, ha gioito e sofferto con i personaggi e mi ha aiutato ogni volta che la trama si ingarbugliava troppo o iniziavo a entrare nella fase discendente di quella curva gaussiana che è la mia autostima. Devo a lui più che a qualsiasi altra persona, perché c'è sempre, capisce senza che debba parlare, ed è capace di starmi vicino e darmi forza in ogni occasione.

Infine, grazie a Irene, che ancora non legge e parla a stento, ma già ama le storie più di ogni altra cosa. Quel che scrivo, ormai, è per te.

LEGGI IL PRIMO CAPITOLO
DELLA NUOVA SAGA

I REGNI DI

NASHIRA

LICIA TROISI

I • IL SOGNO DI TALITHA

Il rumore delle spade che si incrociavano riempiva lo spazio della piccola arena. Due soli contendenti si misuravano, abbigliati nello stesso modo: un giustacuore marrone su un paio di brache di tela ruvida, rinforzate da bande di cuoio su cosce e stinchi, e infilate in un paio di stivali neri. Le mani erano protette da spessi guanti di pelle e un elmo copriva completamente il volto.

Uno dei due era più basso e minuto, l'altro più prestante, ma meno agile. Il più piccolo sembrava in difficoltà: chiuso a difesa, subiva i colpi dell'avversario, che attaccava con ampi tondi laterali.

Indietreggiò, ancora e ancora. Rimase sulla difensiva finché l'altro non lo strinse quasi spalle al muro. Fu un attimo, l'attaccante alto mosse il capo per proteggere gli occhi da un raggio di sole, e l'avversario si rianimò, approfittando della sua distrazione: con un colpo dal basso verso l'alto, preciso e fulmineo, incise il cuoio del petto, là dove batteva il cuore, e proseguì fino alla celata dell'elmo. Il guerriero più alto perse l'equilibrio e l'altro fu rapido ad approfittarne: completò il movimento, sostenne il piatto della spada con la mano libera e la portò sotto la gola nemica.

«Fine dei giochi» sussurrò.

L'avversario sorrise alzando le mani. Era un Talarita di circa trent'anni, la carnagione di un color mattone piuttosto chiaro per la sua razza e le orecchie leggermente appuntite. I suoi occhi erano del verde torbido delle paludi, e la barba cresceva ispida e incolta sulla mascella squadrata.

«Niente male. L'avete fatto apposta?» disse ravviandosi i capelli prugna scuro, che gli disegnavano piccoli ricci sulla fronte sudata.

Il contendente più minuto si mise in posizione di riposo e si tolse l'elmo. Era una ragazza: sul viso magro da adolescente il naso piccolo e appena all'insù era circondato da una miriade di minuscole efelidi, e gli occhi grandi brillavano di un verde assoluto. L'incarnato mattone scuro creava un intenso contrasto con i capelli rosso fuoco, legati in una crocchia alla quale erano sfuggite un paio di ciocche che le correvano intorno al volto e giù per il collo, lungo e sottile.

«Certo che l'ho fatto apposta» rispose. «L'avevo puntata da un po' quella macchia di luce» continuò indicando a terra «e sapevo che se vi ci avessi attirato, considerando la vostra altezza e la posizione dei soli a quest'ora, vi avrei accecato. E, visto che siete più forte e più abile di me, era la mia migliore occasione per battervi» concluse con un sorriso sfrontato.

L'altro lo ricambiò. «E brava, Talitha. Siete molto migliorata, negli ultimi tempi. Non male per una contessina. Se vi applicaste così anche al resto...»

La ragazza lo interruppe con un gesto di fastidio. Aveva provato più di una volta a spiegare che non le piaceva essere chiamata contessina alla Guardia, e che in fondo anche il voi, che il maestro usava solo con lei e nessun altro, la innervosiva. Ma era fatica sprecata. Suo padre era temuto anche tra quelle mura.

«Gli altri istitutori non sono capaci come voi, e quello che insegnano mi interessa molto meno.»

«Sbagliate» fece l'uomo togliendosi i guanti. «Anche la storia e la musica possono servire a un bravo Guardiano.»

Talitha sbuffò e conficcò la spada a terra. «Non si combatte con i libri e con i flauti. Ma se lo dite voi, maestro...» Stava per sfilarsi i guanti quando il suo sguardo incrociò una figura ai margini dell'arena. Era un ragazzo allampanato, vestito come i servi femtiti: portava la casacca con lo stemma di famiglia del conte, nero su fondo blu, stretta in vita da una cintura di cuoio, e un paio di brache nere. Le braccia erano scoperte, e i polsi stretti da bracciali di cuoio. Aveva mani grandi, che sembrava non saper esattamente dove mettere e lasciava così ciondolare lungo i fianchi. Sul volto un'ombra di barba; i capelli verde chiaro, lunghi e lisci, erano trattenuti in una coda lasca e scendevano intorno al viso magro e chiarissimo, tipico dei suoi simili, un po' a incorniciarlo, un po' a celarne il contorno. Gli occhi erano allungati, insolitamente grandi per un Femtita; ma soprattutto erano di un color oro stupefacente, come era raro vederne a Talaria.

«Saiph!» esclamò la ragazza correndogli incontro.

«Avete finito l'allenamento, padrona?» chiese lui.

«Cosa sono tutte queste formalità?» Talitha si gettò un'occhiata alle spalle, verso l'uomo fermo al centro dell'arena. «Non credo che da qui possa sentirti.»

«Meglio non rischiare» ribatté il giovane a voce bassissima. Frugò nel tascapane e ne tirò fuori un ampio mantello di stoffa nera. «Mettetevi questo, o prenderete freddo. Siete tutta sudata.»

Talitha sbuffò platealmente. «Ma si muore di caldo! Che vuoi che ci faccia con un mantello?»

Saiph tentò di farglielo indossare, e Talitha si sottrasse con una smorfia. «Provaci, se ci riesci.» Una scintilla di sfida le brillava negli occhi.

Lo schiavo si guardò intorno intimorito. «Lo sapete che qui non possiamo scherzare» disse con una punta di rammarico.

Talitha gli strappò di mano il mantello e se lo mise sulle spalle. «Contento?» disse con una risata. «Sei insopportabile quando fai il servo rispettoso delle regole» aggiunse sorpassandolo e avviandosi verso l'uscita dell'arena.

Sulla città di Messe, fuori dal Palazzo della Guardia, scendeva la sera. Fiotti di luce rossa trafiggevano la cupola quasi perfetta del Talareth, un centinaio di braccia sopra le loro teste. Era in momenti come quello che l'immenso albero sembrava una creatura intelligente, che con la sua immensa chioma proteggeva benevolo l'intera città. Dall'imponente portone dell'arena si intravedeva il tronco in lontananza, tremolante per l'afa, oltre il bianco profilo della Cittadella.

L'albero misurava seicento braccia di circonferenza e si innalzava per mille verso il cielo. Sembrava fatto di gigantesche colonne di legno racchiuse in un unico abbraccio, che si scioglieva a metà altezza per aprirsi in una grande cupola lussureggiante. Una lieve brezza ne agitava le foglie, così che Miraval e Cetus, i due soli celati dalle sue fronde, proiettavano sui tetti ombre dai contorni fantastici e disegnavano un mosaico cangiante di macchie chiare e scure.

A Talaria ogni città viveva all'ombra dei Talareth; non solo gli alberi producevano l'aria, ma la trattenevano in virtù della Grande Pietra custodita nei monasteri, eretti tra i rami più alti.

Gli abitanti di Messe si muovevano piano per le strade, avviandosi alle incombenze della sera. Finalmente il caldo opprimente della giornata si dissipava al soffio di una brezza leggera. Il bianco degli edifici nella zona più ricca e sontuosa della città non era più accecante come nel pomeriggio, e stingeva in un rosa pallido che riposava lo sguardo.

«Allora, mi hai visto nell'arena?» chiese Talitha.

«Sì, non mi sei sembrata male.» Saiph camminava due passi dietro di lei, il volto chino a terra in segno di deferenza. Era quel che ci si aspettava da un buon Femtita che scortava il proprio padrone.

«Non male? Scherzi? Sono stata semplicemente strepitosa!»

Saiph ridacchiò piano, attento a non farsi sentire. Precauzione inutile, dal momento che Talitha parlava ad alta voce, incurante degli sguardi della gente.

«Non c'è niente da ridere» disse seria. «Non è da tutti i cadetti del terzo anno battere il proprio maestro!»

Saiph la guardò perplesso. «Sai cosa penso? Che più della tua spada ha potuto la fama di tuo padre.»

«Non funziona così nella Guardia» rispose Talitha, piccata. «Lì nessuno è condiscendente con me perché sono la figlia del conte Megassa. Per tutti sono solo un cadetto come gli altri.»

Saiph alzò le mani. «Come ti scaldi... Mi ricorderò sempre quella volta in cui mi dicesti che sapevi suonare tutti gli strumenti della Sala di Musica!» disse con un sorriso di scherno.

«Saiph, è stato sette anni fa! Sarò un po' cambiata da allora.»

«Non così tanto» scherzò lui.

Gli sguardi intorno a loro virarono dal curioso allo scandalizzato: non era uno spettacolo comune un Talarita e il suo schiavo così affiatati. Saiph tornò subito serio sotto quella selva di occhi. Talitha, per ripicca, lo prese sotto braccio.

«Sei pazza?» disse lui, divincolandosi.

«Saiph, sei divertente come un'accetta arrugginita...»

«Sto solo cercando di non farmi punire.»

Talitha scrollò le spalle. «E di cosa dovresti aver paura, tu?» Gli afferrò un braccio e gli affondò le unghie nella carne, fino a lasciare cinque piccoli segni rossi. «Scommetto che non te ne sei neppure accorto» disse guardandolo di sottecchi.

Saiph controllò i graffi con noncuranza. I Femtiti, che non provavano dolore, erano addestrati fin da piccoli a temere il sangue più di ogni cosa, ma anche a saper distinguere le ferite che potevano essere pericolose da quelle innocue.

«No, infatti» disse fissandola serio. «Ma tu sai perfettamente a cosa mi riferivo.» Talitha abbassò lo sguardo, quasi in imbarazzo.

Ebbero modo di vederlo entrambi coi propri occhi, pochi minuti dopo, quando entrarono nel cortile del palazzo. Una piccola folla di servitori si era riunita di fronte alla grande scalinata, e davanti a tutti si ergeva con le braccia conserte il conte Megassa. Il padre di Talitha aveva i lineamenti duri e spigolosi di un uomo nato per il comando, l'espressione contratta e severa e i capelli anneriti dagli anni, come accadeva ai Talariti quando cominciavano a invecchiare. Gli occhi, dello stesso verde acceso di quelli della figlia, fiammeggiavano inquieti. La sua figura si era appesantita con l'età, ma il corpo era ancora vigoroso, allenato dai quotidiani esercizi con la spada.

Al centro della piccola folla, il famiglio addetto alla disciplina degli schiavi teneva in mano il Bastone. Era nulla più che un ciocco di legno, sulla cui sommità era incastonato un minuscolo frammento di Pietra dell'Aria. Lo si vedeva a malapena brillare di una debole luce azzurrina. La Pietra, fonte di ogni magia, sorgente di vita per tutta Talaria e di dolore per i Femtiti. Lo schiavo ai suoi piedi era poco più di un ragazzino. Piagnucolava disperato, levando il viso alternativamente verso il famiglio e il conte.

«Non ho rubato, ve lo giuro… non lo farei mai… non violerei mai la vostra proprietà!»

Intorno a lui, i suoi compagni tenevano ostinatamente gli occhi abbassati, qualcuno volgeva la testa dall'altra parte. Il famiglio guardò il conte. Megassa non cambiò espressione e si limitò a un breve cenno del capo.

«No, vi prego, no!» urlò il ragazzino.

Il famiglio alzò il Bastone e colpì. Non appena la Pietra toccò la schiena dello schiavo, si accese di un'intensa luce viola. Il volto del Femtita si deformò in un'espressione di terrore puro. Non era semplice paura: era un orrore profondo, che sembrava dilaniarlo da dentro. Il Bastone si alzò di nuovo, ancora e ancora, e a ogni colpo i lineamenti del ragazzino sembravano risucchiati in un vortice di dolore. Le sue grida si fecero altissime, ma Megassa non si scompose. Guardò fino alla fine, assaporò impassibile ogni istante di quell'agonia.

Ci vollero molti colpi prima che le urla dello schiavo si facessero meno intense e il suo corpo smettesse di divincolarsi. Cadde a terra, i muscoli che si contraevano a ogni percossa. Al quarantesimo colpo i suoi lamenti si spensero. Un silenzio gelido calò sulla platea.

Il conte la percorse con lo sguardo.

«Chiunque verrà sorpreso a rubare subirà la stessa sorte» disse senza alcuna emozione. Quindi si rivolse al famiglio: «Fa' portare via il corpo, che lo gettino fuori dalla città, nella fossa comune.»

Fece per andarsene, ma si bloccò non appena intravide Talitha e Saiph in fondo al cortile. Avanzò a passi decisi, mentre gli schiavi rapidamente sciamavano via e il famiglio eseguiva l'ordine.

Talitha era terrea e sembrava fuori di sé dallo sgomento. Saiph cercava con tutto se stesso di non guardare il corpo esanime al centro del cortile.

«Ti avevo detto di portarla qui alla svelta» disse Megassa innervosito. Lo schiavo provò a balbettare una scusa, ma il conte alzò una mano. «Ti ho forse dato facoltà di parlare?»

«Mi sono attardata io nell'arena» intervenne Talitha, sfidando lo sguardo di suo padre.

Lui la squadrò con severità e le si fece vicino. «Quando tuo padre ti manda a chiamare, non puoi permetterti di arrivare in ritardo» sibilò, mentre la collera gli gonfiava le vene del collo. «Fra poco dobbiamo partire, e tu sei ancora in questo stato.»

Talitha si guardò gli abiti da guerriera e i capelli sudati, e si sentì fiera di se stessa. Non si sarebbe mai vergognata del proprio aspetto trasandato, se era l'eccellenza nel combattimento a richiederlo. Ma ugualmente abbassò lo sguardo. Quando suo padre le parlava in quel modo, veniva percorsa da un brivido lungo la schiena. Si odiava per questo, ma i suoi occhi piccoli e cattivi le incutevano terrore.

«Voglio essere nel Regno della Primavera il più in fretta possibile. La sera prima del matrimonio di tua cugina Kalyma ci sarà un importante ricevimento privato cui la nostra famiglia è invitata.»

Talitha si illuminò all'improvviso: finalmente un viaggio, finalmente sarebbe uscita da quelle maledette mura. Gli unici viaggi che aveva fatto nei suoi diciassette anni di vita erano stati brevi e non avevano mai superato i confini del Regno dell'Estate. E poi le tremava il cuore di gioia al pensiero della persona che sicuramente avrebbe rivisto a quel ricevimento.

«Il tempo di prepararmi per il viaggio e sono da voi» disse in tono compassato, mascherando l'entusiasmo.

«Hai mezz'ora» tagliò corto Megassa. «E cerca almeno di somigliare alla figlia di un conte, quando ti ripresenterai.»

Le rivolse un ultimo sguardo di riprovazione e rientrò a palazzo. Talitha rimase immobile al centro del cortile, il sudore che iniziava ad asciugarsi sulla pelle. Ma il suo buonumore si spense subito quando si guardò intorno. Gli schiavi se n'erano tutti andati, e del corpo del Femtita non c'era già più traccia.

«Sprecare tutta quest'acqua... e in tempi di siccità» si lamentò Kolya quando fece portar via la tinozza dalla stanza. Talitha non aveva avuto il tempo di fare il suo bagno profumato come sempre prima dell'ora di cena, nonostante le insistenze della serva. Si era limitata a gettarsi addosso dell'acqua con la brocca.

«Va' a protestare con mio padre» disse, spazzolandosi i capelli bagnati. Si tirò una ciocca con foga, incurante del dolore.

«Fermatevi, vi prego. Finirete per strapparveli. E poi questo è compito mio» intervenne Kolya. Serviva nella casa del conte da quando era bambina. Non doveva avere ancora quarant'anni, ma ne dimostrava molti di più. Le rughe intorno agli occhi e alla bocca, e i capelli ormai quasi del tutto anneriti, la facevano sembrare una donna anziana. Del resto, i Femtiti vivevano meno dei loro padroni, anche se la condizione di chi serviva nei palazzi delle famiglie facoltose era migliore di quella di chi lavorava nei campi o nelle miniere.

Talitha le impedì di prendere la spazzola. «Non abbiamo tempo. Va' a preparare i bagagli, piuttosto.»

«Oggi siete proprio di cattivo umore» protestò Kolya prima di abbandonare la stanza.

Talitha non rispose e si legò i capelli alla bell'e meglio con un nastro. Sebbene fosse entusiasta per il viaggio, non riusciva a togliersi dalla testa la scena cui aveva assistito nel cortile. Ma non c'era da stupirsi, pensò amaramente. Megassa non aveva pietà per nessuno.

Si bloccò davanti alla propria figura nuda riflessa nel grande specchio appoggiato a un angolo della stanza. Studiò il fisico allenato, il tendersi nervoso dei muscoli delle braccia sotto il velo della pelle, il tracciato dei tendini, le forme tornite delle gambe. Si compiacque del suo corpo quasi androgino, e con le mani appiattì il seno. Non fosse stato per i fianchi, forse avrebbe potuto essere scambiata per un ragazzo. Sebbene la Guardia fosse aperta anche alle donne, si sentiva diversa dai suoi commilitoni maschi, e odiava essere più debole di loro.

Si girò di fianco e trattenne il respiro. Con occhio critico si contemplò il ventre e ne fu entusiasta: visto così sembrava perfetto, impeccabilmente piatto. Ma fu subito costretta a prendere fiato, e allora le rotondità della pancia vennero fuori.

Stupidi muscoli, perché vi fate tanto pregare? pensò con rabbia. Voleva essere magra e scattante, avere un corpo che parlasse solo di battaglia, non sopportava quelle curve. Non avrebbe saputo dire il perché; era come se, minuta, le sembrasse più facile scivolare attraverso le sbarre della gabbia che suo padre le aveva costruito intorno.

Scosse la testa e guardò il vestito già pronto, steso sul letto. Sebbene fosse un abito da viaggio, privo di tutti gli orpelli che era costretta a indossare nelle occasioni ufficiali, era comunque un vestito elaborato, con un corsetto pieno di lacci, di un arancione delicato che trovava insopportabilmente lezioso.

Chiamò di nuovo Kolya. La Femtita apparve sulla porta, preoccupata di una sua possibile esplosione di collera.

«Aiutami» le disse addolcendo il tono, come cercando la complicità della donna.

«E va bene» disse Kolya con un sorriso condiscendente. L'aiutò a infilare una camiciola di mussola lieve, quasi impalpabile, poi le calze e infine il corsetto, così attillato che Talitha dovette appoggiarsi allo stipite dell'armadio per entrarci.

Kolya strinse con forza. «Trattenete il respiro!» la incitò.

Quando fu infine pronta, al posto del giovane cadetto sudato per l'allenamento c'era una ragazzina compita, elegante e graziosa, l'immagine perfetta di una figlia amorevole e obbediente. Esattamente ciò che suo padre desiderava da lei.

«Siete bellissima» disse Kolya trascinandola davanti allo specchio.

Talitha si contemplò come se quel corpo appartenesse a un'altra. Sì, forse poteva essere definita bella, ma chi era l'estranea che la guardava attraverso i suoi stessi occhi da quel riflesso?

«Hai finito di preparare i bagagli?» chiese a Kolya, rassegnata.

«Sì, mia signora.»

«E allora andiamo.»